神力小福妻 1

盼雨 著

風 文創 596

目錄

序言

盼雨

因作者出生於某魚米之鄉的小村莊，兒時下地幹過農活，下河摸過魚，一年四季和小伙伴們在田野裡撒過歡，日子過得單純又快樂。長大後，離開老家到南方繁華大城市定居，在疲倦又忙碌的工作之餘，總會懷念老家鄉下那無憂無慮的生活。

同時在現代大都市中，見慣了物質與愛情，看著有些人因為物質而與自己漸行漸遠，看著有些兩情相悅的人因為現實而分手，難免令人對感情失望。於是，就想創作一部愛情在柴米油鹽中不會消失，感情不會因為物質而變質的理想愛情故事。

然而，這個理想的前提就是必須要強大、要自立，更要有自己的人格魅力，否則當愛情那美麗的外衣脫下後，留下的只是如何活得更好的殘酷現實。

為什麼會把故事背景安排於古代呢？主要是覺得古代人生存比現代人更不易，特別是古代農村的普通人，他們的生活環境、階層都要比現代人更難、更痛苦，安排在古代背景中，人物的衝突能夠更好表現出來。所以，就想創作一部描述古代農村生活的小說。

不管什麼故事，愛情總是其中不可缺少的部分，但安逸與貧窮永遠是對立的。人無論生活在哪個年代，愛情總不能高於現實而存在，所謂「有情飲水飽」的愛情最終會被物質打敗。因為人總不會滿足，有了這個就想要那個，有了愛情就會想要有麵包。於是主角要奮鬥，要去解決那些阻擋了愛情的絆腳石，就需要使出渾身解數，為得到想要的生活不停的奮鬥與進步。所以辛湖這個小女子，為了跟上大郎的腳步，一直在前進，最終他們白首相伴，快樂幸福的過一輩子。

原本只想寫個家長裡短的故事，最終卻發展成一個積極奮鬥、樂觀向上的勵志故事，這也出乎我的意料。但這也是因為隨著人物的成長漸漸豐滿，彷彿有了自己的靈魂，身為作者也只能跟隨著主角們去奮鬥，努力解決那些矛盾，完善故事的情節。最終，就完成了這部人性與親情、愛情與事業的大融合故事。

這算是我的第一部長篇，以往沒寫過這麼長的故事，難免有些控制不足，希望大家能喜歡。

第一章

四肢發達、頭腦簡單的吃貨無法相信自己會穿越，並且還穿越到一個一無所有的小丫頭身上。然而這還不算是最壞——她居然待在一個荒涼的山坡下、空無一人的小山洞裡。

初冬的寒風凜冽地吹著，穿透過這一身破舊的粗布衣衫，辛湖忍不住連打了幾個寒顫。這就是說好的，能找到好老公的地方？

「騙子，老娘不要來這裡！」辛湖憤怒的回頭大罵。說完，一頭往山坡下衝，想摔死了再重來。

「哎，真的能找到好老公的，馬上就會來了，妳可別想不開啊！」耳邊適時響起了那陰森森、冷冰冰的聲音。

「就是，不然又會像上世一樣成了萬年老剩女。」另一個更加陰冷的聲音跟著起鬨。

「哼，當我是三歲小孩嗎？這裡荒山野嶺、空無一人，一看就是窮鄉僻壤，去哪裡找好老公？就算找到，怕也是個窮得飯都吃不起的小子吧。」辛湖停下動作，不相信的反駁。

「就妳這一無心計、二無謀略的傻大妞，不找窮小子，難不成妳還想當皇后？也不掂掂自己是不是那塊料？」那聲音提醒她。

「那也不能找個連飯都吃不飽的窮小子呀！」辛湖看著自己一身的破爛貨嘟囔。

「都說是好男人，哪會讓自己老婆吃不飽飯。」先頭的那個好心好意地勸了一句。

正說著，突然一個物件骨碌碌的朝辛湖滾過來，打斷了談話。

辛湖低頭看著那個滾落到自己腳邊的東西。原來是個包袱，包得嚴嚴實實的粗布包袱，也不知道裡面裝了什麼？她下意識的撿起來，感到沈甸甸的。

難不成是金銀珠寶？辛湖暗喜。解開一看，原來是一包米麩，還散發著芝麻的香味，她早就餓扁的肚子立即咕咕叫了起來。沒想太多，她直接抓起一把塞進嘴裡。果然是調理過的熟米麩，香噴噴的很好吃。

這種米麩雖然香，直接吃卻十分乾，粉末卡在喉嚨噎得慌。她撿起身邊的一個小葫蘆，打開塞子，連喝了幾口水，才吞下口中的粉。粉末很香，還加了鹽，她就著涼水一連吃了好幾把米麩，填飽了肚子，身體終於暖和起來。

卻不想，那兩個鬼差早就離開，這回是真的離開，不管她了。

事成定局。穿過來已經三天的辛湖，被迫接受了這副新身體。原主是個八歲的小姑娘，與父母弟弟逃難而來，經過此地時，原主染了風寒，一家人便停下休養了兩天，但原主不僅沒有好，反倒陷入昏迷。大家見她牙關都咬緊了，只怕是活不成，眼下又得趕著逃命，只能無奈地拋棄了她。

家人離開後，小姑娘抵擋不住寒冷與病痛，一命嗚呼，這才被辛湖撿了這個身體。

前面三天，辛湖腦袋迷迷糊糊的，家人給她留下了一只裝滿水的葫蘆與一塊粗糧餅子。

就著這些水和糧，她居然撐過三天，燒退了，病也好了。完全清醒後，她就四處查看，想找些吃的，奈何卻什麼也沒有找到。

家人留給原主的東西少得可憐，除了身上穿的這身破爛衣服，和一個容身的小山洞，加上原主睡的一大堆乾草，就什麼也沒了。現在她身邊唯一有用的就是那個裝水的葫蘆，至於那塊粗糧餅子早已吃完。等她想清楚了，才明白自己得到了這麼一個悲劇的身體，才想和鬼差討價還價。

辛湖原本是現代一名普通女性，因長得人高馬大，工作又普通，年過二十九還沒有交到男朋友，唯一的愛好是吃，最大的本領是一手好廚藝。但她心地善良，做過很多善事，就連死因也是為了救一群落水的小學生，在體力不支時遇上了兩鬼差，被鬼差驚嚇到沈入水裡，才一命嗚呼。

兩鬼差本是來拘魂，卻意外嚇死了原本應該長命百歲的辛湖，偏偏辛湖的屍體還沈入水中，過了三天才被找到，早就泡得面目全非，想讓她回到自己身體裡都沒辦法。

於是，犯了大錯的鬼差只得帶著她尋找適合的身體。奈何辛湖命格奇特，在現代一連找了好幾具身體都無法融入。最後沒辦法，待上頭算到了一些天機，才讓鬼差開啟時空之門，帶她來這個時代找身體。

辛湖跟著兩鬼差，飄飄蕩蕩的，經歷了很多事情，目睹這個時代逃難的人群，知道因為戰亂、災荒，老百姓舉家逃離故土，這樣的時代，辛湖一點也不想留下來。古代的技能，她一項都不會，何況還是個亂世，能活得下去嗎？可是，偏偏她的靈魂與這小姑娘的身體融合得相當完美，加上現在鬼差一走，她也再無其他機會，只得先頂著這具身體過活。

因這一包食物，辛湖感到自己多少有點活路，但這杳無人煙的地方，她一個人也不敢待啊！前兩天迷迷糊糊的還不知道怕，這會兒清醒了，又沒有鬼差在一旁嘀咕，她才開始害怕。

辛湖揹起包袱，帶上滿水的葫蘆，慢慢往上爬。不管路上多麼危險，她是不敢一個人待在荒郊野外的，她準備走回正道，印象中這條路上有不少的逃難百姓，多她一個不多，少她一個也不少。只要她能混在人群中，跟著大部隊逃到人多的地方，等到官府安排難民時，她再想辦法找個落腳處。

哪知才爬到一半，她就聽到一個粗暴的男聲罵罵咧咧的，然後又聽見撕扯衣料的聲音，緊接著是女人的哭罵與小兒的怒罵聲。她嚇一跳，放下包袱，撿拾幾塊石頭，借著遍野比人高的荒草和灌木叢，沿聲音來的方向偷偷潛過去。

這兩天，她發現了這個新身體瘦歸瘦，卻有著天生大力，這也算是老天給她開的一點金手指吧？她自嘲的接受了這個現實。不管怎樣，總算有點金手指，要不然她真害怕自己根本活不了多久。尤其這亂世，她一個資深吃貨，可不想被活活餓死啊！

等她悄悄爬到時，發現那頭一個大漢扯著一個女人的衣服，顯然是想施暴行。女人身邊有個半大的孩子，正被另一個漢子拳打腳踢，但他卻拚命的掙扎、怒罵著，想救回那女人。看來是落單的逃難母子倆，遇上了大壞蛋。

辛湖瞬間就明白發生了什麼事情。其實在飄蕩期間，她就見識過不少醜惡，比如搶弱小者的食物和錢財者，比比皆是，但逃難途中，還想施暴的倒真沒見過。辛湖氣得七竅生煙，她看看手邊的石頭，揀出兩塊有尖銳稜角的石頭，掂了掂重量，滿意的點點頭，準備過去偷襲施暴者。

未料，那原本背對她的漢子，突然被腳下的男孩子死命一拽，整個人撲倒在地，差點和辛湖來個親密的頭碰頭。

眼前突然出現一個人，令滿目凶光的大漢嚇一大跳，可見到辛湖不過是個黑瘦的小丫頭，他只愣了一下，就立刻伸手要抓辛湖。就這一瞬間的發愣，男孩子逮住機會撲上去，辛湖只見眼前寒光一閃，那漢子痛呼一聲，剛剛叫出「有人」，就被自己的痛嚎聲切斷。

正在施暴的大漢聽到動靜瞬間回頭，卻被辛湖扔出的石頭砸個正著，腦袋開了花，鮮血沿著臉往下滴，身下的女人乘機往一邊滾開了。

地上兩個大漢雖然身受重傷，但並沒有瞬間斃命，都瘋狂的拚著最後一口氣，作垂死掙扎。那個倒地的大漢正與男孩子殊死搏鬥，辛湖連忙低頭又摸起兩塊石頭，朝那兩大漢一人一塊砸過去。

整個過程不過一、兩分鐘，待兩個大漢死透了之後，辛湖與那男孩都止不住的顫抖起來。尤其是辛湖，這是她第一次殺人。害怕與緊張令她不住的發抖，連牙齒都在喀喀作響。

也不知道過了多久，男孩冷靜下來，扶起滾到一邊的女人，女人一身衣服已經被撕爛，但並未被那男人占了身子，只是受到驚嚇，有些神志不清了。

「娘，妳怎麼啦？娘？」男孩小心的給女人攏好衣服，按了按她的人中，低聲叫道。

辛湖這才回過神。她挪了挪身體，發現自己居然全身發軟，顯然嚇壞了。

女人皺了皺眉醒過來，眼見著就要大哭，男孩立即低聲喝止。「娘！別哭了，我們得快點離開這裡，要是再有人來就完了。」

男孩的話，令辛湖與女人都清醒了。辛湖急忙轉過身，準備躲回自己的山洞休養一陣。男孩卻朝她說：「過來，幫我扶著我娘。」

辛湖原不想理他，但見他也不過跟自己這身體差不多大小，又因為剛才的一戰渾身是傷，而旁邊那女人雖然瘦弱，但想來男孩要揹起她也不容易。

頓了下，辛湖折回來替男孩搭把手。卻見男孩沒急著邁步，而先撿起地上的包袱，辛湖想想自己幾乎一無所有，跟著把剩下的一個包袱撿起。兩人架著女人，揹著兩個大包袱，跌跌撞撞的往山坡下走。

辛湖寄身的小山洞算不上多隱蔽，但眼下，他們三人已沒力氣再走遠一些，只得先在山洞裡歇下來。

「多謝。」直到此刻，勉強算是安全了，男孩才對辛湖道謝。

女人倒在草堆上，全身還在發抖，顯然根本還沒恢復過來。

辛湖癟了癟嘴，回了一句「不謝」。她這會才後怕，想起自己來到這個時代做的第一件事居然是殺人，實在是太嚇人了。

男孩卻似不在意她的態度，逕自打開包袱，取出一個小藥瓶，倒出一粒藥丸，準備給他娘吃。他伸手往身上一摸，才發現帶的水早就不知蹤影。

沒有水怎麼吃藥？男孩皺了皺眉，正想問辛湖哪裡有水源——

倒在草堆上的女子突然驚慌的問：「大郎，這是哪裡？」

「娘，我們先在這裡休養一下，這裡是個山洞。」男孩連忙過去攙扶女人，安撫起來。這女人很顯然受到不小的打擊，又驚又怕又羞，狀態極不好，隨時都有可能暈過去。

女人觸到他的傷處，男孩疼得抽氣幾聲，辛湖這才發現他受傷不淺，嘴角青腫還留有血跡，身上估計也挨了好幾腳，就不知道有沒有內傷？

「大郎，哪裡受傷了？」女人焦急地問，一邊想扶著兒子躺下，奈何一點力氣也沒有，只能乾著急。

眼見兩母子就要倒下，辛湖連忙上前扶持一把。

「多謝了，小姑娘。妳家人呢？」女人這時才注意到身邊還有個黑不溜秋的小姑娘，知道剛才就是她救了他們母子倆。

「就我一個人了。」辛湖答。

聞言，女人臉上露出憐憫的表情，那叫大郎的男孩卻盯著她看了好幾眼。

「這裡有水源嗎？」大郎問。

「有，就在下面不遠處。」辛湖答。她曾經去打過水，並且還洗過手臉，自然知道此地有水源，要不然當初原身的爹也不會選擇這個地方藏身了。

「麻煩妳幫我照顧我娘一下，我去弄點水回來給她吃藥。」大郎用力撐起身子來，道。

辛湖點點頭，沒說什麼。

大郎從包袱裡拿出個銅碗，匆匆出了洞，沒一會兒就打了水回來。很顯然，他已經匆匆洗過手臉，也稍微處理過自己的傷。雖然嘴角青腫了一大塊，卻不妨礙他這長相俊美的小公子哥樣。辛湖一向最愛看美男子，雖然眼前只是個半大孩子，但她眼裡也流露出欣賞的神色。

大郎根本就沒發現辛湖的目光，他直接端冷水餵他娘吃了藥。他娘身體本就不好，又受驚、受了些小傷，支撐不住，很快就半暈半睡過去。

大郎取出包袱裡的厚衣服給他娘蓋上，又對辛湖說：「我再上去找找其他的包袱，我們還有一包食物，但我先前扔下來了。」如果沒有食物，想活下去就更難了。

「是不是米麩？」辛湖想到自己撿的那包食物，脫口而問。

「是的，炒熟的米與大豆，還加了芝麻和鹽一起磨的。」大郎驚訝的看她一眼。

「哦，原來是你家的啊。是我撿到了，我去拿吧。」辛湖說。

大郎見狀，突然笑了笑說：「妳真的一個人在這裡過嗎？」剛才他已經仔細查看過了，附近很荒涼，一個小姑娘怎麼可能這麼大膽待在這荒郊野外的？

雖然這裡不是大山區，卻也是連綿不斷的小山頭，就算沒有狼虎類的大型猛獸，也說不定會有野豬，傷人可是容易至極，一個小姑娘如何能在這種地方活下去？

「本來我們是一家四口，跟大家一樣逃難的，走到附近時，我和娘都染病，走不動了。我爹娘就帶著我們在這裡先安歇下來。過了三天，我娘病好了，我卻更嚴重了，他們以為我死定了，就丟下我走了。」辛湖說著，低下了頭。

她心裡也為原主有些傷心。這狠心的爹娘居然都等不及女兒嚥氣就走了，不過，要不是這樣，她也不能放心大膽的佔據這具身體。想到這裡，她心裡有些複雜。

「哦，妳幾歲了？我叫陳大郎，今年十歲。」陳大郎又問。

「我叫辛湖，八歲了。」這個原身，就叫辛大丫，是她給自己取名辛湖，其實是幸福的意思；而且她前世的名字就叫陳星湖，大家都叫她星湖。

「我看妳力氣頗大啊，是天生的嗎？你們一家也是從後土縣過來的嗎？」陳大郎神色自然，不動聲色的套起話來。

辛湖哪裡知道什麼後土縣，原主不過是個普通的小姑娘，只知道跟著父母身邊跑。在路上疲憊不堪的逃了幾天，一向身體健康的她居然在淋了一場雨後，發起了高燒。五、六天前下了一場大暴雨，他們一家找不到足夠的避雨之地，自然是先緊著她爹與弟弟兩個男性，她與她娘只得共同披著一件破舊的蓑衣，最後她娘挺過來，她卻換了個芯子。

「我爹是鐵匠，力氣好大，我從小幫著他幹活。」辛湖簡單回答，這也是辛家的實情。

陳大郎沒有得到足夠的資訊，稍稍皺眉，不過想到她一個八歲的土妞，什麼都不懂也很正常。兩人沿著山坡往上爬，果然很快就找到那個被辛湖藏起來的包袱與她的水葫蘆。

等兩人回來時，陳大郎的娘居然發起了燒。辛湖一早就發現這個女人並不健康，要不然一個二十多的年輕女人再怎麼柔弱，也不能靠個十歲的兒子照顧吧？就比如辛大丫的娘估計和這婦人差不多年紀，那可是幹活的一把好手，這一路可是揹著五、六十斤的重物呢。

「我娘身子本來就不好，這一路上又吃了不少苦。」陳大郎平靜地說，一邊拿打濕的布巾壓在他娘的額頭上，給她退熱。

接著他又取了銅壺出來，去打水來想燒開，但看看外面的日頭，還是沒有生火，怕煙火引來他人的注意。這一路上可不太平，剛才算是好運遇上辛湖，要不然兩個大漢，他可不一定搞得死，說不定還賠上自己的命。

他當時也是拚死一搏了，總不能眼睜睜看著他娘受辱。原本他只以為，會被人搶奪身外之物，就想駕著馬車快點趕路，到達前面的府城，安頓下來再做打算。

哪想到，這逃難的路上居然還會遇上這種惡人。當時其實有好幾批路過的看見他們這邊的遭遇，卻都沒有伸出援手，最後還是辛湖這個半大的孩子救了他們。現在他看到辛湖孤身一人，又有一把力氣，就起了念頭帶在身邊，也是個幫手。

天黑下來後，陳大郎終於點了火，開始燒水，同時也拿了碗、筷、勺子出來，和辛湖兩人各用開水沖了一碗米麩吃下。香噴噴的米麩，算是原主這輩子吃到最好的食物了。辛湖也覺得味道很好，這種米麩與她在現代吃過的五穀雜糧米麩差不多，但更加香一些，而且以前吃的都是加糖，沒想到鹹味的更好吃。不過，也可能是因為她現在這具身體太餓。總之一大碗米麩，她吃得一乾二淨。

吃飽了，辛湖也有心思打量陳大郎。他帶著個病歪歪的老娘，居然還能帶上三個包袱，估計怕是不下於一百斤，就這包米麩也有二十多斤呢！另外兩個包袱，辛湖雖然不知道裝的是什麼，但見他拿出來的厚衣服、銅壺、銅碗等物就知道裡面裝的東西可不少。

像是明白辛湖心中的疑問，陳大郎突然開口說：「我和我娘本來是有兩個隨從護送的，但是一路兵荒馬亂，他們便丟下我們跑了。不過，他們也不算太壞，知道把東西留下一些給我們。」

其實隨從哪裡是丟下他們跑了，而是被他設計離開的，那幾人他並不信任，而這些行李，是他精簡之後保留下來的，要不是他娘身體太差，他原本可以帶更多的東西。他雖然不像辛湖一樣天生神力，但因為自小習武，身體底子很不錯，力氣也不小。況且他雖然披著九歲孩子的身體，實際卻是個重活一次的成年人。

第二章

上一世，陳大郎只活到二十多歲，一想到上輩子的悲苦人生，他就恨到不行。可是，他偏偏是在逃難的前半個月醒來，時間太短，來不及讓他做更多的事情。不過，那時如果不是他醒過來，他娘就會悄無聲息的死去，而他就會如上一世那樣，跟著父親一行人先離開，連他娘是怎麼死的，要直到他臨終前才知道。

不過，這一次他可不會像前世那樣傻了。他要帶著原本會早死的娘遠走他鄉，好好的活下去，而不是回到那個沒有給他任何溫暖、恨之入骨的家裡。

陳大娘只勉強吃了幾口米麩，喝了點熱水，就吃不下去。而且她的體溫越來越燙，雖然吃了藥，也不見好轉。

大郎焦急得不行，卻又無計可施，就算他再有想法，在這個破地方，也找不到治病的良醫。雖然他出門前還特意花大錢做好一些藥丸帶著，但沒料到他娘的身體會這麼沒用，這會兒也只能眼睜睜看著他娘硬挺著。

入夜，北風嗚嗚，吹得空氣都凍住了似的，天冷得很，三個人緊緊地擠在小山洞裡取暖。辛湖得到陳大郎給的一件厚衣服當被子，可能是因為多了這件被子又吃飽了，也或許是因為身邊有人，她不再那麼害怕，這一夜她居然睡得極好。

第二天，辛湖發現陳大娘下身流了好多血，完全不像是來月事的模樣，按照她有限的知識，她知道怕是這個女人血崩了。這樣的毛病，即使放在現代也很危險，而在這個荒郊野外的地方，女人顯然是活不下去了。

陳大郎看著血跡，臉色蒼白如雪，抱著他娘哭了起來。陳大娘倒像是鬆了一口氣，撫著兒子還沒長開的後背，輕聲說：「別怕。娘這個身子早就不中用了。再說，我就算能好好的活到回去陳家，又能有什麼好日子過？還不如早早去了，別拖累你。」

陳大郎並沒有大哭，眼淚卻像流不完般不停淌下，看得辛湖都受不了，抹著眼淚悄悄的走到另一頭。

「大郎，你一定要好好活著，將來娶妻生子，給你外家過繼一個兒子傳承香火，也不枉為娘生了你一遭。」陳大娘叮囑著。她吃下兒子給她吊命的藥，雖然沒怎麼止住血，但精神還不錯。

「娘，別費這些心了，您歇著吧，咱們在這裡休養幾天，等您身子好了再趕路也不遲。」大郎抹了一把淚。

「不行，你不快點出發，哪裡趕得上你爹他們？沒有他們，你一個小兒如何過活？」陳大娘猛的抬高聲量，激動地反駁起來。

陳大娘顧不得自己的身子，著急地勸說起兒子。這種時候，她怎麼能拖住兒子的行程？多停留一天，危險就多幾分。況且，兒子才十歲大，又在這個吃人的亂世，獨自一人，要如何活下去？

見母親這個樣子，陳大郎越發心酸，他發狠地說：「您別擔心我。我是不會回陳家去的，那家人要是真希望我們活著，就不會把我們丟下了。聽他們說，我那好爹爹早就又說好一門好親事呢，我這原配嫡子回去，豈不是別人的眼中釘、肉中刺啊？」

前世就是這樣，他這個原配嫡子，過得比庶子、庶女都不如；他爹、他繼母都巴不得他死，陳家也就那個七、八十歲的太祖母還念著他這點血脈。

太奶奶一去世，才十四歲的他幾乎是被趕出家門的前往軍中，用性命給陳家拚了許多好處，最後卻落了個不得好死的下場，陳家那些人反倒一個個享受著他用生命開創的前程。

「你總是他的嫡長子，他陳家就算再狠毒，也不至於連自己的血脈都容不下吧？再說你已經十歲了，再養個三、五年，也可以給陳家出力。陳家也算是高門大戶，為了名聲、面子，不會做得太過。」陳大娘正色的說。她不敢相信兒子的話，而且她也明白，沒有家族撐腰，就算兒子一個人能活下去，那還不是只能做個平頭百姓，一輩子還能有什麼出息？

眼前自己就是個例子，她原本也與陳家門當戶對，只因為父兄獲罪，她失了娘家的支持，陳家才敢對她下手，要不然，她和兒子怎麼會落到現今這個地步？

「娘，您怎麼就不相信呢？您想想，如果陳家真的容得下我們，我們就不至落到會被歹人欺負的地步，現在還是靠個小丫頭才活下來的。」陳大郎直言道。

陳家本就打著令他母子二人無聲無息死去的主意。這一路上不說是遍地屍骨，但死的人可真不在少數，而且往後只會越來越多人死亡，情況更糟，他們母子倆死在半途也不奇怪。

兒子的話令陳大娘原本灰青的臉色更難看了。她咬著唇，好半天才恨恨的說：「可你只是個孩子，就算有些武藝，又如何比得過青壯年？你一個人要如何活下去？」

「我現在可不是獨自一個人，我這不還有您嗎？且那辛湖有一把子力氣，又是獨自一個女孩子，我把她收在身邊，兩個人互相扶持，也比得過一個壯男人了。」陳大郎把自己的想法說了出來。難得遇上一個出手幫他娘倆的人，還是個被家人遺棄的小丫頭，他相信辛湖一定會同意跟著他的。

陳大娘眼前閃過辛湖那黑瘦的模樣，再想想她那力氣，點了點頭。「那丫頭是還不錯，雖然年紀小，但力氣那麼大，趁著她年紀小，你好好籠絡著，也算是個幫手。」

大郎點點頭，他也這樣想的。趁著這丫頭年紀小，好好調教，自己也有個好幫手了。

看著兒子這份穩重從容勁，陳大娘又是自豪又是心酸。兒子好像一下子就長大了，以前那個不知俗事的小兒，居然都有點小小男子漢的氣概了，這樣出色的孩子，長大了該是如何有出息啊？也不知道兒子以後娶什麼妻，又不知道有哪家的女人能配得上自己兒子啊？

她越這樣想，就越發不捨得死去，但身體早已破敗不堪，活著對兒子真的是負擔。以前拖著不肯死，是不想讓兒子這麼早就沒了母親，受後母的搓磨；現在卻覺得，自己應該馬上死了，兒子才能好好活下去。

眼見母親臉上突然出現的光彩，大郎心裡直打突，知道母親已經不行了，眼淚馬上又湧出來。

他握緊母親的手，說：「娘、娘，您一定要活下去，活到給我娶妻，我還要給您生一堆孫兒呢！」他知道，眼下也只有這件事，能給娘一些活下去的信念。

「好孩子，娘也想啊，娘要是能看到大郎娶妻，死而無憾啊。」陳大娘笑道。沒一會兒，她目光開始渙散，笑聲也漸消。大郎清楚的感受到生機從他娘身上流逝，但眼睛卻仍死死的盯著他，張合著嘴想說又說不出話來，明顯還有好多的心願未了。

陳大郎心都要碎了，他腦子裡突然閃過個念頭，迭聲喊道：「辛湖、辛湖，快過來！」辛湖原本就在附近，聽到他的叫聲，連忙跑過來。大郎顧不得解釋，一把拉過她的手，跪在母親面前說：「娘、娘，我這就和辛湖成親，我現在就娶媳婦兒了。」

聽到媳婦兒，陳大娘臉上又勉強有了光彩，卻也只是用盡最後一絲力氣，把手放在兩人交握在一起的手上面，然後慢慢合上眼。

也不知道過了多久，辛湖覺得陳大郎把自己的手都抓麻了，腿也跪得生疼；而那位陳大娘的手都已經變得冷硬，但她身邊的陳大郎卻依舊直挺挺的跪著。

辛湖動了動身子，把手抽回，再慢慢撐著自己爬起來，對他小心翼翼的說：「大郎，起來吧，你娘已經去了。」

陳大郎好似剛從夢中驚醒，迷迷茫茫的看了她好幾眼，再看看面前的母親，才猛然醒悟。他顫抖著伸手到母親鼻下一探，果然早沒了氣。他頹然地一屁股坐在地上，抱著母親的身體大哭起來，心中全是不甘。

他沒想到自己重活一世，還是沒能救到母親。

辛湖心底一酸，又想起自己在現代的家人，陪著他哭了好久，眼睛都紅腫了。夜裡寒風吹起，吹得枯枝敗葉沙沙作響，令辛湖的心更加沈重。

這一夜，兩人陪著陳大娘僵硬的屍體迷迷糊糊的度過一晚。

第二天，辛湖本想好好勸一下陳大郎，卻見他已經開始有條理的打點母親的後事。這個荒涼的破地方，什麼也沒有，喪禮顯然是沒辦法操辦了。陳大郎讓辛湖幫忙母親換了身乾淨衣服，又給她擦洗乾淨手臉。

陳大郎身上只有一把砍柴刀，再加上辛湖撿來的一塊尖銳的石頭，兩人在不遠處找了塊地，花了一番功夫，累得半死，總算挖出一個土坑。

陳大郎看了看，最終還是捨不得讓母親就這樣入土。辛湖完全不知道要怎麼辦，一切都是跟著陳大郎做。陳大郎砍來一堆約小兒臂粗的樹枝，再剝了些有韌性的藤條皮，編造出簡易的樹枝棺材。

兩人把陳大娘放進棺材，再埋入土坑，最後又撿拾不少石塊壘上去。陳大娘的墳，壘得十分結實高大，而且陳大郎還特意在旁邊做下不少記號，打算以後再來此地祭拜母親。

「娘，兒子無能，連張紙錢都無法燒給您。您一路慢走，保佑兒子好好活下去，待來日，再來這裡拜祭您。」陳大郎在母親墳頭默念著，滿臉是淚。不管他怎麼努力，他娘終究死得這般淒涼，可至少這輩子，他總算給她送了終，還拉上一個媳婦，沒讓她像前世那樣可憐。

見陳大郎哀悼亡母，辛湖一直陪著他，什麼也沒有說。

安埋好娘親後，陳大郎看著身邊一直默默幫他的辛湖，沈思了好半天，才說：「辛湖，妳願不願意跟我成親？」

辛湖驚訝地看著他，好半天不知道該如何回答？

這麼個小屁孩，居然一本正經的問她願意不願意嫁？實在是令她不知道該說什麼好。雖然她很恨嫁，但現在這具身體才八歲，難道就要嫁給一個十歲的小毛孩子嗎？

陳大郎看著辛湖，把她臉上變來變去的表情看得一清二楚。這會兒，他倒是對辛湖感興趣了。一開始是為了了卻母親的心願，讓她走得安心一些，方才開口，半是打算負責，半是要拉攏個信任的伙伴。現在，他卻覺得就算娶辛湖也不算太虧。

起碼眼下，他還是很希望知道辛湖的想法。不過，如果辛湖不願意，他也不會為難她，畢竟辛湖這樣身分的女孩子，他並沒看在眼裡，要不是機緣巧合，加上她年歲還小，能夠親自把她調教成自己心中合格的妻子，他還不會在此刻求娶呢。

等來等去，等不到辛湖的回答，陳大郎心裡隱隱生氣，說：「妳一個姑娘家，獨自在這個亂世想活下去可不容易，就算是太平日子裡，妳一個小姑娘也不可能自己安家立戶，跟著我，起碼還有點奔頭。」

聽陳大郎說了一串道理，辛湖又愣了。她當然明白這些，只是她完全沒想到自己恨嫁了一輩子，這世為人居然能這麼輕易的嫁出去，這可真和她想像中的劇情不一樣啊。而且被個毛頭小屁孩求婚，很搞笑啊！

「妳要不願意，就算了，以後我們倆以兄妹相稱，一路也有個幫手。等妳長大後，我也會幫妳尋個好人家的。」見她沒回應，陳大郎又說。

辛湖看著眼前這個輕而易舉就得到的小老公，長得非常俊俏，又有能力，內心百感交集。陳大郎雖然才十歲，但在辛湖這個多活了一世的人看來，他可比自己更加成熟。

「你個小屁孩子，拿什麼娶我啊？」辛湖忍不住逗問他。

這幾天的相處，辛湖很明白，跟著這個陳大郎有出路，要不然，就憑她一個外來人想在這個時代活下去，還真不容易。而且，獨自一人過活，在這人生地不熟還一無所有的情況下，太困難了。現下她亟需找到同伴，就算大郎沒開口，她都打定主意跟著他了。

只是她怎麼也按不下心中的彆扭，居然被個小毛孩這麼一本正經的求婚……

這句話，令陳大郎俊俏的臉唰地通紅了，好半天他才羞惱的說：「妳才小屁孩子，我可比妳大呢！妳就說肯不肯，我保證有聘禮給妳。」

他完全沒想到，辛湖考慮的居然是自己有沒有能力和錢財娶她，難道自己不比她有錢有本領嗎？一個小丫頭，就算有怪力又怎樣？女人獨自生存可比男人要艱難好多呢！

瞧他有些不服輸的模樣透出了孩子氣，辛湖忍住笑，又問：「那跟著你有肉吃嗎？」

陳大郎被她這句話問得差點反應不過來，實在不懂她為何又從聘禮跳到吃肉上了？過了好半天，陳大郎才答。「有，保證能讓妳吃飽穿暖。只要我有一口吃的，就絕對少不了妳的。」

「好。這可是你說的，不管以後你多發達，就算當再大的官，也別忘記了今天的話啊！」辛湖又叮囑道。

「好，所謂糟糠之妻不下堂，我保證以後發達了，也只有妳一個妻子。」陳大郎又看了辛湖幾眼，才掩下眼中的驚奇，給她一個鄭重的保證。這小丫頭說話還真是一板一眼，哪像個八歲的土妞啊？果然人不可貌相。

「哦，還有一條，你不能納妾啊！我可不與一群女人共用男人。」辛湖忽然想起，這是古代，古人可是講三妻四妾的，連忙又加了一句。

「妳這小丫頭哪來這麼多條件？我什麼時候說要納妾了？還共用男人呢，這是妳個小姑娘家該說的話嗎？」陳大郎被辛湖這直白的話，弄得臉都紅了。

「嘿嘿，我這不是給自己多謀點福利嗎？」辛湖挑起眉，想笑又沒好意思笑出來。這要是在現代，她還得要房、要車、要老公的薪水袋呢。

「好啦，我同意了。」陳大郎對這一點反倒不在意。他最恨他爹的妾了，要不是因為那個妾，他娘也不會因為小產而身體一直不好。

就這樣，兩個小人兒居然一本正經的談妥了婚事。

陳大郎也不知道從哪裡掏出一對沈甸甸、做工精緻的金手鐲遞給辛湖，說：「這是我娘留下給兒媳婦的，給妳了。」

辛湖眼睛一亮。沒想到這小毛孩還有這一手呢！這對金手鐲一看就非凡品，別的不說，光這重量，就知道夠值錢了。

「哇，好漂亮的金手鐲啊！」辛湖拿在手上翻來覆去看了好半天，最後還學小說放在嘴裡咬了一口。據說金子是咬不動的。

雖然來古代的時間不長，還沒怎麼了解過古代的物價，但辛湖也是個看慣了穿越小說的人，自然知道古代金飾價值不凡。別說是古代了，就是現代，金子也是保值品啊！只可惜，辛湖如今瘦瘦小小，這小胳膊戴上金手鐲，顯得空蕩蕩的，沒給她增添什麼光彩。

最後金鐲子被她十分仔細的貼身收起來了。不管怎麼說，這可是她來古代得到的第一個值錢物品，可得好好收著，將來實在過不下去，多少可以換點銀子花用。

陳大郎見她這副樣子，嘴角抽了抽，一瞬間甚至覺得自己是不是腦子抽了？瞧這小丫頭的精明勁兒，絕對不是毫無見識的鄉下土妞。

辛湖這會兒在心裡樂開了花。沒想到果真找到老公了，雖然還小，但自己現在也小嘛！就在這個破地方，還能搞到一對金手鐲當聘禮，的確是意想不到的收穫。

就憑這對手鐲的價值，她敢說，陳大郎的身分絕不簡單。以她從原主記憶中接受到的知識，尋常窮苦人家，連個銀手鐲都不太可能擁有，哪會有這麼漂亮的金手鐲？

天色漸漸黑下來，辛湖心情極好，只差沒哼起小曲兒。兩人很快去打水、燒水，雖然主食是米麩，也沒有配菜，但這年頭能搞飽肚子就不錯了。她現在可就指著這一包米麩度日子。

雖然無法給陳大娘好好操辦喪事，陳大郎還是規規矩矩的和辛湖在這裡替母親守了三天，才依依不捨的離開。

走之前，陳大郎帶著辛湖在母親墳前道：「娘，我們要離開這裡了，日後再來看您。」

而辛湖原本就不知道該去哪裡，這幾天也就只認識了陳大郎，不跟著他走，她還真不知道該怎麼辦？況且陳大郎根本就不像個十歲的孩子，成熟得驚人，令她自嘆弗如，她相信這人一定能帶著她活下去。所以當時大郎求親，她才沒作多想，一口就答應了。

不過未來多變，她相信以後兩人長大了，無論哪個不想真的成親，也不是大問題。反正，也沒外人見證這場婚約嘛！想毀婚更是簡單，古代不是很講究父母之命、媒妁之言嗎？雖然陳大娘算是見證了，但人死燈滅，終歸是他們自己做主定下的婚事，不怎麼合規矩。

第三章

兩人沈默的揹起包袱，小心的爬到大路上，還來不及喘口氣，就見證了一場殘酷的搶殺事件。兩隊人馬混戰在一起，地上還倒了好幾具屍體，路上四處是血，可見死傷慘重。嚇得他們連忙又順著山坡躲回去，兩個半大的孩子，一定是別人打劫的好對象。陳大郎沒想到才耽擱幾天，這路上簡直都不能走了。

「怎麼辦？太可怕了。」辛湖擔心的問。

幸好兩人機靈，個子又小，要是被剛才那幫人看見，說不定小命就丟在這裡了。辛湖拍了拍受到驚嚇的小心臟，暗地裡狠狠罵了幾聲賊老天。帶她到這個鬼地方，吃不飽穿不暖就算了，還得時刻提心吊膽擔心自己的小命，這哪是給她的好補償啊？想起來都是淚……

陳大郎看著陰沈沈的天空，心情也很不好，好半天才說：「我們不往前走了，改往山裡走吧。找個地方先住下來，過了冬天再說。」

因為他很清楚，再過些日子，前面的府城就不會再接納逃難的人群。而且隨著形勢越趨嚴重，死的人越來越多，還會發生大規模的殺傷搶掠災厄，甚至還有人吃人的慘事，最後還爆發了瘟疫。

在他的記憶中，當年逃到府城附近的流民，沒有幾個人能活著進城，絕大多數都被關在城外，不管有沒有染病都被官府派重兵把守，一把火燒了個精光。沒有一些門路，真正能活下去的難民太少了。

「山裡？就我們兩個不怕猛獸嗎？而且沒有吃的，連被子也沒有，怎麼活下去？」辛湖反問。

「總有辦法的。說不定還能在山腳下遇到上山的獵戶，我身上還有點銀子，總能活下去。要不然走大路，怕是等著被人吃了。」陳大郎說。

辛湖沒有再反對。她對這世界太陌生，根本想不出比他更好的辦法，實則她也很怕面對那些可怕的事情。她明白，當人類喪失底限時，是真的會吃人的，弱小的人在亂世裡想活下去可不容易。

兩人開始沿著羊腸小徑往山上走。兩人都不認路，只能埋頭朝大山的方向，餓了就吃點米麩，渴了就喝點冷水，累了就隨意找個能擋風遮雨的地方休息。尤其到晚上，天寒地凍的，兩人得緊緊的抱在一起取暖才能入睡。

靠著陳大郎帶的這些東西，目前兩人還能活得下去，畢竟有吃的、有厚實保暖的衣服。白天他倆都在趕路，天黑前，他們會找個安全的地方，撿些柴草把白天路上偶爾採的野菜加在米麩裡煮來吃。若採的野菜多，就會單獨煮一壺野菜湯，陳大郎的包袱裡帶了一包精鹽，約三斤重，兩人省著點吃，應當能吃很久。

這個時代無污染，一路上雖然沒見到大河、大水潭，但就算是小小的水坑，水也一樣很乾淨；而這一路荒野上，兩人還發現過少量能吃的野果。

雖然這個季節野菜、野果都過季了，不算好吃，他們也一樣當寶，雖然少得可憐，但兩人一點點都不放過。有這些東西入口，總比天天光吃米麩要好得多。辛湖的嘴角爛了，陳大郎也一樣，這是身體缺乏維生素的緣故。這些野果、野菜不但減少糧食消耗，同時給他們補充維生素和營養。

十天過去，他倆並沒有走多遠，可食物已經少了一大半。

就這十天，辛湖已經不知在心中暗罵過多少次老天爺。這個鬼地方，窮得要死，沒得吃又沒得穿。

兩人全部的家當也不過一包米麩、一包鹽，再加上幾件厚衣服與一張油布。武器就一把匕首、一把砍柴刀、一把陳大娘留下來的剪刀。至於大郎身上有沒有銀錢，她並不太在意，而且就算有，現在拿著銀錢在這裡又能買到什麼呢？

看著天空陰沈沈的，又颳起了大風，辛湖縮著脖子說：「怕是要下雪了。」

「嗯，快走吧，趕緊找個避風雨的地方，先安頓下來。」大郎環顧了一下四周，加了快腳步。

這種天氣，顯然不可能再趕路了，兩人便就近尋找避身之處。辛湖眼尖，發現一個類似山洞的凹處，拉著大郎指了指。大郎點點頭，小心的撿起一塊石頭，兩人一前一後的往洞口走，要是裡面有猛獸就趕緊跑，要是沒動物，就在這裡住下。

「哇哇……嗚嗚……」一陣微弱的哭聲不知從何傳來，嚇得兩人一跳，停頓老半天，他倆才發現哭聲居然是從洞裡傳出的。

「有人。」兩人對視一眼，更加小心了。眼看天色越來越暗，又已經飄起小雪粒，大郎橫下心來，挑開覆在洞口的枯藤蔓。

「誰？」洞裡傳來窸窣的動靜，隨之響起一個孩童的聲音。兩人心下大定，只是個孩子。進到洞裡，兩人不禁後退幾步。除去遮擋，光線透進來，不深的洞裡居然還躺著一個大人，顯然已經死去，不知道已死幾天了？那個孩子看起來大約四、五歲，見到他倆居然不害怕，反而一副欣喜的模樣。

孩子叫做平兒。這家人的家當十分少，幾件破舊的大衣服全攤在草堆上，旁邊放著一個裝東西的背簍；地上還擱著一把菜刀、一個粗木碗、一個裝水的葫蘆。靠著菜刀與砍柴刀，再加上石塊，三人忙活半天，才挖好一個坑，安埋平兒的爹。

平兒說自己有六歲多了，但看上去不過四、五歲，也一樣黑黑瘦瘦的。這幾天他一直啃著自家製的硬粗菜餅，就著冷水吃，獨自一個人度過三天。他爹死時，一開始他還不懂，後來就算明白了，他一個人也不敢離開山洞，更不知道要上哪兒去？

這個山洞比先前辛湖他們安置的山洞要稍微大一點，同樣堆滿乾草，也算是個不錯的避身之處。

夜裡，下起夾雪的小雨。三個孩子，一邊煮水弄東西吃，一邊說著話。

主要是辛湖與大郎問平兒一些事情。

「我們在這裡住了幾天，我爹肚子疼，疼得打滾，後來就死了。」說完，平兒抹了一把淚。

他雖然六歲多了，卻說不太清楚自己從哪裡來，只知道是什麼陳家村。他爹叫陳二狗，他娘和妹妹等人在路上就死了，他爹也是因為肚子疼得不行，才從大路上下來，在這裡找個地方暫時安歇。

辛湖和陳大郎聽完平兒的話，都情不自禁的直搖頭。這孩子要不是遇上他們，估計也活不了多少天，等他的食物吃完，不是餓死就是凍死。

平兒原本有些膽怯，但見到他倆幫自己埋了爹，便對他們特別親近。他獨自一個人也活不下去，求生的本能讓他眼巴巴地看著兩個大孩子。

大郎看著平兒，唯有苦笑。眼下，他和辛湖都不知道該如何度過這個難關，現在又多了個負累。但他們總不好把平兒丟下，眼睜睜的看著他死吧？

可能是怕他們丟下自己，平兒很勤快，就算是下雪，身子單薄的他也出去撿柴、打水，搶著做事。他將剩下一小包的粗糧和兩個鹹菜頭全貢獻出來。他那個背簍裡裝著全家的家當，如今也只剩下約十斤的粗糧，一把鐵鍋、三只木碗、一把鐮刀。

有了這把鐵鍋，辛湖總算能試著煮點其他的食物。她試著煮了粗糧粥，加了唯一的一把野菜，再加一點鹹菜入味。就這樣簡單的粗糧粥，三個孩子吃得香甜極了，就連辛湖自己也吃得格外滿足。雖然她前世還算嬌慣，但接受了這具身體，因原主留下來的一些習慣與生活經歷，令她吃著這麼粗糙的食物也嚥得下去。

鍋不大不小，煮的粥剛好夠三人各一碗，吃完後，平兒搶著出山洞去洗碗。

「平兒，你在洞裡待著吧，外面冷。」辛湖不忍的勸說，接著搶過水壺自己去打水。

大郎沒吭聲，大腦不停的轉動著，但真想不出什麼好辦法度過眼前的難關。憑他們三個孩子，要在山裡存活實在太不現實了。前往府城的路太亂，就算真進到府城，也很危險。可光是在山中小徑走，誰知道能不能遇上村子？要一樣是荒野地，找不到地方住，沒東西吃，他們想活下去就難了。

在山洞待了一天。第二天天氣轉晴，氣溫卻驟降不少，外面也因為下過小雨格外潮濕，不好趕路。於是大郎決定不趕路，先在附近轉轉，想在附近試著找到些可以吃的東西。

三個人穿好厚衣服，小心的握著粗木棍子，一步一步的往下坡路上探。最終卻一無所獲，反倒弄濕全身，不得已三人只能回到洞裡，點火烤衣服。

又過去兩天，在太陽的照耀下，小雨帶來的麻煩終於消失了。望著遠方灰濛濛的天空，大郎決定繼續走，否則留下來也是死路一條。

「平兒，從今天以後你就叫我大哥，你就是我弟弟，這是你嫂子。」大郎叮囑。既然要帶他上路，自然也要是個貼心的人才行，得從現在就開始教育了。

「大哥、大嫂。」平兒也機伶，眼睛一亮，連忙喊道。這表示他倆會帶自己走，並且把自己當親人了。

「還是叫大哥、大姊吧。」辛湖糾正。她才八歲，就被人叫大嫂，實在是有點受不了。

平兒看看辛湖又看看大郎，見大郎沒反對，最後小聲叫了聲大姊。

「平兒，你知道附近哪裡有人家嗎？」大郎又問。眼下，他覺得最好快點找到能安身的地方，不能再趕路了。糧食就那麼一點兒，吃完了該怎麼辦？

「我爹說那邊有村子，不知道有多遠？」二郎指著北面說。他爹是個貨郎，去過的地方不少。

「好，我們就往那邊走，要是找到人家，就先安定下來，待開春天氣變暖後再作打算。」大郎說。只要熬過這個冬天，春天就不怕了，漫山遍野總找得到果腹的野菜。

辛湖早就不想再走了，一聽此話，立刻表示贊同。天天在野地裡流浪，這日子太難受，她擔心自己要不餓死就是累死、凍死，還是快點找個地方安置下來才是正經。

三人往北又走兩天，辛湖見到遠處一堆紅紅綠綠的東西，在這個滿眼都是灰色的荒野裡實在顯眼，於是停下腳步問：「那些是什麼？」

離得太遠，哪看得清楚啊？大郎和平兒瞇眼仔細看了看，都搖頭。等走近一些，他們才發現那是人。花花綠綠是人家身上的衣服。

「小心，說不定附近有很多人。」大郎謹慎的吩咐平兒先停下來，把東西都帶上，找地方躲起來。他和辛湖拎起兩塊石頭，小心地往那邊過去。

結果走近一看，才發現趴在地上是個約兩、三歲的娃娃，哭得嗓子都啞了，鼻涕泥土草灰糊滿臉，地上還躺著兩個早就僵硬的女人。年輕的多半是娃娃的母親，地上還有一灘早就乾涸的血跡，身體古怪的扭曲著，像是摔斷好幾處的骨頭。年紀大的女人看樣子是撞到頭，後腦底下留有一灘血跡，也不知她倆帶著個孩子是怎麼到這個地方來的？

辛湖心腸軟，快步過去抱起娃娃，大郎則撿起地上的幾個包袱，兩人動作極快的往回跑，怕還有人來。

回到平兒藏身處，辛湖倒些葫蘆裡的溫水給娃娃洗過臉，又餵一些水給他喝。娃娃大口大口的飲著水，一雙圓溜溜的大眼睛緊盯著他們三人，一刻也不敢放鬆。

「要燒點熱水，弄些東西給他吃。這孩子也不知獨自一個人待了多久？」辛湖抱著娃娃嘆口氣。

這孩子也是命大，獨自一個人在荒郊野地裡居然能活著遇上他們。不過，這娃娃身上穿的衣服可不少，戴著厚實的虎頭帽，還繫著厚棉的大斗篷，全身上下包裹得嚴嚴實實的，因此身子還算暖和。

平兒去打水，大郎翻看一下兩個包袱。一個裡面全是衣服，而且都是質地不錯的衣物，不像他們穿的都是粗布衣，孩子的衣服居多，另外就是女人的。還有一個包袱裡裝的是吃食，各類點心不少，還有小袋子裝上好的大米。

「這孩子恐怕是富貴人家的。我再上去找找，看還能不能找到其他東西，他們不應該只有這些。」大郎說完，把點心拿出來給孩子吃，又拿了兩塊給平兒和辛湖，自己也吃一塊解饞。現在他們正缺糧，如果能多找點糧食，活下去的機會就高許多。

「大哥，我和你一起去吧。」平兒說。

「不用了，我一個人去就好。」

「不行，我陪你去吧。平兒，抱著他。」辛湖見小娃娃餓得慌，只顧大口吃點心，連忙把他遞給平兒。

平兒緊緊的抱著這個胖娃娃，又小心的躲藏起來。

大郎和辛湖過去仔細尋找，果然在不遠處的草叢中又找到一些東西。

「我們上去看看吧，上面肯定有大路，這一家子不可能是從小路來的。」大郎提議。帶著這麼多東西，又還有娃娃，單憑兩個女人家絕對不可能走到這裡。

「好，我們小心點。」辛湖的想法與大郎不謀而合，她也覺得上面會有路。

兩人小心的往上爬沒多久，就發現好幾具屍體，應當是娃娃家的男人們。有年輕的、年少的，也有中年的，他們都死了，身邊什麼也沒留下，甚至連身上的厚衣服也被剝掉，好幾具屍體都只剩下一身裡衣。估計該是一家人，不知何故在這裡遇上禍事。這幾個男人明顯是被人殺死的，屍體上滿是傷，有刀傷、砸傷，死得很慘。

辛湖難受又害怕，匆匆掃了幾眼悽慘的屍體，就緊緊跟著大郎，一步也不敢離開。再往上面爬，果然有條大路，也不知道是不是官道，連綿起伏九曲十八彎似的，只不過這會兒路上並沒見到人。

大郎環顧四周，低聲說：「這是個埋伏的好地方。」此處正是一個低窪地，別說前不著村後不著店，壞人只要埋伏在兩邊，前後路一堵死，殺幾個人攔路打劫，真是再容易不過。

「快走吧，說不定他們還會再回來呢。」辛湖被他說的心裡發毛，連忙催促。

大郎點點頭，和辛湖沿著原路往回走。

路過那幾具屍體時，辛湖不忍的問：「我們要把他們埋了嗎？」

「算了，他們這麼多人，我們回去把兩個女人埋了就是。」大郎搖頭。這裡有好幾個男人，他倆哪有辦法挖那麼大的坑來安葬他們？

辛湖沒有再反對，她很害怕，只希望快點離開這個地方，她還是第一次見到這麼多屍體，死狀還這麼慘。

回到撿到娃娃的地方，正好不遠處有個深坑，大郎把兩個女人拖到坑裡。正準備將兩個女人埋起來時，他想了想，又在她們身上搜索一下，果然找到了兩個小錢袋。

錢袋裡不過是一些散碎銀，連個首飾也沒有，倒是那年輕女人腕上戴只厚重的銀手鐲，頭上還有支銀簪子。大郎想了想取下來，就當是留給那娃娃一點念想，也許以後可以憑這兩樣東西找到親人呢。

埋好兩個女人，大郎和辛湖撿回散落在地上的物品，有一具精巧的小銅爐還帶有一只小銅壺，還有小兒用的木碗與銅勺子。最重要的是，還有一包白麵饅頭，雖然凍得硬硬的，但大郎與辛湖卻不由自主的嚥了嚥口水。這等好東西在此時此刻實在是太貴重了。

多個娃娃，加上兩個大包袱，也多了食物，大郎與辛湖的心情既歡喜又沈重。很顯然這一家人是被殺的，就不知道是仇殺，還是在逃難中，被其他起了壞心的難民動手的？不管哪樣，都令人唏噓。

「我們要帶著他吧？」平兒吃力地抱著娃娃問。

娃娃吃飽喝足後，居然美美的窩在他懷裡睡著了。平兒一看就很會帶孩子，據說他以前在家也經常帶弟弟妹妹。辛湖和大郎雖然力氣不小，但現在有了五個包袱、一只背簍，再加一個胖娃娃，每人要揹的東西可不少呢。

辛湖皺眉想了想，取來背簍，拿一件厚衣服放進去，再把娃娃也裝進去，試著揹起來，居然還不錯。這只背簍原本是裝東西用的，這會兒倒便宜了娃娃。他在裡面睡著也方便，他們就不用騰出手抱，這樣倒省了不少事。

「這個主意不錯。」大郎笑了笑，又說：「把背簍放下來，先把這娃娃的衣服換換，穿這一身太顯眼了。」

辛湖放下背簍，看了自己，再看看大郎與平兒，三人均是一身灰撲撲的粗布舊衣服，甚至還有補丁，而這娃娃卻穿著鮮豔的錦服，確實不相稱。

第四章

大郎和辛湖把幾個裝衣服的包袱都打開，把好衣服用破舊的衣服包好，又拿出一件平兒的破舊夾衣，替娃娃換上平兒的夾衣，再拿一件大郎的厚衣服將娃娃包得嚴嚴實實。

換衣服時，辛湖發現娃娃早就尿濕褲子，又連忙幫他換上乾淨的衣褲。

辛湖本來就會照顧小朋友，平兒也是，所以給娃娃換衣服不是難事。大郎看著兩人熟練的動作，心裡鬆一口氣。這麼一番整治，本來像年畫上的胖娃娃，立即變成窮人家的娃娃，再往背簍裡一裝，外面再繫上一件破大衣服，便再也看不出娃娃那身富貴氣了。

「夠掩人耳目吧？」辛湖笑著揹上背簍，再一手挽起一個大包袱，一點也不顯吃力。

「走吧。現在更不能往大路走了，就連有人來往的路上，我們都不能去了。」大郎說。

平兒不解地看著他，張了張嘴，卻沒有提問。他年歲不大，只憑著本能，覺得有人的地方才安全，但他現在更相信大郎與辛湖。

「我們剛才上去，看到好多屍體，他們都是被殺的，就我們四個孩子，要是遇上壞人，定會沒有活路。」辛湖解釋道。

平兒睜大眼睛，半知半解地看著她，心裡更加害怕了。

「別怕，我們快點走。」大郎自己繫好包袱，又幫平兒也繫上一個包袱，拿起手中的木棍，在前面帶路。

原本只有他和辛湖兩人，活下去的機率很高，可多了個平兒，現在又多個兩、三歲的娃娃，令他降低許多信心。不過想想現在身邊總算有伴，還有糧食和禦寒的衣服，他的心裡又安定下來。

帶著個娃娃，一路上多出不少瑣事。幸好娃娃可能因為年紀小，受到這樣的驚嚇，居然也沒有造成太大的影響，他依循本能吃飽喝足後，就在辛湖的背簍裡美美的睡著。一直到大家都走累了，停下來休息時，他才慢慢睜開眼睛。

天色已晚，平兒在周圍撿拾一些乾柴草，大郎去打水，準備開始燒水弄晚餐吃。因為附近沒有可以容身的小山洞，他們只能在一塊背風的突出大石頭底下露宿。這突出的石塊好似個屋頂，他們在兩邊堆放些乾草，就弄成個簡易的草棚，勉強能暫時遮風避雨。

辛湖看著大郎這般東弄弄、西弄弄，居然弄出這麼個臨時住所，心裡佩服極了。她還以為今天必須露宿，沒想到大郎還是給大家擠出一個可以容身的地方，雖然算不上多舒適，總比大冷天完全露宿曠野中要好許多。

冬天的傍晚，沒多久天就徹底黑了，空蕩蕩的小山上，只剩下他們一行四人，燃燒的火堆成了整個暗夜中唯一的亮光。

辛湖拿出三個饅頭，在火上慢慢烤著，壺子裡燒著開水，另一個小壺裡則煮著稀疏的野菜湯。這些野菜很老，一點也不好吃，卻是他們唯一的蔬菜來源，不吃都不行。

娃娃吃著一塊點心，兩眼亮晶晶的看著火堆，覺得很好玩似的。沒一會兒，他扭扭身子，但大家各自忙碌，沒人理會他。

「尿尿。」突然，一直沒有說話的娃娃冒出兩個字，奶聲奶氣的，卻口齒清晰，旁邊三個大孩子一時都愣住了。他們本以為這娃娃還不怎麼會說話呢。

一陣手忙腳亂，侍候娃娃尿完後，他居然抱著辛湖說：「姊姊，我要娘。」

「你娘去很遠的地方，回不來了。」辛湖強忍著心酸對他說。她還以為娃娃還不懂事，沒想到不過是這會兒才反應過來要找娘。

「我要娘，哇哇～～」娃娃哭鬧起來。辛湖和平兒怎麼哄都哄不住，空曠的大地上充斥他的哭鬧聲，隨著北風嗚嗚作響，有種驚悚的氣氛。

「你娘死了！」大郎冷冷的吼一聲，成功的令哭鬧不休的娃娃停下來。

只不過看著滿臉是淚的小娃娃，再看看辛湖那明顯不贊同的目光，大郎卻莫名的心虛。他摸摸鼻子，又狠下心說：「你娘死了，再也回不來了。從現在開始，你得跟著我們，你要是再哭鬧，我們就丟了你，讓山裡的野狼吃掉你。」

說著，他還做出可怕的鬼臉，學狼號叫幾聲，嚇得娃娃猛地撲進辛湖懷裡，不敢再哭鬧。他還不大理解死的意思，卻下意識怕大郎說要把他丟掉餵狼。

辛湖安撫他一會兒，掰一片饅頭，放進野菜湯裡浸泡，慢慢餵娃娃吃。

一開始，娃娃並不樂意吃，明顯吃不慣。但他很聰明，見大家都吃同樣的東西，再看看大郎的黑臉，就乖乖的吃了起來。

好不容易吃到白麵饅頭，雖然是就著野菜湯，辛湖卻像是吃到什麼山珍海味，這種饅頭因為麵粉純正，而且不是現代的精麵粉，吃起來很有嚼勁，在口裡覺得格外香。饅頭很大，一個足有半斤，再加上野菜湯，三個孩子都吃得很飽、很滿足。

尤其是平兒，邊吃邊說：「我還是第一次吃到白麵饅頭，真好吃啊！」他完全沒想到自己還能吃上白麵饅頭。

「省著點吃，明天我們不能一次吃三個，只能吃兩個，應當可以夠我們吃四、五天了。」大郎說著嚥下嘴裡的饅頭，又喝一大口野菜湯，心裡在計算這些饅頭能吃幾天時間。

辛湖點點頭，一面哄著娃娃問：「寶寶，你叫什麼？」

「我叫大寶，我三歲。」娃娃答。

「那你爹姓什麼？你家是哪裡的？」大郎驚喜的問。沒想到這娃娃還知道自己的名字和年紀，他還以為這孩子全然不懂呢。

「我爹是將軍，打仗去了。」大寶卻答非所問。

幾個人輪流問了好半天，大寶卻只知道他爹是個將軍，而且這些話還是家裡人平時教他的。也就是說，他根本就沒見過自己的爹，更不明白自己家在哪裡。

「他才三歲，能知道這些就不錯了。」辛湖看著皺眉頭的大郎，勸道。

大郎想想也是，便不再說話了。

辛湖現在是什麼事也懶得想。就算努力去想，她也無法解決什麼，所以該吃就吃該睡就睡。反正現在這副孩子的身體，經過一天的跋涉，累得一到天黑就想睡覺，哪有空去想東想西？於是，她摟著大寶，很快陷入沈睡。

聽著身邊三道深淺不一的呼吸聲，大郎努力讓自己靜下心來，好快點入睡，心卻怎麼也靜不下來。他很擔心，該如何活下去？三個孩子原本日子就艱難，現在又多了個小拖油瓶。

「娘……」睡夢中的大寶無意識的嘟囔幾句，在辛湖懷裡掙扭幾下，又沈沈睡去。

大郎借著火光，看到辛湖伸出手慢慢拍打大寶的後背，很顯然即使在睡夢中，她都下意識的顧著大寶，明顯平時習慣看顧孩子。再看看平兒，依舊緊緊抱成一團，努力把自己整個人團進衣服堆裡來抵抗寒風。

大郎覺得自己就是老媽子的命。他把當被子用的厚大衣將辛湖露出來的手臂蓋住，又拿另一件往平兒身上湊，再往火堆上添加一大把粗樹枝，才緊緊的靠著平兒，躺下來睡覺。

不知不覺，勞累了一天的大郎也抵擋不住疲累，慢慢睡著了。

第二天，趁天色剛剛亮，煙火還不足以被遠處的人們發現，辛湖早早就起來打水煮粥，燒今日要喝的開水。白天他們不敢點火做飯燒水，就怕煙火引來壞人。所以，他們這一路走來，都是天擦黑和快亮時，各燒一次火。

等辛湖煮的白粥散發出香味時，大郎和平兒都醒了，就剩大寶還在睡。

平兒和大郎洗漱完畢，一面忙碌著收拾東西，順便把大寶弄醒。早飯很簡單，就是白粥，每個人喝飽肚子就起程。不管怎樣，這段日子，大家還沒有餓肚子過。

也不知道是不是因為救了大寶，得了點善報，三天之後，他們居然誤打誤撞的找到一座廢棄的小村子。

雖然這村子也不過是三幢屋子，大約是這裡曾經住過三戶人家。三幢屋子被雜草與樹木掩蓋住，坐落在一片平坦的低窪處。村子三面環山，又被高大的樹木包圍著，極難被人發現。要不是因為平兒人矮力氣小，走著走著不小心腳下一滑，順著土坡滾落，他們還發現不了這個地方呢。

當時，平兒往下滾，大郎連忙去拉他，但下滾的力量大，他也跟著滾下去。辛湖嚇得驚叫起來，大郎卻立刻沈著的吼道：「跟著我們，小心點。」

辛湖揹著娃娃和包袱，慢慢往他們滾下去的方向找過去。他倆這一滾，最後被樹擋住才停止。因這一路上滿是枯草和落葉，他們穿得又厚實，兩人並沒有受傷，等他們爬起來，才發現下面不遠處居然有人家，也算是因禍得福。

「這裡有人家，但不知道肯不肯收留我們？」大郎有些擔心的說。

「不管怎樣，先過去看看吧。」辛湖有些期待。她還是希望能先安定下來，畢竟現在天寒地凍的，在外面實在過不下去，更何況他們還帶著個娃娃。等大雪到來時，他們如果還在荒野中，真的會凍死。

「平兒，先帶大寶在這裡藏著，我和阿湖過去瞧瞧。」大郎想了想，還是不敢直接找過去，覺得要小心點才行。要是這裡的人不安好心，他們過去豈不是自投羅網？

平兒點點頭，有些害怕的接過背簍，帶著大寶和包袱，找了個隱蔽處藏好，大郎才和辛湖往村子裡走去。

越接近村子，兩人心裡越驚訝。因為這一路上他們走的路都長滿了草，完全不像是有人來往的路，而且他們完全沒聽到人聲或雞鳴狗叫，村子裡安靜極了。

在村子入口處，都能清楚看到三幢屋子快被荒草吞沒了。大郎拉住辛湖，說：「有點不對勁，這裡好像沒有人呢。」

「不會吧？這些屋子看上去都還好好的啊，難道他們離開這裡了？」辛湖不解的問。

大郎搖搖頭，沒說話，他也不知道這是為什麼？在入口處觀察一會兒，見一點動靜也沒有，兩人才小心的進入村子。

果然，三幢挨著不算遠的屋子都沒有人，明顯是座被廢棄的村子。其中最裡面那間屋子可能沒人住的時間最長，野草長得都快遮住大門了。在蒼涼的冬日下，整個村子看來破敗不堪，低矮的土黃色牆體與雜草屋頂，與成片的快人高的荒草，在在告訴他們，這村子是真的沒人了。

兩人在村子裡轉一圈，也沒搞明白為何這些人會離開這裡，只看出村人們曾經生活過的痕跡。比如大門外那些曬晾用的木頭架子，又或者一些廢棄的小凳子、竹籃、竹框等物，無言的證明這裡曾經生活過一群人。

看著整個小村子幾乎被野草掩蓋，但屋子雖是土牆草頂卻沒有坍塌，還保持得很完整。大郎估計這些屋子廢棄的時間並不長，約一、兩年，若時間再久一點，這些房子應該會只剩一些斷壁殘垣。

村子不遠處有一窪不小的池塘，早就枯敗的荷葉與蘆葦被風一吹，孤寂的沙沙作響。蘆葦遮住另一片的天空，他們暫時不打算去那裡查看。

「我們就在這裡暫時住下吧，再走也不知道能上哪兒去？這村子也算不錯，那邊還有個池塘，我們挖些蓮藕也能暫且度日了。」大郎說。

好不容易找到個安身的地方，而且此處還沒有外人，又隱蔽，很適合他們四人生活。就是糧食稀少，不過挖點藕、找些野菜，應該還能度日。

辛湖與平兒自然不會反對，趕路的日子實在是累得慌，外面寒冷，每晚睡在野外太不安穩，再不找地方住下來，幾個小孩都會熬壞。

見中央那間房子明顯要新一些，門窗完好，幾人就決定在那家住下。

把大寶從背簍裡抱出來，隨手給他一塊點心，就把他放在背簍上坐著，讓他自己玩。辛湖三個大孩子，忙著把屋門外的雜草清理一下，再打開原本就沒有上鎖的大門。

屋子裡保持得還不錯，三間正屋都還留下一些東西，左右兩間房裡各有一張簡易的土炕，炕上空蕩蕩的落滿灰塵，中間的堂屋裡還有幾張長短腿的椅子，和一張斷了一條腿的大方桌。

打開後門，他們才知道後面是座小院子，只不過這會兒早就長滿野草，低矮的竹籬笆也被野生藤蘿纏得失去原來的面貌。三個人費了好大的勁才把小院子清理出來，終於打開後面廚房的門。

沒想到，廚房裡面居然剩下不少破爛的鍋碗瓢盆，勉強還能使用。最後，辛湖還在角落裡找到一個半新不舊的半大木盆。

辛湖看著盆子，其他事都不做了，高興的說：「我要先拿去裝裝水，看能不能用？」

「妳要幹麼？」大郎不解的問。他就不明白，這丫頭居然對個盆子這麼感興趣。

「要是能用，我們就有盆子可以洗澡了啊！」辛湖開心的答。

大郎黑了臉，想想自己也不知有多久沒有洗過澡，於是說：「那妳去吧，小心點，可別掉進水裡了。」他現在也希望這個盆子還能用。四個人，也確實該洗澡了。

辛湖樂呵呵的拿著木盆去到池塘邊。可能是村裡人也在這個池塘裡用水，池塘邊有個石頭搭好的小平台，很方便洗東西。她蹲在石頭上，直接拿盆子舀起半盆水，端起來放到一邊。等了一會兒，她發現這盆子一點也不漏水，這才喜孜孜的拔了把枯草開始認真的擦洗木盆。

她端了半盆水回來，大聲說：「這盆子是好的！我打了水回來，先把房間收拾出來吧，今天晚上好睡。」

大郎和平兒聽話的各自拿了塊破布開始清理房間，這時，辛湖才發現房間角落還有個藤編的大櫃子，完全與牆體融合在一起。

「嗯，居然還有個櫃子可以放衣服，真好！」辛湖笑道。

平兒和大郎也忍不住笑了起來。三個人加快速度，先把火炕和櫃子擦洗一遍，再把門窗都擦乾淨了，天色也慢慢暗下來。

「好了，今天不收拾了，先打水回來做飯吃，剩下明天再弄吧！」大郎扔下手中的破布，把兩個銅壺都拿出來，去池塘邊打水。

平兒早就把院子裡的枯草都收集成堆。在外生活艱難，他這會兒熟練地在院子裡找幾塊石頭，架設個簡易土灶，開始燒水。

累壞的辛湖根本不想再動，直接燒開水沖泡米麩，四個人就著搞飽肚子。接著她又燒了水，大家一起認真的洗手臉、泡腳，而後四人在已經收拾乾淨的土炕上，鋪上幾件破舊的厚衣服，一股腦的爬上去，直接睡下了。

這可是辛湖第一次睡在屋子裡，雖然床並不算暖和，卻比露宿在外要好多了。最起碼這個晚上，大家都沒被凍醒，也不用擔心會有野獸或者壞人出現。

第二天，辛湖是被娃娃鬧醒的。

「大寶要尿尿了吧？」辛湖笑道，快手快腳的穿上厚襖子，再抱起娃娃，讓他直接在床前的地上撒了一泡尿。待大寶撒完，她才想到這可是在屋子裡呢。

果然，她很快就聽到大郎不滿的說：「幹麼不帶他出去尿？」

「我忘記了。」辛湖心虛的笑著解釋。

大郎沒再說什麼，穿上衣服起身。見平兒還睡得熟，也沒叫醒他，把自己蓋的大衣給他蓋上，說：「我來給大寶穿衣服，妳先去把水燒上。」

辛湖點頭，把大寶交給他，自己穿戴整齊，出去打水。

打開大門，清晨的寒風令辛湖打個哆嗦，她幾乎是小跑著去打了兩壺水，就直接跑回來。等她燒上水，平兒也醒了。勤快的平兒自然不可能坐著等吃，主動開始打掃廚房。

辛湖把開水倒入幾個碗裡，對平兒說：「先喝點水，給大寶也餵點水。」晨起一杯水還是很有必要的。在一起生活一段時間，大郎和平兒自然也知道辛湖的這個習慣，也都被影響，皆端起一碗水慢慢喝。

這天的早飯，大郎沒讓辛湖煮大米粥，而是煮了平兒家的那包粗糧，弄了一鍋粗糧粥。剩下的兩個饅頭，他讓辛湖掰出小半塊，泡在沒有米的清粥湯裡餵大寶，他們三個大孩子都只吃粗糧粥。

可能是怕辛湖和平兒有意見，大郎邊吃邊解釋。「大米得省著吃，大寶還小，以後得先顧著他吃，我們的糧食要另外再想法子。」

第五章

平兒和辛湖點點頭。他們也明白，眼下就這麼一小包大米，如果敞開肚皮吃，不到三天就會吃光。所以就算粗糧粥很糙口，甚至有點難以下嚥，辛湖眉頭都沒皺的就吞下去了。

現在的她已經習慣吃這些粗糧，包括那些老得都快咬不動的野菜，也一樣能吃下去。沒辦法，不吃就只能挨餓。

填飽肚子後，大家又開始收拾廚房。現在有住處，總不能老在院子裡燒火，有廚房當然更好用一些。

廚房也一樣隔三間，只不過比正屋要小多了。一間大約七、八個平方大小，一間是灶房，一間相當於是餐廳，另一間關著門，估計是放雜物或者柴草的，他們暫時還沒打開來收拾。

灶房裡的鍋碗瓢盆，吃飯用的小桌、小凳子都還有一些，只不過都是些破爛貨。小灶上的那口鐵鍋，居然還有個補丁。其中最好的要算是一只雙耳陶罐，容量比較大，而且沒有破，可以拿來燒水，也可以煮湯用。

這裡有砌成七字形的兩口灶，只不過大灶上的那個鍋沒了，只剩下個大大的黑洞口。

辛湖在廚房裡忙，大郎則出去轉了一圈，不知從哪裡搞回來一個半大木桶，雖然有一塊木板斷了小半截，但依然能用，只是不夠裝滿整桶水罷了。

辛湖大喜，說：「總算有桶可以打水了。」

「對了，你們去弄點草回來，鋪在床上，光是幾件衣服，睡覺還是有些冷。」辛湖說。

這種簡易土炕，在屋內燒柴草熏得慌，昨夜他們燒了幾把就不敢再燒了。也不知道是炕沒弄好，還是煙道堵住？對於炕，辛湖完全不懂，她生活的地方最冷也不過零下六、七度，而且那時保暖工具多，根本就沒有炕這種玩意兒。

大郎卻不怎麼擔心，說改日他瞧瞧煙道，通一通就能燒炕了。不過他帶著平兒出去，還是找回一些乾草，仔細地鋪在炕上。

大寶會叫哥哥、姊姊、爹娘、奶娘等等。知道說餓了、要尿了，所以帶著他幹活也不算太麻煩。這孩子很聰明，估計也明白現在身邊沒有疼他的大人了，要聽哥哥姊姊的話。見大家忙就老老實實的坐在一邊，不吵也不鬧，自己隨便撿根小樹枝或者樹葉子也能玩半天。

辛湖心疼他早慧，邊幹活，邊時不時與大寶說幾句話，逗他玩。

又過了一會兒，大郎與平兒咋咋呼呼的回來了。

「大姊、大姊！我們弄些菜回來了。」平兒驚喜的聲音老遠就傳來。

辛湖驚訝的回頭，就見他們手裡各拿著一顆白菜和幾根蘿蔔。

「太好了，終於能吃上菜了！」辛湖欣喜的跳起來，著急的詢問：「還有嗎？還有嗎？」

「夠我們吃了，就是長相不太好，應當是沒人打理，都在池塘那邊呢。另外，還發現好幾塊田。」大郎笑著說。

村子裡的人搬走了，這些菜都自生自長，當然不可能長太好，卻還不少，足夠他們四個人吃了。

辛湖當場就洗了幾根蘿蔔、削了皮，一人一根當水果拿在手上啃起來，就連大寶都認真的啃完半根蘿蔔。

「好吃。」邊吃辛湖還邊邊說。

這種蘿蔔，雖然沒有現代的蘿蔔那麼大，卻更加甘甜有味道。不過白菜卻因為沒人管，並沒像現代的白菜那樣緊緊的包成一團，而是中心包了一點小包，大部分的葉子都是散的，所以也沒那麼白，樣子很綠。

「對了，那池塘裡應當有魚啊，如果捉些魚回來，和白菜蘿蔔一起煮，就更好了。」辛湖提議。這沒油也沒有肉，白水煮白菜蘿蔔，肯定不好吃啊。

「嗯，今天先收拾好屋子吧，明天再想辦法弄魚。」大郎說。

他當然知道那裡邊有魚，但魚煮白菜蘿蔔能多好吃，他也沒抱多大的希望。因為他知道他在家吃過的魚，都是廚房精心烹製過的，加了很多佐料，而現在他們唯一的調料——鹽，也就剩下那麼一小包了。

「先把這塊砧板拿去洗刷乾淨吧，我等會兒切個蘿蔔絲拌拌。」辛湖扔出一塊厚重的木板衝大郎說。

然後，她又把鍋放在院子，要平兒去找小石頭來仔細打磨。這鍋都生鏽了，也不知能不能用？雖然他們有平兒家的一口小鍋，但這口鍋明顯要大些，更適合這個灶使用。要不然，就只能把這個灶口弄小一圈，再使用那口好鍋了。

因為有了蔬菜，這天他們的午餐變得豐盛些。

辛湖削了兩條白蘿蔔，切成絲，用一點鹽仔細捏了捏，控乾了水分，就成一道涼拌蘿蔔絲。

如果能加點香麻油和醋就更好。她吃了一口，心裡有些遺憾。

「真好吃。」平兒吃著這樣的拌蘿蔔絲，也覺得美味至極；大寶依舊吃他的白饅頭，當然也吃了一些蘿蔔絲和白菜葉。

因為有了白菜和蘿蔔，大家吃起飯來更歡快。冬天能找到新鮮蔬菜，對大家來說，絕對是奇跡般的好運。

「對了，最好弄些草把白菜蘿蔔蓋上，蓋厚一點，下雪後能保護菜不受凍，我們就可以多吃一段時間的新鮮菜了。」辛湖出身農村，雖然後來她極少下地幹農活，但一些基本常識她還是懂的。

這裡不可能有大棚，想要保護這些菜不凍壞只有兩個辦法了。一個是全弄回來下窖藏起來，一個就是蓋上厚厚的草簾子。

「好，等下我們就去弄。」大郎說。他更明白冬天新鮮蔬菜是多麼難得，既然有方法能保護好這些菜，他當然願意去做。

「對了，我們把這扇門打開，看能不能找到些農具？要是能找到鐵鍬，我們就可以去挖蓮藕。多找把鐮刀也好割草。」辛湖指著那個關著的小門說。

大郎自然答應了，他對辛湖接連提出好點子有些另眼相看。

吃完飯，大家湊到小門前，見上頭掛著鎖，幾個人皺眉折騰了好一會兒，才總算打開。

「哇，這麼多東西啊！太好了！」辛湖幾乎是跳著大叫起來。

屋子裡沿著牆根，一排放著好幾個大大小小的罈罈罐罐，還有兩只大小不一的新木盆與一對新大木桶。自然還有竹籃子、竹筐子、鐵鍬、篩子、簸箕等日用品，和鋤頭、鐮刀等農具了。

顯然這是個小倉庫，應該是以前村人帶不走才留下的，怪不得要上鎖呢。

辛湖看著有些封了口的罈子，隨手拿起一個中等的掂了掂重量，覺得裡面一定有東西。這些罈子是用黃泥封起來的，她覺得有可能是別人自家釀的酒或者醋什麼的。

當她打開罈子，才聞到味兒，就開心的大叫道：「醬！居然還有醬。這下好了，我們能做菜了！」這種鄉下人自製的大醬，味道極好，一般又夠鹹，把罈子封起來，可以幾年不壞呢。

平兒自然也認識這個東西，跟著開心的笑起來。這種醬在農忙時，大家都直接拿來拌粥吃呢！有了它，都不用炒菜了。

「看看其他罈子裡裝的是什麼？」大郎也很興奮的說。

所有的罈子都被他們打開來，除了這一罈醬外，還有一罈鹹菜、一罈米酒，其中一個罈子裡居然還裝著滿滿的鹹肉塊，最小的罈子裡面還裝著約四、五斤重的粗鹽。另外有一個罈子裡則裝著一些包好的種子，多數是些菜種，幾個大罐子裡居然有裝著大半的高粱米，或者黃豆、豌豆、小米等糧食。

三個人興奮的清點了一下，覺得日子更有奔頭了。這些糧食加起來約有五、六十斤重，他們省著點吃，夠過一、兩個月了。當下他們還沒意識到，這些糧食其實是原主人家留下的糧種。

興奮過後，辛湖又有些擔心的問：「要是人家找回來，怎麼辦？這些東西，說不定是人家暫時留下來，等以後再來拿的呢。」

「就是，要是別人把我們當賊子怎麼辦？」平兒也有些害怕的問。

「管不了這麼多了。不過，我們也不用太擔心，要是他們回來了，我就給他們銀子，我們又不是沒銀子，就當是買的了。也許，這些東西本來就是不要的，而且他們應當不會再回來了。」大郎不以為然的說。

他才不擔心人家會回來呢。這樣廢棄的小村子，哪還會有人回來？雖然倉庫有上鎖，恐怕也只是留個後路罷了。而且就算回來又怎樣？東西都被他們吃了，大不了賠銀子給人家唄！

聽說他有銀子賠給人家，辛湖和平兒也不擔心了。畢竟有這些東西，他們的日子就好過多了。

接下來，辛湖和大郎帶著平兒一連花了四天，才把整座院子完全打掃整理乾淨；而家裡的土炕煙道也疏通過，能燒了。

辛湖看著這也算是寬敞明亮的農家小院，雖然累，心裡卻不由得欣喜。這是她來這裡後的第一個家呢！雖然院子裡的一切東西都非常簡陋，甚至連糧食都不夠吃，但她卻很開心。

看著大郎單薄的後背，她覺得自己也很幸運。能遇上他，在他的帶領下，找到這一處安身之地，他們在這個亂世中總算能安定下來。

大郎覺察到辛湖的目光，回頭就見她滿臉笑容，不解的問：「什麼事這麼高興？」

他這會兒全部的心思都在該如何去多弄點食物回來？這冬天只會越來越冷，到時要是大雪封山，根本就出不去，大家在這裡起碼得待上三個月，才有可能出去買糧食。

「我高興，我們終於有個家了啊！」辛湖笑道。

聽了她的話，平兒和大寶也在一邊樂呵呵地笑起來。

「家？」大郎低頭，眼眶居然有些濕潤。

在他心中，家已經是個很久遠的詞，可這一刻，辛湖卻笑吟吟的告訴他，這裡是他們的家。是啊，這就是他的家了。唯一值得牽掛的娘已經去世，那些所謂的血親都巴不得他死。不過，現在他卻擁有這個家，也擁有眼前這三個孩子，他們都將是他的家人。

「走啦。我們去池塘邊看看能不能弄到魚或蓮藕？趁天氣還好多弄點回來，等下起大雪，就只能躲在屋子裡了。」辛湖拎起鐵鍬，說。

「好，快走，我好想吃魚！」平兒樂呵呵的提起籃子，牽著大寶跟在她後面，一起往池塘走去。

他們三個離開，大郎也重整自己的情緒。他進了屋，一陣搗鼓之後，拿著一把彈弓出來，打算帶在身上備用。

等他到池塘邊時，辛湖早就在靠岸邊的稀泥巴裡挖到蓮藕。這些橫七豎八的蓮藕互相交錯著，她完全不知道該如何弄上岸才好？

「怎麼回事？」大郎問。

「你看這麼多，我不知道要怎麼弄？這蓮藕要一整條一整條的弄上來，弄斷了，就會有泥巴進去，不好煮來吃了。」辛湖說。

大郎挑了挑眉，走過來看了看，讓辛湖移開。他自己下了池塘，直接用手小心的在稀泥裡掏，把一根一根粗大的蓮藕完整撈出來。他每掏出一根，岸上的平兒和大寶就歡呼一聲。

辛湖更是喜得笑瞇了眼。這麼多蓮藕，完全可以當主糧吃了，他們這個冬天的口糧越來越多了！

辛湖看著這成堆的蓮藕，笑咪咪的說：「今天燉蓮藕湯，大家先好好的吃一頓。」

她只洗了一根，總共有四截。其他的蓮藕直接扔在岸邊，割了幾捆茅草和蘆葦蓋上作保護層，就不用搬回家去，要吃的時候過來取一條，在池塘裡洗乾淨再拿回去煮就好了。

雖然只有一根，但分量夠，足有四、五斤呢，被她加一點鹹肉就足足燉出一大罐。其實蓮藕湯要用大骨頭燉，油水充足，味道會更好。但現在放進一點鹹肉，就讓大家多日來完全沒有嚐過葷腥的胃，得到極大的滿足，而且這蓮藕清甜，又粉又糯。一人都吃了兩大碗，一鍋都還沒吃完。

「太好吃了！」平兒是第一次吃到這樣的蓮藕湯，雖然肚子早就裝不下，卻還戀戀不捨的看著鍋。

「好啦，帶大寶玩一會兒，消消食。這蓮藕湯以後天天都有得吃。」大郎好笑的罵了他一句。

「其實蓮藕還可以做成藕粉，能放很長時間呢。」辛湖說。這蓮藕很粉，天天燉，雖然能飽肚子，但肯定會吃膩，得想些法子換著味吃才行。

「天氣太冷，怕是做不成，只能燉著吃了。」大郎說。

前世他剛去軍中時，因為年紀還小，一開始是做伙頭軍，後來又因為軍中糧食不夠吃，將軍就讓一些兵士開荒種田，補充糧食。幾年過去了，他不僅學會上戰場廝殺，也學會了種田、煮飯，就連做藕粉的活兒也會。

「我也只是說說。我只知道要磨出漿來，再把漿曬成粉，但到底怎麼做，我並沒試過。」辛湖見大郎好像比她還懂，連忙解釋幾句。

「大抵上是這樣的，但要天氣好才行，要不然就會發霉變壞的。」大郎說。

「這麼說，明年我們可以做些蓮藕粉放著慢慢吃了。」辛湖沒覺得可惜，反倒笑道。

大郎點點頭，又想起一個問題，說：「按理來說，這裡應該有石磨才對，要不然，他們上哪兒磨東西呢？」他們把整座小院都收拾出來了，並沒有發現石磨。

「對哦。我們去其他兩家瞧瞧吧，說不定是三戶共用一副呢。」辛湖猜測。

「嗯，等有空再去找吧。明天我們再挖些蓮藕放著，等水結了冰就不好再挖蓮藕了。」大郎也不糾結石磨，只想趁天氣還好，多弄些吃食存放。

「對，明天還要試試能不能捉到魚，魚和白菜蘿蔔一起煮也好吃。」辛湖說。

「好，要是有魚網就好了。」大郎點頭。他並不擅長捉魚，況且這麼冷，也不可能下水去捉魚。

「我們拿兩個簍子去，試著捕一下魚吧！多少也能弄些魚上來。夠吃就行，真的打一網魚，我們怕也弄不上來呢。」辛湖提議。雖然她力氣大，但如果一網拉上幾百斤魚，她也無法弄上來。

她小時候淘氣，和村裡的小夥伴們經常拿家裡的飯簍子等物到河裡捉魚，大魚是弄不了，但小魚小蝦卻一舀一個準，幾次下來，也能給家裡添道菜。

第二天，一家四口吃過早餐，就齊齊聚到池塘邊了。大郎依舊在挖蓮藕，辛湖則拿著兩只開口小的背簍，繫上繩子、掄起胳膊，直接扔進水裡就不管了。

等大郎弄起兩、三條蓮藕出來，她也在一邊割好兩捆蘆葦，才開始收繩子。她收得很快，兩只簍子一出水，就瞥到魚閃過。平兒在一邊連聲歡呼，等辛湖把簍子拉上岸後，連大郎都忍不住跑過來看。

果然裡面裝了半簍的魚。最大的約兩、三斤，小的只有巴掌大，更小的她直接扔回水裡。這個做法是捕不到大魚，但勝在數量多，兩簍子的魚足有二、三十斤呢。

「這個法子不錯！」大郎讚道。

「這也是因為無人捕撈，魚太多才能捕到。」辛湖開心的笑道。

「嗯，這些也夠我們吃了。大條的先處理，抹點鹽掛起來慢慢吃，小條的先吃。不過，沒多少調料，妳能弄得好吃嗎？」大郎說。

「我們去找找，看能不能找到些蔥薑蒜？按理來說，他們也應當種過。」辛湖想了想，說。魚沒有調料確實難弄出好味道，而且連油也沒有，光靠大醬也難辦。

不過她還是想煮些魚湯喝。這魚湯極富營養，他們四個都是孩子，還需要增加營養。要不然，小時候身子虧損，對以後可是大大的隱患呢。

「大哥、大姊，那院子後面我們還沒去過呢。一般農戶人家都會在院子後面開兩塊菜田，種些菜和蔥蒜等物。」平兒忽然說。

這幾天大家只顧著收拾屋子，大門外倒是清理得很乾淨了，卻從沒打開過廚房那扇小後門，因為那扇門被封死了。

「行，等會兒回去就到後面看看。」大郎說。

果然，轉到屋後，大家看到已經荒廢的菜園子。裡頭雜草橫生，已然枯敗，但是枯枝敗葉中，辛湖他們驚喜的找到幾棵早就半枯死的辣椒和茄子。

看著那已經老得乾掉，但還掛在枝上的紅辣椒，辛湖簡直不敢相信。她摘下幾個，仔細聞看，興奮的說：「我沒看錯吧，這裡居然還有辣椒？」

「辣椒又不是什麼稀奇玩意兒，值得妳這麼驚訝嗎？」大郎不解的問。

辛湖被他問得笑起來，說：「辣椒是好東西，我喜歡吃辣椒。不過要是能找到些花椒就更好了。」

「這茄子是沒用了，不過可以留下來當種子。」平兒看著乾枯的茄子，說著也把它們都收集起來。

辛湖還以為這個年代沒有辣椒呢，現在見到辣椒實在是太高興，連忙小心地把那些還掛在枝頭的乾辣椒全摘下來，這下連曬乾都省去，可以直接使用。平兒也幫她一起摘，兩人足足摘了幾大把才摘完。

其實這些乾辣椒加起來不到兩斤，但省著點用，足夠用好久。而且有了這些辣椒，明年就可以種很多辣椒，到時候還能醃製些剁椒醬，或者泡些酸辣椒，往後做菜也能多弄出幾種口味。

現在，她打算做水煮魚，這辣椒和花椒可是必備的兩樣重要調料。

第六章

「那不是花椒樹嗎？喲，那邊還有棵皂角樹呢。我過去撿些皂角回來。」大郎笑笑，指著茅廁旁的一棵樹說。

辛湖大喜，連忙跟過去，看看花椒樹，又看看皂角樹，她都想要，卻只有一雙手。

「我摘皂角，你們去摘花椒吧。」大郎見她這副貪心的蠢模樣，有些好笑。其實這兩棵樹夠大，無論是皂角也好，花椒也好，都長得夠多，他們一家才四口根本就用不完。

有了花椒和皂角，辛湖心情極好。當天下午，她啥事也不做，打算要好好洗個澡。於是，她找大郎要了一套乾淨衣服，準備洗澡後穿。

可是大郎比她高大一些，衣服也大了一圈，她不得不捻起針線，先把褲腳和衣袖捲起來縫上。至於整體粗大些，她就管不了。實在是她的女紅也就能縫個扣子，被她縫過的袖口褲腳上那針腳大小不均，還歪歪斜斜的慘不忍睹。但經由她縫過，這衣服總算勉強好穿了。

穿這樣的衣服挺難看，還是男式的，她也沒辦法，誰教四個人當中，就她沒換洗衣服呢。

大郎簡直不敢相信，這小村姑居然連最基本的針線活都不會。「妳沒學過針線活嗎？」

「我這不是會一點嗎？」辛湖狡辯道。

大郎撫額，看著她直搖頭，說：「幸好我們的衣服鞋襪還能穿一段時間。」現在，他完全不敢指望辛湖能給大家縫製衣服鞋襪了。

辛湖才不在意他的表情，現在她滿心都是要洗澡。況且不止她一個人要洗，一家四口都要從頭到腳認真洗一遍才行。

皂角的用法還是大郎教她的。這麼純正的天然物品，雖然比不上現代的高級沐浴露、洗髮精，去污能力卻也不錯。而且從此以後，洗碗、洗鍋和洗衣服也有了清潔劑。

大郎的方法簡單粗暴，直接把皂角砸爛了泡在水裡煮，起出泡沫就可以拿來使了。

這是辛湖這些日子來第一次真正的洗澡，所以她格外興奮。

屋子裡燒得暖暖的，熱水也不停的燒。她先幫大寶洗，大寶顯然也很喜歡洗澡，在盆子裡撲騰不停，恨不得賴在水裡不起來，他算是四個人當中最乾淨的，但也從頭到腳洗兩遍才算完事。

接著是平兒。他自己能洗，他更髒，居然換了三次水；大郎和辛湖也一樣換了三次水，看著盆裡洗出來的水終於變清了，辛湖才滿意的出來，擦乾身子。洗完澡後，辛湖覺得身上都輕了一大截，還格外暖和。

「真舒服。」辛湖嘆道。

「嗯，好好泡個熱水澡，能解乏，也暖和。」大郎也笑道。

四個人躺在燒得暖暖的炕上，大寶和平兒一會兒就睡著了，只剩下大郎與辛湖還閒聊幾句。沒多久大郎也睡著了，辛湖躺在炕上，還有點興奮。

她聞著大家身上散發出來的皂角香味，睡著之前，難免心中感嘆，古人果然會物以致用，所有的一切都儘量自給自足，估計除了鹽這種朝中掌控的行當，其他的日常用品，老百姓都能自產自銷了。

當然，這也是因為窮，大家不得不想盡辦法儘量不花錢。

可能是因為身體鬆快，這個晚上大家睡得格外舒服，第二天早上居然都睡到很晚才醒。吃過早飯，辛湖又燒了熱水要洗昨天大家換下來的大堆髒衣服，平兒則拿了個筐子，帶大寶去撿那些乾枯的樹枝。

這些衣服，又多又髒得不成樣。辛湖倒好多皂角水放入熱水中泡衣服，又仔細揉搓，直到雙手都搓疼了，也才洗好一盆裡衣。她的手那麼小，皮膚生疼，有力氣也使不上，那些浸濕的厚重大衣服她完全搓不動。

她只得把盆子端到水邊去，將衣服鋪在石頭上，撿了根粗木棒一件件仔細敲打起來。看著黑水從衣服上擠出來，她直皺眉頭，可見這些衣服真的非常髒，想要洗乾淨也不容易。

這會兒她才明白，為何電視電影上那些鄉村片段中，女人們都拎著根木棒在水邊打衣服，敢情不這樣，這些衣服單用手搓根本就洗不乾淨啊！

這些衣服泡水後就變得十分沈重，擰都擰不動，而且長時間沒有清洗，實在髒得可以。

她先敲打過一遍，又丟入皂角水中再泡著，如此來回一遍後，再把打過兩次的衣服又扔進水裡泡著，撈起來，再敲打。重複三、四次之後，衣服才算是洗乾淨。

光四個人的衣服，就讓辛湖勞累了小半天，累得她都直不起腰。

這洗衣服比幹其他活還累，雙手要一直浸在冷水中，雖然水還沒有結冰，卻實在冷得很，把她一雙手都凍得紅通通的，還泡到發脹。顯然若是天天洗衣服，她這雙手遲早得凍壞。而且現在沒有護膚品，她的手粗糙得很，時間再長一點，估計都要裂口子了。

今天洗完這幾大盆衣服，她決定這個冬天還是儘量少洗衣服，要不然她這雙手怕是受不了。曬好衣服後，累壞的辛湖陪大寶歇了個午覺。

平兒撿完一筐樹枝後，和大郎在菜園裡忙活。他們想先清理完野草，等開春後，就可以種菜了。辛湖小睡一覺，精氣神又恢復過來，就到菜園子裡來幫他們。

三個人在清理過程中，又發現一些被草蓋住的半乾枯蔥、蒜，只不過因為沒人管，都快長成野生的。

「還能不能養活？」辛湖擔心的問。

「能，給它們再蓋一層厚草，冬天應該不會凍死，明年開春，它們就會又活過來了。」大郎肯定的說。

「再澆點肥吧！」平兒說完，去那半塌的茅廁裡弄點肥水過來，把這塊地澆了澆，希望明年能長出好多的蔥和蒜來。

接著大家就開始修理茅廁了。

以粗樹枝當框架，再拿蘆葦做牆壁，仔細的紮好，再在縫隙間塞緊茅草；屋頂也蓋上一層厚厚的蘆葦與茅草。頂和三面牆都弄得不錯，就是門太簡陋了，直接用蘆葦和樹枝拼成道柵欄。

就這樣，三個人也花費不少工夫。

不管怎樣，終於有個像樣的茅廁，起碼不用擔心方便時會被雨淋濕，而且這茅廁也還能擋風。除了從門這邊會透進風來，其餘的地方都不會。

三人正忙著，前頭的大寶嚎啕大哭起來，嚇得辛湖幾人連忙往家裡跑。

「別哭，大寶、大寶，我們都在呢！我們在後面幹活啊。」辛湖抱住他，大聲哄道。

她知道這孩子嚇壞了。他們撿到大寶時，這孩子已經受到不小的心理創傷，不過是因為年紀小，還不太懂事。這幾天相處下來，她約略知道這孩子時刻離不得人。

大寶哭了好一會兒，死死的抓住她不放手，又拿點心給他吃，才慢慢哄住了。反正這些點心也是從他身邊找到的，大家都捨不得吃，就是留給他的。畢竟他還太小，要吃點精細的糧食，光吃粗糧怕他受不了。

一天就在忙碌中過去。家裡現在還沒有存夠柴草，接下來幾天，大家都專心打柴草。

一連存了三天，總算在院子裡堆起好大一個柴堆。大郎看著家裡剩的那點糧食，終於下定決心說：「我們得趁天氣還好，出去找些糧食回來，不然光靠這些糧食，就算加上蓮藕、白菜、蘿蔔過冬，只怕還不夠。」

「上哪兒去弄？」辛湖自然是想家裡多些糧食。

家裡一連吃了三天的蓮藕，第四天她換煮白菜粥，大家就吃得格外香甜，顯然光吃蓮藕和白菜蘿蔔是不行的，還是得有主食，這些只能摻著吃。雖然現在他們還沒有斷糧，但家裡的糧總共也才剩幾十斤，再省著吃，也吃不了多久，終歸吃菜當主食不抵用的。

再來，雖然大家把細糧全留給大寶吃，但這孩子還是瘦了。原本胖乎乎、紅潤潤的臉蛋也蒼白許多，顯然營養不夠。再這樣下去，要是連粗糧都吃不上，大寶就很難熬過冬天。

「我也不知道，先出去看看吧。這幾天我仔細想過了，這個村子不太可能遠離其他人，說不定不遠處就有大村莊和集鎮呢！我們帶點銀子，看能不能買個百、八十斤糧食回來？也就夠我們過冬了。」大郎想了想，道。

「不如，我們帶點蘿蔔和蓮藕出去，看能不能和別人換點糧食？這大冬天的，說不定有人稀罕菜蔬呢！」辛湖另有想法。她怕別人見他們兩個半大孩子好欺負，要是見財起意把銀子搶走，豈不壞事了？不如拿東西交換，也許能換個十斤、二十斤糧食回來，百八十斤糧食她是不敢想的。

「也行，那就帶一簍吧。」大郎想想，同意了。

「平兒，明天我和阿湖出去找糧食，你和大寶在家裡要關緊大門，不要出去，就是有人來了，也千萬不要開門，等我們回來。自己小心些、警醒點。」大郎轉向平兒叮囑道。

「嗯，我曉得了。大哥，你們要快點回來啊！」

平兒雖然心裡有些害怕，但也明白大哥大姊是出去找糧食的，他和大寶兩個自然不能跟著扯後腿，要是帶上他倆，就什麼也幹不成。況且現在天氣越發冷起來，出門在外也比不上在家裡舒服，萬一生病就麻煩了，所以他和大寶必須留在家裡。

「我們會儘快回來。我們這一去，說不定要兩、三天，甚至四、五天，你在家裡別害怕。有大寶和你做伴，把他照顧好。」辛湖又安撫了他幾句。

「我曉得。」平兒點點頭。以前在家裡他也是做慣了事的，大寶又很好帶，只要吃飽、睡好了，給他一點小玩意，無論什麼他都不會鬧。再說有大寶和他做伴，他心裡多少有些安慰。

第二天一早，辛湖起床，燉了滿滿一鍋蓮藕湯，又煮好一鍋白菜粥，再煮一些粗糧飯，捏成飯糰，這是給他們倆帶在路上吃的。飯糰比其他東西好帶，在路上放到火上烤烤就能充饑。

大家吃飽後，剩下的蓮藕湯和菜粥，夠平兒和大寶吃上三、四天。要是湯和粥吃完他們還沒有回來，平兒就得自己煮了。

「我們走了，平兒把門關好，和大寶待在院子裡就不要出來。飯食我給你們煮好，只要熱熱就行。晚上早點睡，不要凍著了。」走之前，辛湖又交代了一遍。她其實很不放心把兩個小的丟在家裡，但帶在身邊又不行，只能不厭其煩的再次交代。

「我曉得，你們快點走吧，要早些回來。」平兒低頭抹了一把眼淚，心裡害怕，卻不好讓他們看出來。見辛湖和大郎走遠了，才拉著大寶回家，把大門關緊，帶著大寶在院子裡玩。

大郎其實也不放心，但他比辛湖表現得不在意些。瞧她一臉擔憂，嘴裡就儘量東拉西扯，一面帶她往池塘那邊走去。過了這池塘有條小路，是他之前發現的，應當是村人以前出入的主路。

不過可能是因為山坡滑落，封住了路，路上滿是石礫和泥塊，時間一長，上面也滿長了野草。好在是冬季，草都枯了，他才能看出這裡依稀有條路。雖然這條小路不好走，高高低低的，但兩人也不算費勁就爬過這條路。

出了路，就能看到好幾塊田，只可惜現在都長滿野草，田地都荒了。除了幾塊地裡還種著白菜、蘿蔔，不過都被平兒和大郎拿蘆葦和茅草蓋得嚴嚴實實，不細看，別人根本就不會發現。

「明年我們把田整理出來，種些糧食，就不用四處去弄糧了。」大郎邊走邊說。

「嗯，你打算種些什麼？」辛湖問。種田的事情她不是內行，但也稍微懂一些。

「不過是些大豆、高粱、麥子，還能種什麼？」大郎反問。

他後來想明白，他們從貯藏間找到的糧食，就是原主人家留的糧種，只是人家走得匆忙，忘記帶走。又或許本來打算過不久回來拿，但後來沒法回來，所以這些糧種就便宜他們了。

「嗯，也行。」辛湖點點頭。反正這些田一看就是旱田，肯定不能種水稻。

既然大郎心裡已經有了主意，這些事她就不操心了。辛湖這人最大的優點就是心寬，自己管不了或做不了的事，就不去多想，踏踏實實的過活才重要。

兩人揹著半簍子蘿蔔與蓮藕，一路上既能生啃充饑，要是真遇上有人需要，也能換點東西回來。乾糧就只帶了七、八個粗糧飯糰，真放開了吃，只怕三天都吃不上呢。

不過，因為現在糧食少，兩人都不會敞開肚子吃。這些飯糰約莫是五天的量，所以不管找不找得到糧食，他們連去帶回也只能在路上待五天，時間再長，他們也不放心家裡兩個小的。

然而附近他們全找遍，根本就沒有糧食，只能走更遠一些了。

兩人翻過一條滿是石頭的小路，前面的路就寬敞許多，不過因為沒人來往，路都快被雜草掩沒，不易被人發現，而且路也不大。但這村子不過才三戶人家，自然不可能開多大的路。

出了村子，沿小路一直往前走，路上的景象十分荒涼，完全沒有人類活動的痕跡。很明顯，他們是近期第一批走過這條路的人。

「前面也不知道會通到什麼地方？」辛湖有些好奇。但既然有路，就證明前面一定會有人家或者村莊、集鎮。

「要是有鎮子就好，能買點糧也好啊。我們四個人過個冬天，總要百來斤糧食吧？」大郎心裡算了算，他倆力氣再大，也只能帶回約百斤的糧食。省著點吃，再加些菜，差不多能過三個月了。撐三個月，冬天也就過去了。

無奈兩人又走了約個把時辰，前面更是一望無際的山脈，根本看不出有沒有村鎮，不僅如此，也沒見到什麼有人煙的地方，彷彿他們走錯了路。

「唉……早知道該走左邊的。」大郎有些惱怒的說。

「得了吧，先找個地方歇歇，我又累又餓。」辛湖打斷他的自怨。誰知道那邊又會是什麼光景呢？說不定比他們現在走的這邊更差。

兩人正說著，前面傳來馬蹄聲。

「什麼聲音？」辛湖耳朵尖，聽到「達達」的聲音，連忙問。

大郎仔細聽了片刻，臉色大變，說：「快點躲起來，好像是馬蹄聲。」

如果有馬，很可能有兵士，誰知道是好事還是壞事？馬可不是普通人家能擁有的！況且在這荒野突然出現，他們只能先躲好。

兩人急急的往身邊尋找隱藏的地方，剛剛躲好，就見到兩匹馬達達的跑過。兩匹馬跑得並不快，上面居然是兩位女子。更令人訝異的是，兩個女子居然就在他們附近停下來。

那名穿著黑衣、年紀較大的女人下了馬，她胸前居然還繫著個小孩。她把孩子放下後，回頭扶另一位穿青綠色衣裳的年輕女人下來，擔憂的說：「小姐，妳還好吧？」

那女人輕輕呻吟著，順著她的手就軟倒在地上，也不知道是生了病還是受了傷？見狀，那孩子著急的哭了起來。

「別哭，我們在這裡先歇會兒，娘就可以再趕路了。」倒在地上的女子見孩子哭了，趕緊出聲安撫小孩。

兩匹馬上各馱著幾大包東西，黑衣女人取了個包袱下來，又解下水葫蘆餵水給女人和孩子喝，再拿出點心，三人分吃起來。

辛湖和大郎看得險些流口水，卻不敢輕舉妄動。

那綠衣女人邊吃邊哭邊罵道：「該死的流民！搶東西就算了，還想要我們的命，也不知道相公他們有沒有逃出來？」

「小姐，他們只怕不是流民啊，流民哪有會武藝的？妳看他們一個個孔武有力，真正的流民哪個不是面黃肌瘦、有氣無力的。」年紀大的女人沈聲說。

「啊，妳這麼說，我也回過味來了。他們的確不像流民，流民不可能有武器，怕是有心人藉機生事，難不成……有人想造反？那相公他們怎麼辦？」綠衣女人說著，自己嚇自己地打了個寒顫。

「小姐，別想那麼多了，先休息一會兒，我們得快點離開這裡，跑遠些才安全呢。」

本來他們一行有三十多人，雖然才三位主子，卻帶了二十多名護衛，就是因為知道現在情勢混亂。但怎麼也沒想到，這世道遠比他們想像中的更壞。

當時，男主人一看勢頭不對，就讓她帶著懷孕的夫人和孩子先逃走，這大半天都過去了，也不知道其他男人們能不能逃得出來？

第七章

「怎麼辦？這要是真落到有心人的算計中，相公他們可就沒什麼勝算了啊！」綠衣女人抽泣著說，心裡害怕擔心不已。

「小姐，現在不是想這些的時候，您還懷著身子，我們得先找個安全的地方才行。這前不著村後不著店的，要是再遇上一夥歹徒，可就完蛋了。眼下，您得先保護好小少爺和自己的身子啊！」話是這麼說，她安撫著小姐，自己也忍不住流下淚，她心裡比小姐更明白事情的嚴重性。

兩個女人一個孩子，三人哭作一團，又氣、又傷心、又累，還受了些傷，這一歇下來，幾乎沒力氣繼續再走。

辛湖和大郎聽得真真切切，心裡也難過又憤怒。原本就是天災，現在連人禍一起來了。大郎氣得咬牙切齒。現在他才明白，難怪某些人會在亂後崛起，原來是乘機捲走許多財物。這都是劫殺老百姓得來的，還有些大家族和富戶也被他們藉口驅殺流民而血洗了吧？這些人幹著毫無天理的事，還打著辦正事的旗幟，卻是無聲無息的剷除異己，順道刮財。果真是一本萬利的行為，實在是太失天理了！

只可惜，上一世的他並不曾去瞭解這些事情，只隱約知道一點。現在他明白了，卻還是個孩子，也無法去做些什麼。大郎正胡思亂想時，遠處又傳來了馬蹄聲。

辛湖與大郎都暗暗警戒起來，那兩個女人卻驚喜萬分，以為是家裡人也跟著逃出來了。結果，眼見三個騎馬的陌生男人追過來，兩個女人頓時絕望的爬不上馬了。

辛湖與大郎見狀也立刻明白，這三個男人是來追殺她們的。

不過，既然是能騎馬的女人，絕對不是一點力氣也沒有的大小姐，那年輕女子抽出一根長鞭準備應戰。年紀大的女人則把那孩子猛地往兩人藏身之處推過去，示意他找地方躲起來，才抽出鞭子揮動。

那孩子被推開，並沒有猶豫就大步跑開，想來早就被大人們交代過了。

對付女人的兩個男人也不管他，反正在他們眼裡，這三個婦孺已算是死人了。而跟在孩子後面的小個子男人，就像見到玩物，不緊不慢地跟著孩子，似乎完全不擔心他會逃出自己的五指山。

孩子直直的朝大郎他們的藏身處而來，兩人這時也來不及換地方，不過一息之間，雙方就對上眼睛。孩子嚇得張口要叫，大郎立刻猛撲上去，死死摀住他的嘴。

孩子拚命掙扎，辛湖湊近幫大郎按住他，並且在他耳邊小聲說：「別動、別叫，躲好了，我們不是壞人。」

那孩子這會兒也冷靜下來，發現辛湖與大郎也不過是比他大一點的孩子。小孩子見到小孩子，下意識就會放鬆警覺。聽了她的話，孩子點點頭，也不掙扎了。辛湖與大郎放開他，孩子抿著嘴沒出聲，卻緊張得全身發抖。

跟在孩子後面的小個子男人見孩子從眼前消失，知道他是躲起來了。這裡滿是比人高的茅草叢和灌木叢，撲天蓋地的，面積廣闊，一個孩子要躲在裡面也很容易。

辛湖和大郎緊張的看著男人越來越近，手中的石頭和匕首都握得緊緊的。

另外兩個男人大笑著，揮動大刀，像貓戲老鼠一樣漸漸逼近女人們。

小個子男人速度極快，三步就跨進草叢到他們面前來。但小個子男人根本沒想到，這裡居然藏著三個孩子。不過他只愣了一下，瞬間就恢復正常，嘿嘿笑著伸手就來抓大郎。這三個孩子裡面，大郎明顯是最大的，所以他決定先對付大郎。

大郎見他大意，順勢向前一步，手中的匕首狠狠地插入他胸中。男人不敢相信的低頭，手不由自主的鬆開了大郎。他看著自己胸口的刀柄，刀身已沒入體內，只餘下隱約的柄首在外。

大郎一舉得手，立刻撿起石頭狠狠的砸向他的腳。

辛湖與大郎兩人早有默契，見他動手，辛湖立即朝男人的頭狠狠砸出手中的石頭，一擊正中男人前額，打破了他的頭。熱熱的鮮血噴濺出來，流得男人滿臉都是。此刻他才慘叫出聲，像垂死的惡狼怒吼著，抽出一把長刀，四下胡亂揮舞。

那孩子也算膽大，雖然連連後退，但仍學辛湖的動作，撿起石頭亂扔。三個孩子，六隻手不停的朝男人扔石頭，辛湖不僅力氣大，還丟得準；大郎的準頭也不錯，那小孩扔出的三塊中也有一塊能命中目標。一個有武藝的成年男人，居然就這樣被三個孩子聯手殺了。

這一變故，令另外兩個男人嚇了一大跳，心驚膽寒。兩個女人見到死了一個男人，立刻信心大增。這氣勢一增一減，情勢立刻逆轉。

可生死時刻，哪容他們分心？他們越害怕，兩個女人就越勇猛，步步緊逼。黑衣女人尋著機會，唰地一鞭抽中一個男人的眼睛，鞭尾居然勾出他的一隻眼珠，同時傷了他另一隻眼。那男人慘叫著，雙眼血淋淋的，什麼也看不見了。

黑衣女人乘機連連揮鞭，直接把這個男人放倒了。另一個男人見同伴一死一重傷，心裡更害怕了，直接往後退，翻身上馬準備逃跑。

大郎哪能容他逃走，黑衣女人很顯然也是這個想法。大郎向辛湖使眼色，辛湖立刻掄起胳膊，往已經上馬的男人扔出一大塊石頭，正中男人的後背。那男人身子猛然抖動，直直摔下馬來，被衝上前的黑衣女子幾鞭子解決了。

而先前倒地傷了眼的男人，很快就被綠衣女人和大郎合力弄死了。解決完三個男人，大家癱倒在地劇烈的喘著粗氣，辛湖更是抖得不成樣子，害怕、緊張等情緒在她胸中肆虐。她看著自己的手，只覺得上面滿是血，她完全不敢相信，自己居然又殺人了。

大郎也在顫抖，不過因為前世的經歷，他比辛湖要平靜得多。只是他畢竟年幼，力氣不足，這一番拚殺，著實讓他透支了力氣。

也不知過了多久，那黑衣女人才緩過勁，向大郎和辛湖道謝。

「多謝兩位小兄弟的救命之恩。」她並沒有認出辛湖其實是個女孩子。

「快走，這裡不是說話之地，再有人來就麻煩大了。」大郎說著，起身去拉三個男人的屍體，並且順手將三把大刀收起來。黑衣女人也立刻過去幫忙，兩人很快就把三具屍體順著山坡扔了下去。

然後大郎返回來，拉過還在茫然的辛湖。他直接把男人們騎來的馬身上的包袱全攏在一起，牽了兩匹馬在手上，又翻身上了一馬，再拉起辛湖就準備走人。

「哎，兩位小兄弟，我們無處可去，能不能借個光，帶我們離開這裡？」那黑衣女人見狀急了，立刻懇求。這天都快要黑了，此地不宜久留，但她們又不熟悉這個地方，只得先跟著大郎他們離開這裡。

那孩子與他娘互相摟抱在一起，兩人眼巴巴的看過來。

大郎想了想，點頭同意了。「那就跟上吧！」

反正他們村子還有空房子，而且就住他們一戶，多少有些孤單，有個鄰居也好。這兩位是成年人，還帶著孩子，雖然身上有點功夫，但自己是她們的救命恩人，住在一起應當能互相幫助。

兩個女人互看一眼，綠衣女人點了點頭，然後騎著馬跟了上來。

她們心裡其實也害怕。辛湖與大郎兩個剛才可是殺過人呢！兩個半大的孩子，不僅會騎馬，居然出手又狠又準，那大點的孩子殺了人還會清理戰場，並且還知道要把馬和財物全部帶走，一看就不像普通人家的孩子。

這熟練的動作，說他們是老道的土匪都不為過。

她雖然有點懷疑他們是土匪，但不管怎樣，剛才這兩個孩子卻實打實的救了她們。而眼下她們實在沒辦法，只能先跟著他倆走一步看一步了。

殊不知她們這樣懷疑著大郎，大郎心裡也有想法。他也是第一次見到有功夫，而且還敢殺人的女子。不過對方有位孕婦，身邊還帶著孩子，又被人追殺，確實需要他的幫助。

而且他也需要鄰居，特別是這種有能力自保，又應該不會對他們起壞心的鄰居。到底他自己能力有限，辛湖雖有力氣，卻不懂女紅。這村裡多了兩個成年女人，大家互相也能有個照應，比較容易存活。

雙方各懷心思，沈默著往村裡的方向去。直到天快黑了，大郎才停下來，讓大家就地休整。

綠衣女人懷有身孕，一路下來早就累狠了，下馬後幾乎無法動彈。年紀大的女人連忙摸出包袱，先餵她吃了一丸藥。

大郎和辛湖弄了些乾草，設好簡陋的遮風處，拿出兩根蘿蔔開始啃起來，就當是晚飯了。

黑衣女人把孕婦安置好後，才有空和他倆說話。「我姓劉，叫我劉大娘就好。那是我家小姐，姓張，你們可以叫她張嬸嬸。小石頭，過來和兩位哥哥打個招呼。」

「我們姓陳，我叫大郎，她叫阿湖。」大郎說。

「今天真是多謝你們了。」劉大娘感激的道謝。

「現在亂了，到處是殺人的。」大郎搖搖頭，接著皺眉說。

劉大娘一驚，連忙問：「別的地方也這樣？」

「是啊，我們那邊都沒什麼人了。要不是家裡實在沒吃的，我們也不會出來。」

劉大娘呆了好片刻，長長的嘆口氣。見他倆只啃蘿蔔，連忙把自己帶的餅分兩個給他們。

大家邊吃邊簡單的聊上幾句，不過因為都很累了，吃完東西後，就各自睡下。

這一睡，就睡到太陽高昇。

林間小鳥嘰嘰喳喳的叫喚，張嬸嬸才醒過來，她輕輕的給兒子掖了掖被子，起來了。她是個孕婦，比較容易尿急，要不然她還想再睡會兒，身子實在是乏力得很。不過她一動，劉大娘就醒了。

「小姐，妳醒了，身子怎樣？」

「還好。睡了一覺，舒服多了。」張嬸嬸笑道。她身體一向好，以前懷小石頭時，也一樣跑過馬，當時都八個月了，還跑一趟呢，而且小石頭生下來後也十分健壯。

只是這次狀況實在太危險，昨天她一路擔驚受怕，又奔波打鬥，才會累得動彈不得。

「這就好、這就好。我先去打水來燒水，弄點東西吃。」劉大娘見她精神不錯，心情好，加上自己又休息了個把時辰，體力也恢復得差不多。

兩個女人說著話，慢慢走遠了。辛湖也跟著起來，隨著她們往河邊去。

辛湖和劉大娘在河邊洗臉洗手漱口，順道閒聊幾句。

劉大娘想多瞭解情況，就問：「你們家大人怎麼放心讓你們兩個孩子出門？」

「沒了。」辛湖面無表情的答。

劉大娘尷尬不已，連聲道歉。

「沒事，我們現在也能自己照顧自己。」辛湖見狀，反倒不好意思起來。

不過，劉大娘知道他們家沒大人之後，心裡的擔憂大大減少。就兩個孩子，再厲害她也沒放在眼裡。而且辛湖昨天說過家裡還有弟弟，光剩幾個孩子組成的家庭，難怪說沒糧食了。

這樣想著，她心中有些同情，不知不覺放下懷疑，對辛湖和大郎親近了些。

早餐劉大娘煮了一鍋麵糊吃，還在裡面加了一點肉乾。純正的白麵糊，再加上肉乾，香得辛湖和大郎的味蕾都甦醒了，嘴裡狠狠的分泌出口水，手上的粗糧飯糰哪還啃得下去。

劉大娘笑著分給他倆各一小碗，說：「吃吧，往後我們還得指望你們照顧呢。」

大郎與辛湖沒客氣，道了謝，接過碗就大口吃下。

吃過早餐，五人就把睡過的乾草扔到荒草中，再將營火的灰掩埋，四處檢查一番後才上馬離去。畢竟他們都是婦孺，在外得小心點。昨日對付三個男人，也算是取了巧，要是再多來幾個，他們便沒有勝算。

而且，大郎也怕被壞人知道容身的村子。現在這小村子就住了他們一家四口，別人完全可以輕鬆佔領下來。以防萬一，他不得不小心行事。劉大娘與他是一樣的心思，不過，她很小心的給自己人留了記號。

這次騎馬回家，比大郎和辛湖兩人出發用小短腿要快很多。不到半天，大郎就發現自己出來時留下的記號，不過，他卻不動聲色的帶著大家又轉了個圈，才回到路上。

「快到了嗎？」劉大娘問。張嬸嬸這一路雖然能騎馬，卻一直沒說話，臉色也不好看，她很擔心。

「快了。」大郎應了一聲，繼續在前面帶路。

終於走到那條大半被堵住的小路口時，大郎鬆一口氣，說：「馬上就到了。」

這會兒，大家都不能騎馬了。這路太不好走，大家牽著馬小心翼翼，高一腳低一腳的。張嬸嬸就更加痛苦，她完全沒辦法自己走過去，劉大娘不得不揹著她。幸好過了這條路，大池塘就出現在眼前。

「好大的池塘啊，這蓮藕可吃不完呢！」劉大娘驚嘆道。

「村子就在眼前了。」大郎說。

劉大娘喘著粗氣，把張嬸嬸放在地上，說：「總算到了。大郎你們村子好荒涼，怎麼沒見到什麼人啊？」

「村子裡就剩下我們一家，你們可以找間空屋子住下來。」大郎答。

聽了這話，劉大娘心裡更放心。她還怕村人對他們不友善呢，這下可好，總共就這一家人，還都是孩子。就連張嬸嬸臉上也露出笑容。

還沒到自己家大門口，辛湖和大郎都興奮起來，高聲叫著平兒。

平兒聽到聲音，開心地帶著大寶迎出來。

看到多出的人還有馬，平兒和大寶都愣住了。劉大娘與張嬸嬸也愣住了，她們本以為是還有一個和小石頭差不多大的孩子，跟年老體弱的老人，卻沒想到只有個更小的孩子。這時劉大娘總算有些明白，為何兩個大孩子會那麼狠，敢情要是不狠，也活不下來吧。

「先到我家歇一晚吧。」大郎邀請劉大娘。

天色已經全暗下來，他們沒時間打掃另一間屋子，而且張嬸嬸極需休息。他們將五匹馬全部牽到院子裡，院子裡草垛多，馬也算是有個暖和的地方待。

「平兒，先把屋裡的炕燒起來。」大郎吩咐一聲，平兒立刻去抱柴進來。

很快屋裡就暖和起來。張嬸嬸疲勞過度，直接就躺在炕上睡了。她現在肚子一陣陣抽疼，怕是動了胎氣。劉大娘知道後，什麼也不管，先去廚房討熱水，化了安胎丸餵張嬸嬸吃下。

小石頭卻很新鮮的跟著平兒忙進忙出。

辛湖去廚房做飯。這回劉大娘直接分一包米和一包麵粉給他們。加起來約有三十斤吧，這都是好米好麵，辛湖也就大方了一回，舀了大半碗米去煮粥。

待快煮熟時，又往粥裡切了一些鹹肉丁和好多大白菜，煮了滿滿一大鍋菜肉粥。在煮的同時，也烤了劉大娘給她的一個大肉餅，分給平兒、大寶和小石頭三個孩子，讓他們先墊肚子。

白麵做的大肉餅，平兒是第一次吃，拿在手上，不敢相信似的放在鼻前聞了聞，才敢咬下去；大寶也多日不見這等好東西，接過來就狼吞虎嚥起來。

看著平兒和大寶的吃相，劉大娘進來，眼淚都差點掉下來。現在她很相信大郎所說的家裡斷糧了。但她們帶的糧食也不多，小姐又懷著身子，小少爺也是個能吃的，她不敢多分糧食給他們。

她轉身回到屋裡，又拿出兩個肉餅來，並且跟張嬸嬸說：「唉，真是可憐，四個孩子沒有大人照顧，也不知道是怎麼活下來的？剛才還曉得把肉餅分一塊給小石頭。」

張嬸嬸沒精力管事了，見她拿出肉餅，輕輕點點頭。其實她倆也只剩下幾個肉餅了。但是她們打算在這裡住下，帶來這點糧食也吃不了多久，不如和孩子們先打好關係。

劉大娘忙著把包袱卸下來，放進歇息的房間裡。那一頭，大郎卻忙著把那三個男人的包袱打開檢查。

「嘿嘿，不錯。」大郎打開包袱，偷偷的笑了。

三個男人帶的東西大致相同，都是炒米麩和肉乾。這三個男人，每人帶了約十斤乾糧，還有炒好的雜糧米麩，雖然比他當時帶的要差些，加了一半粗糧，但對他們來說，卻是不可或缺的好糧呢。肉乾則是真材實料，可以直接吃，也可以和菜一起燉了吃。

不過他們帶的衣服就很少，每人一件厚夾衣，半新不舊的但還算乾淨。都先留下來，畢竟他們這裡什麼都缺。

辛湖煮好粥，讓平兒去喊劉大娘和張嬸嬸來吃飯。

喝著滾燙的加了鹹肉的熱菜粥，眾人都吃得滿意極了。就連吃慣了好飯菜的小石頭也吃得極香。

填飽肚子，又燒了熱水燙腳，晚上大家很快就睡著了。

第八章

第二天早上，幾個人吃過劉大娘煮的濃稠菜肉大米粥，幹勁十足的開始收拾屋子。

劉大娘選了右手邊那座小院子，與大郎他們家一模一樣的格局，不過要稍微破舊一些。平兒和辛湖，大郎與劉大娘，四人分成兩組，開始打掃房間。

小石頭還不會幹這些活兒，就被辛湖安排他帶著大寶，在門前撿柴。反正四處都有不少的枯枝落葉，他倆不用走遠，拖著籮筐就可以開工了。

劉大娘畢竟是大人，而且也是幹慣了活的人，動作麻利，才花大半天的時間就把前面的三間正屋打掃擦洗得乾乾淨淨，就連破損的窗戶，也都拿茅草嚴嚴實實地塞住了。

「嗯，還不錯，今天先把炕燒燒，明天我們就可以搬過來了。」劉大娘看著大家辛勞的成果，開心的說。

「我們先歇會兒，去喝點蓮藕湯，再來收拾院子和廚房。」大郎說。

「好。」劉大娘自然不會反對。早上她看到辛湖在煨蓮藕湯，灶上留了火，慢慢煨著，這會兒去喝，不冷不熱正好下口。況且幹了半天活，大家肚子都餓了。

「唉，別說呢，這湯還真不錯。」劉大娘先嚐了一口，笑咪咪的說。

「那是，阿湖的廚藝不錯。」大郎笑道，心裡卻在嘟囔。今天的蓮藕湯放的鹹肉可比平日要多一些，無怪乎這湯確實格外好吃。

辛湖聽到廚藝二字，差點笑起來。心裡暗想，在這裡還需要什麼廚藝啊？她那十八般武藝根本就無法施展開來呢。就這啥都沒有，連糧食都不夠吃的，廚藝再好有什麼用？還不是天天除了菜粥，還是菜粥。

區別不過在於，粥裡米放得多不多、有沒有鹹肉罷了。

不過今天的蓮藕湯確實多放了幾塊鹹肉，肉都是劉大娘給的，辛湖也就格外大方些。

劉大娘還是先侍候張嬸嬸喝了一碗，自己再匆匆忙忙的喝飽，就去幹活了。

趕在太陽落山之前，他們幾個把院子裡的荒草，草草地收拾一遍；至於廚房就完全沒時間打掃，因為天色只剩下一絲微光了。

「今天先到這裡，明天再弄吧。」大郎見劉大娘還意猶未盡的樣子，出聲提醒她。他這裡可沒有油燈，不能摸黑幹活，一向都是天一黑就上炕。

「是了、是了。晚上我去煮飯。你們去歇會兒。」劉大娘抬頭看了看天色，點點頭。這忙碌起來，時間就過得快，一眨眼天都快黑了。

既然劉大娘主動要做飯，辛湖也沒說什麼，不過也跟到灶房去幫忙燒火。

昏暗的灶房裡，只有灶裡燒火帶來一絲光明。大家擠在灶房內，大郎打了熱水，先給大寶洗手臉和泡腳，等吃完晚飯就可以把他丟在炕上睡了。

隔日，同樣也忙碌了一整天，總算幫劉大娘把院子和灶房先整理出來。

劉大娘也只先清好一間房，一家人一起睡，另一間房則放了他們帶來的行李和糧食。足足有七個大包，除了三人的換洗衣服，還有一些小嬰兒的衣服；糧食也有兩大包，外加幾包精細的點心與一些糖、鹽、藥丸、鹹肉條等等，算起來，可比大郎一家的物資要豐富許多。

最起碼，他們這一家暫時不缺糧，衣服、被子也不缺，還有一些大郎家沒有的高級貨。

這個屋子，也和大郎他們家一樣，還撿出些可用的日用品。比如斷腿的桌子和凳子，有缺口的碗和陶罐、罈子等。至於舊竹筐、舊籃子等物也有幾個還勉強能用，最好的要算是一只半新的大木盆了。

看著這個比以前下人們住的屋子都不如的新家，劉大娘把張嬸嬸扶了過來，說：「小姐，眼下我們得先在這裡安家了，等開春後再做打算。這裡條件雖說簡陋了些，但也勉強能湊合。」

「嗯。能有個落腳的屋子，也算是老天開眼了。要不然，我們只怕得凍死在野地裡呢。」張嬸嬸打量著已經收拾得乾乾淨淨的房間，嘆息道。

「就是。他們那一家四個孩子，可比我們的日子難過多了。人家能過得下去，我們也過得下去。」劉大娘樂觀的給自己主子打氣。

「對啊。把我們帶的細點心，分一些給那幾個孩子，讓他們嚐個鮮吧！反正糧食，怕是我們再怎麼省也不夠吃。」張嬸嬸說著，就躺下了。

「是啊，糧食我們也不夠吃，不過我還是做主把米麵各分了十多斤給他們，讓他們有點細糧吃吃，否則大寶那小娃可遭罪了。」劉大娘也跟著嘆息起來。

「是應該分給他們一些的。以後也讓小石頭跟他們一起幹活，多少也能幫妳打下手，這天越發冷了，柴草要多備些才好啊。」張嬸嬸又說。

「我曉得了，小石頭這兩天也撿了幾筐柴草呢。」劉大娘說起小少爺，心裡一酸。想著自家精貴的小少爺，這兩天也能像模像樣的撿柴草，就覺得難受。不過，再想想人家那兩、三歲的娃兒都在撿柴草，又狠下心。

畢竟她一個人幹活，實在是忙不過來。

隔天辛湖才起床，正準備煮粥，劉大娘就派了小石頭過來，叫道：「姊姊，我娘讓我來叫你們去我家吃呢。」

「哦，你們家早飯都煮好了嗎？」辛湖問。

「是啊，都熟了，快點來啊。」小石頭說完，就先回去了。

大郎見狀，就喚過平兒。「去吧，把大寶叫起來。」

劉大娘樂呵呵的說：「這一頓，就算是我們新家落成了。」

劉大娘擀了麵團，煮一鍋手工麵條，弄一道鹹肉炒大白菜。滿滿幾碗菜，吃得大家滿嘴是油，而淨白麵粉做的麵條也格外好吃，連大寶也吃了滿滿一碗。

昨兒，大郎已經告訴劉大娘蔬菜的事。反正白菜、蘿蔔地裡有不少，池塘裡蓮藕也多，而村裡就幾口人，根本吃不完。

吃完飯，辛湖一家和劉大娘、小石頭都去打柴。小的就在附近撿枯枝落葉，大的就到遠處去。辛湖和大郎還帶了一張凳子，拿著砍刀，拖著筐子，順帶把三匹馬也牽出來，讓牠們自己找吃的，也是帶出來放風。

劉大娘見狀，也把兩匹馬帶出來，跟他倆一道走。

三個人騎著馬，到遠處的小山坡上去砍柴。出了村子，就覺得格外冷一些，草上也都有一層白白的凍霜，在陽光的照射下，還閃著光芒。

大家選了些粗壯的樹枝下手，也不管是活的還枯的，把能砍到的都砍下來。三個人兩把砍刀，輪換著砍了個把時辰，他們走過的地上就留下一片樹枝。

「今天差不多了，我們歇會兒，先把樹枝砍成一截一截的，再弄回去。」劉大娘抹了把額頭的汗。

歇了一會兒，喝了幾口水，幾個人又開始輪換著砍柴。粗大的樹枝直接拿砍刀砍成一段一段，弄得整整齊齊，再就地取材，拿有韌性的樹枝皮或藤條綁成捆，一捆一捆的往馬身上放，小些的樹枝就丟進筐子裡。

結果全部收拾好，他們才發現砍的柴還不夠多，五匹馬根本就馱不滿，還有兩匹馬是空的。

「我們再砍一點吧。」辛湖說。

大郎點點頭，和劉大娘撿塊石頭把砍柴刀打磨幾下，進了林子又開始砍，又砍了個把時辰，直到累得手都快抬不起來，才停了手。

看著自己的辛勞成果，劉大娘笑道：「照今天的速度，我們再砍三天，這個冬天的柴應當就夠了。對了，你們這裡冬天最冷有多冷，冷多長時間？」

對這個問題，大郎在記憶中找了半天，才說：「反正得三、四個月吧，再冷點就會下大雪，我們一向都不出門。」

這麼模糊的答案，劉大娘也沒弄懂，不過她一想到大郎也只是個孩子，說不出很確實的答案也正常，便說：「那回家吧，我們多來砍幾天，把院子堆滿應當就夠燒了。」

等三個人回到家，太陽就開始偏西。冬天裡白晝很短，劉大娘收拾收拾，就轉進廚房忙活著去做晚飯。大郎則帶平兒去地裡挖菜，一去一回又是大半個時辰，挖了一筐子白菜、蘿蔔，一半送給劉大娘家，自家留一半吃。

「哎喲，多謝多謝。」劉大娘接過菜筐子，又說：「我還正說著要去弄些菜呢，你們就給我送來了。」

雖然大郎說過讓她自己隨便摘菜，但她一想這是人家種的，也不太好意思總去摘。

「我們家人手多，以後挖菜時，我就順便給你們也帶回來。」大郎說。

「好，多謝。趕明兒要挖蓮藕，記得叫上我啊。」劉大娘說。

「好的。過幾天是要挖蓮藕了，上回存的都快吃完了。」大郎笑道。這幾天人多了，蓮藕消耗得非常快。

「哦，對了，那池塘裡應該有不少魚吧！你們家有魚網嗎？我想去拉點魚上來，給小石頭娘補補身子。」劉大娘問。

「魚很多，但我們也沒有網，不過上回阿湖拿簍子打了些魚上來，煮個湯還可以，就是比較小條。」大郎說。

「拿簍子打魚？怎麼打的？能不能叫阿湖再打一點？」劉大娘好奇的問。

「可以，改天我們一起去打魚啊，我們家也好多天沒吃魚了呢。」

「要不就明天吧，我們先去打魚，再去砍柴。」劉大娘是個急性子，連忙訂下日子。

「行啊。要是閒鹽多，趁這個天氣，還能多打點魚，醃成魚乾呢。」大郎想起上回辛湖說的——魚乾可以直接烤著吃，很香。但家裡的鹽剩那麼一點，就不敢做了。

「你們家沒有鹽了嗎？」劉大娘問。

「還有一點兒。」大郎有些擔心的道。現在有銀子也不能出去買鹽，只能省著用了。好在家裡還有一罈子大醬，要不然，他早就急著去弄鹽了。

「唉，我們也只帶了幾斤鹽，這裡能去趕集買嗎？」劉大娘問。

「不知道啊！上次我和阿湖就是想去趕集，賣掉蘿蔔、蓮藕，換點鹽回來。可是……那路上還能走嗎？」大郎顯得有些失落。

「唉喲，沒法子，先省著點吃吧！我分給你們一點。」劉大娘長嘆一口氣。因為累了一天，辛湖晚飯弄得極簡單，切了幾塊肥點的鹹肉，炒了一大鍋白菜，然後用開水給每人沖一碗米麩，她懶得再煮粥飯了。一天下來的勞動量真心不小，這會兒腰痠背痛，手臂痠得都快抬不起來了。

「這幾天吃得真好。又管飽，還有肉，就像過年一樣。」平兒嚼著一塊肉，笑嘻嘻的說。

他家窮，幹活的人少，吃飯的人多，一年到頭，能填個半飽就不錯，吃肉就別想了。尤其到春天，根本就是喝野菜粥充饑，粥裡的糧食都數得清。所以他這個感嘆可是真心實意的。

大郎和大寶很顯然不覺得這種簡單至極的飯菜，會像過年一樣的飯食。但大寶年紀小，還不會說這種話，這會兒正奮力嚼著肉呢；大郎雖然明白，卻不會說什麼，也一樣專心吃自己的飯。

只有辛湖聽了這話，瞪大眼睛，死死的看著大郎，心裡莫名一陣不爽。就這種飯食都像是過年？長此以往，她覺得自己肯定要受不了。

「妳瞪著我幹麼？」大郎不解地問。這晚飯吃得好好的，他就搞不懂了，辛湖怎麼會一副苦大仇深的樣子盯著他？

「你不是說，有肉吃的嗎？」辛湖指控道。

不過，話一出口，她自己就臉紅了。這人家還是個小孩子呢，哪能真負責讓她頓頓有肉吃，過上好日子啊？

況且因為劉大娘給的鹹肉，再加上大郎從那三個男人身上搜刮的乾糧、肉類，他們家其實也有三、四十斤的肉。所以每頓飯菜裡，都比以前多加了幾塊肉，油水更足了。

但說出去的話，也收不回來，她只好直愣愣的裝不懂了。

大郎愣了片刻，臉脹紅了，咳兩聲才說：「先把這個冬天熬過去才行啊。就這種天氣、這個時候，能把肚子搞飽就不錯了。」

聽到這話，辛湖更不好意思，只恨自己太丟臉。她把碗裡的一塊肉挑給大寶，說：「吃飯吧，我也是發發牢騷而已……」

「大姊。」大寶正好吃完自己的肉，見大姊又給他一塊，對著辛湖笑了。

辛湖和大郎兩個沈默的吃飯，心情都不好。

平兒搞不明白，為何自己的一句話，就讓兩人變得怪怪的？但他也很敏感，察覺到氣氛不對就不敢出聲，連咀嚼的聲音都放低了。只有年幼的大寶不懂，依舊奮力咬著肉。

原本是一頓大家都覺得非常不錯的飯，最後搞成這樣，辛湖心裡非常自責，等大家吃完，平兒也帶大寶先去睡了。她一個人在廚房裡洗著碗筷，越想越難過，情不自禁的哭了。

她對目前這種生活很不滿，平時忙碌不想還不覺得。現在仔細想想，在這個地方，天天要不停的幹活，還吃不飽、穿不暖，出門就得殺人，要不然就等著被別人殺，這是人過的日子嗎？

大郎洗漱完畢，回來看到她在哭，嘆了一口氣，說：「別哭了，快點洗完去睡吧。今天累了一天，明天早上多睡會兒。」

聽到他的安慰，辛湖越發覺得難受，那眼淚不要錢似的不停往下滾，最後整個人哭得都抽起來了。

「好啦好啦，過幾天，我們叫上劉大娘上趟山，看能不能獵些野物回來，給大家加加餐，這家裡也確實需要備些肉了。」大郎有點煩躁的抓了幾把頭髮，笨拙的說。

他也想吃肉啊！他還巴不得頓頓大碗吃肉了。有時候，他甚至在睡夢中吃肉呢。可現實就這麼殘酷，眼下肚子能混個大半飽就算不錯了。

「唉，我也不是怪你，只是發牢騷。其實這幾天飯食已經好很多，碗裡也有肉了。但一想到我們就四個孩子，這日子什麼時候才是個頭啊……」

辛湖哭完，發洩過了，心情也平靜下來。既然都來到這裡，還能怎樣？除了努力讓自己活得更好之外，就是放棄等死。她還不想死，就只得努力去改善自己的生活條件。不過她是真的擔心，這日子該如何過下去？

但轉念再想，大郎也是個半大的孩子，也一樣要幹活，她就更加臉紅。

大郎再成熟也是個孩子，而她一個有著成年芯子的大人還得依靠人家，方才為了口吃食，還朝他發脾氣，也太說不過去。辛湖不停的罵自己，只恨不得抽自己幾耳光。

「不怕，日子總會好起來的。等開春後，世道安穩下來，我們就可以出去買糧、買肉了，以後會有好日子過，不會讓你們天天餓肚子的。」大郎信心滿滿地安慰著。

「好，我相信你。」辛湖有些感動。

「嗯，走吧，去睡覺了。」大郎見她自己轉過彎來，笑了笑，轉身揉著笑得僵硬的臉先回房去。他為了哄辛湖，可是把兩輩子會的好話都說盡了。好在這女人還好哄，要是辛湖再繼續哭，他都不知道該怎麼辦？

夜裡，大郎看著身邊的辛湖，她居然一上炕就直接呼呼大睡，不由自主的搖搖頭。也就他自己是個操心的命。

他還在考慮著如何去打獵的事情。現在的他不過是個孩子，雖然會點功夫，力氣比同年歲的孩子大些，但拉弓射箭的技巧還不太熟練。他手上只有一把彈弓，是以前玩耍時用的，真要拿去打獵可不夠看。

辛湖雖有一把怪力，卻根本不會射箭，難不成拿石頭去砸獵物嗎？劉大娘雖然武藝不錯，但她使的可是鞭子，估計是不會使弓箭，拿鞭子打獵，很顯然也行不通。

他越想越頭疼，再看看身邊那個只會出難題，卻完全不操心的女人，心底就一陣氣惱。就這樣翻來覆去想了好久，直到實在抵擋不住疲勞，才睡過去。

第九章

白天累狠了，第二天大郎和辛湖都睡過頭，直到小石頭過來喊門，兩人才醒。

「來啦來啦。小石頭啊，你起來的真早啊。」辛湖邊穿衣服，邊和門外的小石頭搭話。

「是你們今天起遲了，我們都吃完早飯嘍。」小石頭說。

「嗯，昨天累了，今天就睡得沈些。你先回去跟劉大娘說，今天只怕我們要遲點才能出門，讓她先自己去幹會兒活吧。」大郎打了個呵欠，說。

「好咧。」小石頭應了一聲，麻溜的跑了。

辛湖去灶房煮早飯，大郎去打水。辛湖做飯速度快，不到半小時，一鍋加了幾塊鹹肉的菜粥就煮熟了。香味出來，沒一會兒平兒和大寶也起床了。一家四口吃過熱呼呼的粥，平兒跟往常一樣，帶著小石頭和大寶在附近撿柴草。

大郎叫上劉大娘，先去挖一會兒蓮藕。辛湖就在一邊打魚，依舊用她的老方法，將簍子繫上繩子，用力扔到遠處，接下來就等著。至於打不打得到魚、魚大魚小，就全憑天意了。

「就這個法子，還能打到魚，看來這池塘裡魚可不少。」劉大娘邊挖蓮藕，邊笑道。

「多少能有些收穫，肯定是比不上拉網。」辛湖笑著，手裡麻利的洗了幾根蓮藕出來，等下就可以先帶回家，明天早上直接燉蓮藕湯吃。

劉大娘把最後一枝蓮藕扔上岸，洗淨了手，有些期待的問：「該起魚了吧？」主子懷著孕，天天白菜、蘿蔔的，格外想吃點新鮮貨。

「是哦，我都忘記了。」辛湖拍了拍額頭，有些不好意思。剛才她就沒停過手，洗蓮藕、割蘆葦，忙得都忘記自己是來打魚的。

「哎喲，好重，肯定有不少魚。」辛湖拉著繩子，那簍子剛露出塘面，水面上就打起水花，而且手上的感覺也很沈。

大郎連忙過來，給她搭把手，兩人拉起簍子，果然有半簍的魚，比上次要多收穫幾條大鯉魚。

劉大娘見真的打到魚，簡直有些不敢相信。辛湖就把另一個簍子的繩子遞給她，讓她拉上來，結果這簍裡魚更多，可把劉大娘興奮的像孩子般大叫起來。「呀，好多魚啊！」

辛湖和劉大娘兩人直接在池塘邊殺起魚來，她們先處理鯽魚，準備煮湯喝。

劉大娘家裡活兒多，殺了幾條鯽魚就先回家了，其他的魚等晚上再收拾。

辛湖剖開最大的一條鯉魚，看到滿肚子的魚卵非常開心。幾條鯉魚殺完，魚卵足足裝了一小盆呢。辛湖決定今天好好犒勞一下自己的胃，晚上弄個魚卵鍋來吃。

至於魚肚裡清出來的魚腸，上頭的油塊辛湖也沒浪費掉。她全洗淨帶回來，在鍋裡熬成油，裝在碗裡當油用。

這魚油也像豬油一樣，可以拿來炒菜，不過比豬油腥得多。她在裡面加了把花椒去腥，最後熬出一小半罈魚油，這樣以後就有油炒菜，不用頓頓吃水煮菜了。

辛湖把大鯉魚除魚鱗、抽了筋，剖邊殺好洗淨，直接吊起來風乾，那些雜七雜八的小魚則加把鹽醃起來。

中午喝魚湯，沒有煮飯，幾條半大的鯽魚她一次全煮了。一大鍋奶白色的魚湯，只加花椒、蔥和鹽調味，味道還不錯，大家都愛喝。

「沒想到就這樣煮的魚湯還不錯喝呢。妳很會做菜啊！」大郎表揚辛湖。

辛湖仍不滿意，正考慮怎樣令魚湯更好喝？調料太少，魚湯總有點腥味。低頭看到地上一籃子白菜，她眼睛一亮，說：「平兒，等會兒去多弄些白菜回來，我加點酸菜，以後煮魚湯就不怕腥了。」

「好。」平兒吞下口裡的魚，高興的應聲，又問：「酸菜煮魚好吃嗎？」

「當然好吃啦！肯定比現在這種魚湯更好吃。而且酸菜還能做其他菜呢，到時候我一樣一樣做給你們吃，保證你們覺得好吃。」辛湖笑道。

大郎一聽，原本準備反對的話就吞回來。家裡存鹽不多，但一想到她說酸菜可以做出很多菜來，這點鹽也不放在心上了。大不了往後大醬當鹽用吧。

辛湖卻像知道大郎沒說出口的話似的，笑吟吟的解釋。「這酸菜不需要多少鹽。很簡單，只要把白菜洗乾淨，泡在鹽水裡就行，放個十天半個月就變酸了。不過這天氣冷，也許要泡大半個月也不一定。」

大郎一聽不用多少鹽，就更加放心了。

大家喝完熱呼呼的魚湯，填飽了肚子，下午依舊是砍柴的活。他們想多弄些柴草回來搭個馬棚，不然天氣越來越冷，馬還直接露天待著，怕是會凍死。

為節省材料，也為了更快蓋好馬棚，兩家把馬棚選在房子旁邊，共用正房的一面主牆。如此一來，只需再搭一面主牆，加上前後兩面，一面是門，另一面又不用那麼寬大，就省事多了。

蓋馬棚，以大郎和劉大娘為主力，辛湖和平兒在旁邊當幫手。他們先把粗壯的樹枝埋入地底，再仔細的用石頭砸實，讓主幹深深埋下，架好框架之後，再搭屋頂。

最難搞的就是屋頂了。因為沒有梯子，大家只能拿出家裡的桌子，再把椅子放上去當梯子用；而且也沒有鐵釘等物能固定，全部要連接的地方只能靠繩子綁。

搞好這些之後，還得用蘆葦當牆壁，一捆一捆的與埋好的主幹綁在一起，頂上也一樣。至於蘆葦留下來的縫隙，再拿茅草塞住，就算完成了。就這麼簡單的兩個小草棚，也讓大家忙活了三天。

最後一天，把家裡的蘆葦和茅草全部用完了，大家只得再去割蘆葦和茅草，努力將牆壁和屋頂塞得更嚴實。其實如果再抹上一層黃泥巴，會更牢固一些，但天氣太冷，稀泥巴不好和，而且他們也沒那麼多功夫來弄。

這樣蓋的馬棚雖不怎樣，到底也能擋風遮雨了。只要在馬棚裡多堆些乾草，馬兒就能更保暖。

「只能先這樣了，明年再好好弄弄吧。」劉大娘說。

「嗯，這種簡陋的馬棚估計也用不了多久，先應付過這個冬天就好。」大郎也不太滿意，但他和劉大娘也就這個能力了。

「我看還不錯嘛，在裡面關上門，可比外面暖和許多。等我們燒上炕，這裡就會更暖和的。」辛湖進馬棚裡感受一下，滿意地說。

說實話，她一開始並沒抱多大希望。實在是材料不多，工具也不齊全，人手更加不足，能搭成這樣，已經是大家盡最大的努力了。況且馬兒原本就耐寒，又靠著他們睡覺房間的這一面主牆，燒炕的熱力多少可以傳到馬棚，這樣的新馬棚應該就夠用了。

「是哦，我們都忘了，還可以燒炕來讓馬棚更加暖和呢。」劉大娘說著，和大郎兩人都笑起來。

「行了，明天又要開始打柴，這次乾草要儘量多打些，要不然馬就不夠糧食了。」大郎說。

「不僅是馬要吃的草，家裡柴草缺口也不小呢。我只巴望能多晴幾天，等我砍夠柴草。」劉大娘有些擔心的看著天空。

她很怕明天就下雪，家裡沒柴草，豈不等著凍死？他們家只存了幾百斤樹枝，還是前兩天和大郎、辛湖一起砍的，那多半還是濕的，全堆在門口曬晾。家裡這幾天用的柴草，全靠小石頭撿回來的落葉枯枝，家裡柴草的缺口真不小。

大郎和辛湖家要好得多，雖然這次搭馬棚把家裡存的蘆葦和茅草全用光了，但平兒和大寶兩人撿的柴草，每天卻是用不完的。畢竟平兒幹活可比小石頭強了不止一、兩分，再加上大寶每天多少也能撿兩小籃子回來，所以他倆撿回來的柴，扣除每天用掉的，都還能剩下一些，這就積累不少。但這點柴遠遠還不夠過整個大冬天。

「看來，我們要狠幹幾天了。」大郎嘆口氣。他發現自己這幾天嘆氣的次數實在太多。難怪辛湖會哭，這種苦日子誰願意過，何況一個孩子呢？

他在心裡是把自己當大人的，辛湖在他眼裡也只是個孩子。殊不知，辛湖和他想法一樣，兩人都想著自己能多分擔點責任和工作。只是大郎畢竟比辛湖更會幹活，在這時代也懂得多些，所以她也就放任自己聽大郎的指揮了。

「是啊，明天早點起來吧，晚上也要多做點再回家。」劉大娘說著，就動了起來。趁著天還未黑，拉了一匹馬急匆匆的，還要去打柴。

大郎見狀，也拉了一匹馬跟過去，邊走邊回頭吩咐辛湖。「妳就不用跟來了，先回去煮飯，把劉大娘家的晚飯也煮上，這一頓大家還是一起吃。」

搭馬棚的這幾天，也是辛湖煮飯，大家一起吃的。畢竟劉大娘是主力，沒空煮飯，所以劉大娘就從自己家拿了些糧食過來一道煮了。

辛湖應了聲，帶著大寶進灶房去煮飯，但平兒卻依舊帶上小石頭去撿柴草，兩個人再撿上大半個時辰，也能撿一籃柴回來。

辛湖知道大郎和劉大娘肯定會摸黑回家，煮好飯，就站在院子裡大叫。「平兒，帶小石頭回來吃飯啦。」她打算讓平兒、大寶、小石頭三個孩子和張嬸嬸先吃。

「不用了，再等會兒吧，還看得見呢。」平兒聽到她的叫聲，大聲回喊了一嗓子，又埋頭去撿柴。

小石頭嚥了嚥口水，見平兒都不肯回家，再看看自己籃子的柴明顯比人家少，也不吭聲，加快撿柴的速度。兩人像比賽似的，低著頭，拖著個籃子，在後面的小樹林中穿梭。

辛湖嘆了口氣，先裝一碗讓大寶吃，又端了飯菜送去給張嬸嬸。

「大寶，你自己先在家吃飯啊，我去給張嬸送飯菜。」

「好。」大寶嘴裡應著，頭也不抬的喝著粥。他人小，餓得快也累得快，這會兒肚子餓得很，哪裡顧得上其他事。

「我很快就回來，你別自己去鍋裡舀，小心燙著了。」辛湖走出灶房門，又回頭叮囑了一句。

「好。」大寶嚥下嘴裡的粥，認真的點了點頭。

辛湖這才提上飯菜，快步走了。

「哎喲，多謝你了。」張嬸嬸見到她，連忙道謝，又問：「小石頭他們呢？」

「還在幹活呢，您先吃，等會兒他們就回來了。」辛湖說著，把飯菜放在炕上，又替她往炕裡燒一把柴。

「唉，我這身子，拖累了大家。」張嬸嬸不好意思的說。她自從到這裡後，白天就一直躺在炕上，還沒下過地，實在是怕保不住腹中的胎兒。養上十天了，她才敢下地走幾步，但想要出去幹活，卻是萬萬不可能的。她雖然著急，也只能耐著性子關在屋裡。

「您這樣是該多歇著，可千萬不要起來幹活，我們多做一點就行了。」辛湖勸道。

「多謝你們了。」張嬸嬸再次道謝，真心非常感謝他們這一家。

「您慢慢吃，我先回去了。」辛湖笑了笑，快步往家跑。

「大寶，吃完了嗎？」辛湖還沒進門，就大聲問道。她擔心大寶害怕，現在外面已經麻黑了，只剩下一絲微弱的光亮，孩子一個人在家，心裡肯定害怕。

「吃完了！」大寶聽到辛湖的聲音，立刻不害怕了，大聲回答。

「嗯，真乖。我看看，你肚子吃飽了沒？」辛湖笑著跑進來，摸了摸他的小肚子，又給他添了小半碗粥。

「大寶，你自己吃，我去叫平兒和小石頭哥哥回來吃飯。」辛湖又說。她擔心這兩個小的，又怕他們撿的柴太多，提不回來。

「好。」大寶點頭，端著碗坐在門口，笑了笑。

他知道辛湖只出去一小會兒，還能忍著害怕，如果去的時間長，辛湖也不敢把他獨自一個人扔在黑夜裡。這孩子心裡的創傷未好，她很明白，就儘量不讓他獨自一個人。

幸好辛湖去找平兒和小石頭，這兩小傢伙果真拚上了，兩人撿了滿滿一籃還不肯回來。她看著籃子，再加地上的一堆樹枝，笑道：「好了，回家吧，這一堆明天再來拿回去。」

看著辛湖一手提一籃子柴，平兒和小石頭都崇拜的說：「姊姊力氣好大啊！」

「那是，等你們長大了，力氣也會變大的。」辛湖嘴裡說著，心裡卻暗樂。自己這是天生的大力，他倆就算再練，也比不上自己。

三人回到家，大寶正眼巴巴的望著門口。

「大哥他們還沒回來嗎？」平兒見家裡就大寶一個人，驚訝的問。

「是啊，你倆先吃，我再去看看。」辛湖說著，給他們一人裝一碗粥，就出門了。

等辛湖走到池塘邊，還沒見到人影，她又高喊幾聲，也沒人回應。她就知道，大郎和劉大娘肯定還在遠處砍蘆葦，這兩人顯然不弄到天完全變黑，是不肯回來了。

她乾脆就在池塘邊拿起兩根蓮藕邊洗邊等，果然才洗完就聽到了遠處的動靜。

「劉大娘，你們總算回來了啊。」辛湖站起來，高喊了一句。

「嗯，妳來幹麼，快回去。」劉大娘的聲音越走越近，辛湖也就放下心來，拿著蓮藕返家了。

「大姊，大哥他們還沒回來嗎？」平兒見只有她一人回來，放下碗問。「回來了，你們吃飽沒？吃飽了就去洗臉泡腳。」辛湖放下蓮藕，說。

「吃飽了。」平兒說著，放下碗，去打熱水。

一會兒工夫，大郎和劉大娘就回到大門口。辛湖幫他們卸下馬身上馱的蘆葦，再把馬牽到馬棚裡去，讓他倆先進去吃飯。這約大半個時辰工夫，他倆各割了四大捆蘆葦。

家裡有牲口幫忙搬物，果然事半功倍呢。

劉大娘和大郎兩人累得慌，也沒跟辛湖客氣，直接就去吃飯了。等辛湖卸下柴、拴好馬，再回到灶房時，兩人已經吃完，鍋裡還留有一碗粥給她。

「你們吃飽了嗎？」辛湖看著兩人都還端著碗，很顯然沒吃飽，還記得給她留點。見她問，劉大娘不好意思的說：「我飽了，妳快點吃吧。」

辛湖就知道，他倆根本就沒吃飽，連忙又添了一把火，在鍋裡加了一碗水，說：「再燒燒，你們再沖點米麩吧。」

大郎和劉大娘都沒有推辭，等水滾開，一人沖了半碗米麩，辛湖就著粥也加一勺米糊進來，沖成一大碗吃了。

「多謝你們，明天我就自己煮飯，早上不喊你們了。你們小孩子家家的多睡會兒，我得早點出門。」劉大娘說著，回家去了。

大郎吃完飯，坐在灶門口，一動也不想動，可見今天真是累狠了。

辛湖打來一盆熱水，說：「來，先泡泡腳。你也真是的，幹麼要這麼發狠的幹活？少割一捆，又不會真的沒柴燒，要是把自己累壞了怎麼辦？」

大郎泡了好一會兒熱水，才緩口氣說：「劉大娘不肯回來，我難道把她一個人丟下啊？再說，家裡柴草也不夠。」

「那也不能這麼蠻幹啊！你才幾歲啊？要是現在累傷了身子，可怎麼辦？以後別這麼拚了，我們家的柴雖然不夠，但也不少你這一捆。」辛湖看他累癱成這樣，氣呼呼的教訓道。

「好啦，明天我多睡會兒，反正早上也不好去砍柴，會打濕鞋子的。」大郎勉強笑了笑，回房去歇了。

等辛湖收拾好，泡完腳回來，大郎早就睡得打起呼嚕。平時他睡覺是不打呼嚕的，顯然今天真的累慘了。辛湖聽著他的呼嚕聲，一陣陣的心酸。這孩子年紀這麼小，卻一力挑起這一家子的重擔，實在是太難為他了。

「明天，還是我多幹點活吧。」辛湖喃喃反省。

她力氣其實比大郎要大，但她幹活卻不如大郎俐落，有時候還會懶得做。大郎卻一直努力在幹活，從不偷懶，心事也多。這段時間，是明顯的變瘦了。

說來，四個人當中，辛湖和平兒反倒稍微養胖了些，臉色也比最開始要好；大郎和大寶兩個以前過慣好生活的孩子都瘦了，臉色也沒以前好。這種對比只能說明，辛湖和平兒以前的生活太差，而大郎和大寶現在的生活太差。

第十章

第二天，辛湖起床做飯，大郎果然沒醒，她也沒吵醒他，輕手輕腳的去灶房煮早飯。早飯煮熟了，見平兒也還沒醒，她乾脆自己先吃了，之後就直接出門。

「姊姊、姊姊，平兒還沒起來嗎？」門口，小石頭提著籃子，眼巴巴的問。

「嗯，劉大娘出去了嗎？」辛湖問。

「去了好久。」小石頭答。

「你先和我去，我去砍點樹枝，等會兒再回來叫他們。」辛湖想了想，房裡幾個孩子難得睡個懶覺，顯然昨天都累壞了，今天就讓他們多歇會兒。

「好。」小石頭高興的叫起來。他也知道家裡柴太少，沒有柴就會凍死，所以自己也得多撿些柴回來。

辛湖帶著小石頭，也不能走太遠，就先去最近的小山坡，平時小石頭他們撿柴的地方。這裡近就讓小孩們撿，他們砍柴就去更遠的地方。一來，遠處的柴草更多；二來，近處的隨時可以來撿。

所以她才砍好一捆，就帶著小石頭先回來了，小石頭也撿了大半籃。果然，屋裡三個人都醒了，正在吃早飯呢。

大郎吃過早飯，就和辛湖牽著馬離開家，平兒則繼續帶大寶和小石頭在附近撿柴草。這一天，又是幹到天麻麻黑，兩人才回家。他們和平兒三個孩子差不多時間到家的。

幾個小的撿好的柴，不需要他們自己全部帶回來，畢竟他們人小力氣也小，一般都是大人們去幫他們提回來。但小石頭家沒剩多少柴，平兒就和他合力抬了一筐柴回來。

只是快到門口時，兩個孩子就累得抬不動，扔下筐子了。

大郎見兩個小孩子抬得氣喘吁吁，還帶著個大寶在一邊走得跌跌撞撞，心酸的不行，便說：「以後別這般費力了，等我們去幫你們拿回來。」

小石頭不好意思的說：「我們家沒剩多少柴，早上煮飯把灶房裡的柴都快燒完了，我就想多帶點回來煮飯，平兒哥這是幫我呢。」

大郎嘆口氣，說：「明天就不用這樣了，今天劉大娘砍的蘆葦多著呢，明天出去，你們就空著手回來。」說完，便提起筐子，幫小石頭送回家去了。

劉大娘見大郎提著一筐柴進來，不好意思的說：「今天又占你們便宜了。」

大郎笑笑，說：「這不算什麼，等再多弄兩、三天就差不多了。我先回去了。」

「是啊，多謝你們。」張嬸嬸見狀也道了謝。

大郎回到家，辛湖又是燒了一鍋鹹肉大白菜和蘿蔔，因為這幾日特別勞累，她今日還特意弄了個鯉魚卵鍋，大家吃得極開心。滿滿一鍋用魚油煎出來的魚卵，再加上些乾辣椒、魚雜等煮了一大鍋，滿是油，又香又辣，再切點蘿蔔片進去一起煮，起鍋時再加一把蔥，吃得大家都直呼「好吃」。

劉大娘更是後悔的說：「阿湖，沒想到這魚卵、魚內臟還能弄得這麼好吃啊？早知道我就不該把它們都扔掉。」

「呵呵，這東西就是弄起來麻煩，要把味道加重些，吃起來就格外有勁道，不過小孩子就不能吃太多，怕太辣上火或拉肚子。張嬸嬸也不能多吃。」辛湖說著，就不肯再給大寶吃，讓他喝白菜粥。她送給張嬸嬸的飯菜裡，菜粥裝好大一碗，只裝一小半碗的魚卵，還特意多加兩塊蘿蔔。

大寶其實不怕辣，又眼饞大家吃魚卵，端著粥碗一個勁的看著大家。

辛湖笑了笑，挑起他碗裡的一塊肉遞到大寶嘴邊，說：「快吃肉吧，我們吃魚，今天把肉都給你吃。」她是特意在他碗裡多放兩塊肉，果然，大寶一看到肉就不再惦記魚卵了。

平兒和小石頭年紀大一點，也不怕辣。大家吃幾口魚卵，就要呼嚕嚕的喝一碗白菜粥解辣，這頓飯大家都吃得極好。

接著連下三天的大雪，外面的世界一片銀裝素裹，分外美麗。可這份美麗在此時此刻，辛湖卻只能望之嘆氣，完全無法有些許欣賞之心。因為實在太冷了，且這裡條件太差，日子著實不好過。她寧願是夏天，起碼不用擔心受凍啊。

大郎最近的工作主要是掃雪。每天吃過早飯後，他和辛湖都會掃雪，一直掃到池塘邊。

一大家子人吃吃喝喝、洗洗刷刷，一天需要的水可不少。所以這條路，可不能讓它被大雪完全掩沒。

奇特的是，這個池塘並沒有完全冰封起來，只結了一層薄薄的冰，要不然，他們用水還得先花力氣破開厚冰層呢。

劉大娘本來也想參與掃雪，不過被大郎和辛湖勸走了。

「您回家去收拾吧，我們反正也沒事幹，這活兒用不著三個人來做。」

劉大娘想想，自家確實一堆事情要做，也就承了他們這份人情。因為辛湖不會縫製衣服鞋子，以後她有的是機會還這幾個孩子的人情。

「那就多謝你們了。阿湖，有空就來我家學針線啊。」

「好的。」辛湖點頭，衝她擺擺手，拎著手中的掃帚，用力的往前掃去。她可得快點掃完，快回家烘烤鞋子呢。這普通的布鞋，沒法在雪地裡待太久。

她每天掃完雪之後，烤乾了鞋子，就上小石頭家去學針線活兒。

做好兩雙襪子，劉大娘準備教她如何做鞋了。這兩天劉大娘已從家裡找出一些暫時用不上的舊衣服，拆洗乾淨備用。

「要是有帶塊布料出來就好了。」劉大娘一邊拆自己的衣服一邊說。

「那是。要是有多的布料，就給那孩子做身衣服了。妳看她穿的像什麼樣啊？男女都分不出來。」張嬸嬸直搖頭。辛湖穿的是大郎的衣服，還是她自己用蹩腳女紅改製的，能穿就很不錯了，其他的哪能奢望？

聽了張嬸嬸的話，大郎回家就對辛胡說：「妳老穿我的衣服，是有些不適合。家裡又不是沒衣服，妳挑兩套去讓劉大娘幫妳改改。」

大郎說著，打開衣櫃，把那些女裝全拿出來，讓辛湖自己選。

那些顏色鮮豔、衣料好、格外光鮮的，辛湖自然不會選。現下的模樣實在不適合，也捨不得拆；至於大郎母親的衣服，她也不好意思選，想給大郎留個念想。辛湖挑來挑去，最後選了一件湖藍色的外穿大衣服，和一條綠色的厚褲子。

「這兩件怎麼樣？」辛湖問。只有這兩件衣服質料最差，但也還有六、七分新，都是棉布料子，很柔軟。

「還行。」大郎胡亂點頭。他完全不懂這些，反正這些女人衣服，目前也只有辛湖能穿，自然是憑辛湖自己的喜好了。

於是，辛湖拿著這身衣服又來到小石頭家。

張嬸嬸和劉大娘看著兩件衣服，都表示滿意，劉大娘迅速表示。「可以給妳換身適合的衣服穿了。」

她們以為這衣服是辛湖娘留下來的，自然沒有追問來由。辛湖也就裝不明白，說：「我家還有幾件舊衣服，先改一套給我穿，其他留著以後慢慢穿。」

「是這個理。好東西要慢慢用。」劉大娘說著，點點頭。

有劉大娘和張嬸嬸幫忙，改兩件衣服，一天就完工了。剪下來的布料，劉大娘收起來，說：「這些可以拿來做鞋，或是以後這衣服短了，還能再縫接上去。」

「那就做兩雙鞋子吧！我沒有合腳的鞋。」辛湖眼睛一亮，連忙說。

有了新衣服，她最缺的就是鞋子了。

辛湖換上這量身裁縫的新衣，張嬸嬸瞧著滿意的點頭，說：「這樣才像個姑娘家嘛。天天穿得不男不女的，都看不出來妳是個小姑娘了。」

穿上合身的衣服，辛湖自己也覺得舒服多，忙不迭給兩位大人道謝。

「明天要開始學做鞋，我們得先糊好殼，妳明兒早點過來。」劉大娘說。

辛湖答應後，穿著合身的新衣回家了。

果然，大郎見狀也很滿意，說：「這身衣服還像個樣。要不，再選一身去改改？反正有多的。」

「不用了。」辛湖說。她不在意新衣服，現在連肚子都吃不飽，哪會在意這些事情，只要有舒適的衣服穿就行。

「隨便妳了。反正那些女裝家裡沒人能穿，妳想怎麼穿就怎麼穿。」大郎笑了笑。

「那是。不過，你不是老說自己有銀子嗎，我幹麼要一直穿這些改別人的舊衣啊？往後我可要穿新衣服，自己的新衣服。」辛湖開玩笑道。

「行啊，這算什麼，做幾身衣服的銀子，咱家不缺。」大郎也跟著開起玩笑。

平兒和大寶看兩個大的心情好，也跟著樂和起來，一家四個人，在灶房裡笑哈哈的說笑著。

平兒也順口跟著來一句。「我也要做新衣服。」

「行啊，明天我們再選一套衣服，給平兒也改製一身。」大郎說。那堆女裝裡頭，也有一些適合男孩穿的顏色，況且平兒不過是孩子，衣服顏色鮮豔些也無所謂。

「是哦。明天我再去請劉大娘她倆幫忙，是該給平兒改身衣服了。」辛湖點頭，她也認為平兒該有身合適的衣服。

現在一家四口中，只有平兒穿的最差確實不好。他們家既然有多的衣服，幹麼不讓平兒也穿點好衣服？

平兒聽了哥哥姊姊的話，可樂壞了。小孩子嘛，有新衣服穿就開心，他長這麼大，也沒穿過幾件新衣服。

看著平兒笑得亮晶晶的眼睛，辛湖忍不住想嘆氣，但強忍住了，她不想再因自己的情緒，影響到大家的生活。上次她鬧了場情緒，弄得大郎和平兒兩人好幾天對她都小心翼翼的，生怕哪裡又惹到她。

在這個家裡，雖然沒有家長的要求，但大家下意識都會讓著她。也許是因為覺得她是唯一的女性，又或者她充當母親的角色，但大家這樣做還是會讓她很內疚。畢竟她不是真正不到十歲大的孩子，不好意思總要讓這些真正的孩子來遷就、照顧她。

隔天，辛湖帶去的舊衣服是女式的，要改縫成男式的，就要多花些心思了。

劉大娘左右翻看幾次，才和張嬸嬸商量。「要不全部拆了，再重做？」

「嗯，還是拆了好做些，就是費的功夫較多。」張嬸嬸點頭。

「阿湖，我們家小石頭穿的衣服還多，先拿一套給平兒穿吧。」張嬸嬸說。她覺得改女式的衣服給男孩子穿有些麻煩，而且把這女式的衣服留下來，給辛湖自己改衣服，還更方便些。

「要是太麻煩，就直接改短點吧，樣式就不用管了。反正在這個地方，也沒外人看見。」辛湖連忙推辭。

小石頭的衣服多，但張嬸嬸肚子裡還有一個。這幾天，她都見到張嬸嬸、劉大娘兩人拿著舊衣在縫小兒衣服了，小石頭的衣服肯定是要留給他弟妹穿的。

見辛湖不肯要，劉大娘和張嬸嬸也沒再堅持。她們逃得匆忙，有些行李沒顧得上，帶的衣服並不齊全，小娃娃的衣物根本沒有，全靠改大人和小石頭的了。

再說，她們也不知道會在這小村子裡待多久，要是情況不好，說不定得多待一、兩年。

「是麻煩些，不過咱們有的是時間，多花點功夫吧。」劉大娘說著，開始動手拆衣服了。

三人費了些功夫才把衣服全拆開來，一塊一塊的鋪在炕上，重新排列組合一次，該裁剪的地方重新裁剪。如此這般，三人花了一整天才改好一件上衣，幸好褲子簡單多了。

「還不錯啊。」看著縫好的衣服，張嬸嬸笑起來。她還以為，這女式衣服改成男孩穿的衣服會不好看，沒想到這衣服仔細裁剪過，重新縫出來也還不錯。

「平兒，過來試試衣服。」辛湖在門口大聲喊道。

平兒嘴裡應著，一溜煙的跑過來了。看著已經做好的新衣服，平兒眼睛都亮了。

「來，試試看。」劉大娘笑道。

平兒接過，馬上脫掉身上的大衣服，穿上新衣服，立刻就像變了個人。這孩子跟著辛湖和大郎，比初次見到時性子要開朗多了，人也養得白胖些。換上合身的新衣服，平兒立刻從一個灰頭土臉的鄉下小孩，變成一個平頭齊整的小兒郎了。

「嘖嘖，真不錯。難怪古語說，人靠衣裝，佛靠金裝。這孩子不過是換了件衣服，就立刻讓人眼睛一亮了。」劉大娘打量著平兒，大笑起來。

跟在後面來的大郎帶著大寶和小石頭，看著平兒換裝後的變化，也笑道：「是不錯啊。沒想到我們家平兒長得還不賴。」

他一向不在意人的長相，對辛湖和平兒也一樣。剛見到他們倆時，兩人都是又黑又瘦，一副快養不活的模樣，沒想到稍微吃飽肚子，兩人都養得水靈許多，臉上有肉，面上也添了一些紅潤。

大郎心想，辛湖要是再養得精細些，好吃好喝的供養，再過幾年，說不定也能養得白白淨淨。再加上她這一對大眼睛，也勉強算是個美人了。男人嘛，都愛美女，哪個不希望自己妻子長得好看些啊？

辛湖笑嘻嘻的向平兒說：「平兒的底子也不錯嘛，再養白胖一點，就更好了。」

平兒被一眾人給打趣得臉都紅了，不好意思地摸著自己的新衣服，躲閃的說：「我回去了。」說完，一溜煙的跑了。

眾人見狀，頓時呵呵大笑起來。大郎看沒什麼事，也帶著兩個小孩子跟出去。

「我看外面的雪都凍結實了，明天要出門去打柴了。」劉大娘說。

「嗯，我們家柴草也不算多，大家一起去吧。」辛湖說。

本來按照她的想法，是不想這大冷天出門幹活的，而且沒防水的靴子，鞋子容易打濕，腳肯定會受凍。但劉大娘執意出門打柴，她和大郎總不能看著她一個人出去吧？畢竟有人做伴，碰上什麼事情也有個幫手。

看著從衣服裁剪下來的一些零碎布料，辛湖想著明天又要出門打柴了，乾脆先縫製幾雙手套出來用。她早有這個想法，但一直沒法實現。現在跟著劉大娘、張嬸嬸學了好多天的女紅，針線活兒進步不少。有了底氣，她把自己的想法告訴大家。

「我們戴著手套出門去砍柴，手就不會那麼凍，也不怕被柴草劃傷了。」

聽了她的設想，女紅不錯的劉大娘和張嬸嬸很快就聽懂了。

兩人商量一下，就開始動手裁剪。畢竟這種手套很簡單，不過就是兩塊布料，把手放在布上比照著裁，四個指頭並在一起，大拇指單獨分開。

裁剪好後，三人一陣忙活，很快就搗鼓出一雙手套來。原形是比照劉大娘的手做出來的，但做好後三人試戴，卻發現雖然是照著手形裁剪出來，縫好後手套卻變小了，劉大娘根本就戴不上。

辛湖心知，這是因為布料沒有彈性的原因，要是有毛線，手套用編織的其實更好。但現在只有布，就只能做布手套了。下次裁剪時，就要微微放大幾分。

「妳戴又大了點。」辛湖戴著手套，劉大娘有些可惜的說。

「把大郎喊來試試啊，他的手比阿湖大啊。」張嬸嬸笑著提醒。

「是哦。我都暈頭了。」劉大娘拍拍手，拉開嗓門，大喊幾聲。「大郎，過來下！」

外頭大郎聽到叫聲，放下手中的活計，來到他們家，問：「劉大娘，有什麼事嗎？」

「過來，試試這手套。」辛湖說著，把手套從自己手上取下來。

大郎滿臉驚訝的接過，在辛湖的幫助下戴上手套，竟然真的很適合。

大郎試著活動一下手，再被辛湖指揮著去拿砍刀、抱柴禾試試，結果都很好使。他滿意的說：「不錯，戴著這手套，出門幹活真的會暖和許多，也不怕刮傷手了。就是手指合在一起，比較不習慣，若要是想幾根手指也動作會有些不方便。」

「想要更方便，就得把五個手指頭單獨做出來。」辛湖說著，又比劃著示意起來。

眾人一聽，更加感興趣了，畢竟五個手指頭都單獨能動，確實要比這樣只有一根大拇指分出來的手套要好用得多。

「不過，光是砍柴用，這樣的手套就很適合了。」劉大娘反倒更喜歡這樣的手套，她覺得想做精細的活兒，戴著手套總比不上光著手更方便。

「不如，我們先縫三雙這樣的手套專用來砍柴，以後再縫五指分開的手套吧。」辛湖想了想，說。

「就是，明天出門得戴上手套。阿湖真聰明。」劉大娘現在越來越喜歡辛湖了，她想出來的東西，通常大家都想不到。

「嗯，阿湖是很聰明。」大郎笑著附和。他也覺得辛湖腦子裡裝了不少稀奇古怪的東西，時不時的冒出來。比如：拿背簍打魚、做酸白菜，還能拿魚做出美味的料理等等。

這手套，看著不出奇，但作用可真不小，難怪辛湖念叨了不少回呢。前幾次砍柴時，辛湖的手被茅草、荊棘刺傷了好幾回，她就念叨著要做手套。

第十一章

有了第一雙成功的例子，後面做起來就快多了。不到一個時辰，就縫出三雙手套，辛湖、大郎、劉大娘人手一雙。

「行了，剩下的我慢慢縫吧。你們今天早點歇了，明天不是要出門去打柴嗎？」張嬸嬸見辛湖和劉大娘還一副意猶未盡的樣子，拿布比劃著，連忙阻止她們。孩子們的手套不急，留下來她慢慢縫就好。

次日，第一次體驗戴手套去幹活，大郎和劉大娘還有些不習慣，出門前居然沒戴手套，直接光著手去牽馬繩。

「戴上手套啊。」辛湖提醒他們。她早就戴好了，戴了手套和沒戴手套感覺就是不同，她完全不覺得手冷了。

「哎喲，我們還不習慣。不過這手套還真管用，牽著馬也不怕手凍了。」劉大娘樂呵呵的戴上手套。

「就是。」大郎也在一邊點頭。

辛湖有些自得的笑了笑，心想，自己總算為大家出了點力。

三人說說笑笑的，很快就到池塘邊，大郎隨意在一塊淺水邊打破薄冰，讓馬兒飲水。

因為結了冰，原本應當是濕地的蘆葦叢邊沒了水，冰也結實，幾個人試過後，就放心的在冰上開始割蘆葦。連馬兒也各自找了蘆葦稈，放開大吃起來。

三人各砍好兩捆蘆葦後，劉大娘牽了馬，說：「我們換個地方吧，待久了怕這冰會化。」

大郎和辛湖連忙也跟著牽了馬，分散開來，又各自找塊地方開始幹活。

三人埋頭苦幹，五匹馬也埋頭苦吃，時間過得很快。不知不覺竟然砍了好大一片蘆葦，辛湖更是與其他兩人有一段距離了。

辛湖看看位置，便往兩人方向移動。途中，她覺得腳下好像踩到什麼，嚇得驚叫出來，連連往後退。

「阿湖，怎麼啦？」不遠處的大郎大聲問道。沒一會兒他就趕到身邊，接著劉大娘也過來了。

辛湖指著不遠處的薄冰，對兩人說：「那裡好像有什麼東西？」

大郎大著膽子往那邊探去，手裡拿根粗點的蘆葦稈搗了搗，很快就戳破薄冰層。冰層破開，就聽到水響聲。

「哎喲，原來是魚群。」大郎一瞧，鬆了口氣，大笑起來。

「那趕快弄起來啊！」辛湖一聽，立刻叫道。

大郎直接用手去捉魚。這裡本就是個淺淺的水窪，裡面的魚多得挨挨擠擠，密密麻麻。

「哎喲，真不錯啊！這麼多魚，今天早上我們還說該去打點魚了，沒想到這回得來全不費功夫啊。」辛湖笑咪咪的看著魚。

「就是，我們家裡的魚也差不多吃完，這回又有新鮮的吃了。」劉大娘也很開心。

捕魚這事，像辛湖那樣直接扔個簍子的作法，完全是憑運氣，捕多捕少沒有定數，而且現在天氣這麼冷，魚多半在深水的地方，他們根本就沒辦法打破冰層。大郎還以為沒有好辦法能捕到魚了，沒想到現在卻平空得到了這麼多魚。

辛湖的運氣真不錯呢！大郎瞧她樂呵呵的模樣，也笑了。

沒一會兒，三個人就把大魚都弄上來，冰面上扔了一堆，太小的魚他們還懶得撿。

跟上次一樣，大郎在湖邊升起火堆，三個人圍在火邊殺魚。這堆魚大約有七十來斤，半數是大頭魚，魚頭適合煮湯，一般都有三、四斤重，小些的有鯉魚、鯽魚，也有一斤來重。

一開始，大家都選大魚先殺。

辛湖剖開魚肚，把裡面的魚腸、魚卵、魚膘等內臟拉出來，說：「別都扔了，好生清洗乾淨，等下拿回去燉蘿蔔，有油水呢。」

大郎和劉大娘也學她，把魚內臟清出來，先放在一邊。

「要是有豆腐，今天燉個魚頭豆腐湯正適合。」辛湖有些遺憾的說。

「這也喝不完啊。」大郎看著不大一會兒，地上已經有處理乾淨的四個大魚頭了，一頓哪喝得完？

「大魚頭還可以做剁椒魚頭，辣辣的，又好吃、又下飯。」辛湖想起剁椒魚頭這道菜，就想流口水。

「什麼叫剁椒魚頭？」大郎和劉大娘異口同聲問道。

「哦，很簡單，就是要有剁好的辣椒醬，一起去蒸魚頭啊。」辛湖答。這會兒她也不可能做這道菜，也懶得細說。反正明年有辣椒了，自然會做這道菜給大家吃。

聽辛湖描繪著美食，大郎和劉大娘都不約而同的嚥了嚥口水，就連辛湖自己都被勾起饞蟲，決定今天晚上一定要好好做兩道菜，犒勞一下自己。

三個人忙活了大半天，五匹馬只有四匹馬馱滿柴，另一匹根本就是空的，還因為弄魚，耽誤了約一個時辰。最後，劉大娘帶著辛湖騎馬回來，大郎則湊和著騎在另一匹裝得少些的馬回來。這些柴大約有五百斤，全進了小石頭家，也不過只能讓他們家多燒個十天、八天。

劉大娘本想叫辛湖他們到自己家去吃飯，但兩人都不同意，直接牽了自己家的馬就回家，說是要回家去燉新鮮的魚湯喝。

「多不好意思啊，我又占了你們的便宜。」劉大娘說。

「這不算什麼，我也想要妳們幫著做針線活呢。」辛湖連忙說，劉大娘這才沒說什麼。辛湖的女紅實在太差，要指望她自己縫衣做鞋，簡直不可能。

晚上的菜自然是魚湯了。因為幹了一天力氣活，大郎讓辛湖煮些乾飯來吃。摻雜一半粗糧煮出來的飯，口感雖然不太好，倒是挺香。因為家裡有大寶，辛湖煮飯時水放得多，把飯煮得爛爛的，讓大寶好消化。

想著上回用大醬燉的魚湯，味道有些平常，辛湖就讓大郎去把自己上次弄的小罈子泡白菜給取來。這些天，她天天把罈子放在房間，因為燒著炕，屋內溫度較高，算算也有十來天，泡菜也該泡好了。

「這泡菜好了嗎？」大郎半信半疑的抱回罈子，問。

「先打開看看。」辛湖也不知道成不成，她以前可沒在這麼低溫下做過泡菜。

不過揭開蓋子，一股酸味撲鼻而來，顯然這泡菜已經好了。

辛湖開心地挾一些泡菜出來，讓大郎再把罈子封好口。

泡白菜要先洗乾淨、捏乾水分，才好下鍋。切成絲的泡白菜，還保持著很新鮮的樣子，辛湖想到張嬸嬸是孕婦，應該挺喜歡這酸味，就讓大郎端了一碗已經切好的泡白菜送過去。還叮囑他這泡菜炒了吃也行，下到魚湯裡也行。

劉大娘看著碗裡，這白生生的大白菜，看上去還很新鮮，卻透著一股酸味，再聽大郎的話，便有些好奇的伸手拿起一根放進嘴裡。

「哎，真好吃呢！又酸又脆，味道可好了。」嚐過後，劉大娘連連驚呼。

「阿湖說這個叫泡白菜，家裡還有，要是你們喜歡吃，明兒再給你們送點過來。」大郎說著，揮揮手回家了。

辛湖剖開兩個大魚頭，再處理了兩條魚的魚脊骨和魚尾巴，再用剛熬了魚油的鍋煎魚頭、魚骨和魚尾巴。煎香後，加一點乾辣椒與蘿蔔塊，最後注入熱水去燉湯。

屋裡很快就散發出魚湯的香味，幾個人吸溜著口水，眼巴巴看著辛湖。

「再等等，很快就可以吃了。」辛湖說著，開始處理魚肉。

留在案板上的魚肉，辛湖仔細的片成魚片。薄薄、潔白的魚片，裝了兩大碗，等鍋裡的魚湯燉出味了，再加入泡白菜絲繼續煮，快煮熟時，再將魚片扔進滾開的魚湯裡，魚肉很快就熟，最後再撒一點青蔥沫提味。

「實在是太香了。妳是從哪兒學來這手好廚藝？」魚湯味道很香，就連大郎也忍不住。他實在是懷疑辛湖的來歷，小小年紀怎就這麼會弄吃食？

辛湖隨口說：「跟我奶奶學的，我就愛好吃，打小就下廚呢。」這也算實話，她確實很小就跟著奶奶學做菜，長大之後，她又學會了不少菜式。

辛湖會做的菜非常多，涵蓋八大菜系。只不過她向來不太愛做複雜的菜式，主要是因為沒找到能和她分享的人。畢竟美食也需要有人欣賞的，加上她工作後獨自一人過日子，日常生活很簡單，也懶得去弄那麼多菜。

大郎聽她說是跟奶奶學的，也不再盯著這個問題了。這理由很說得過去，有些人家確實有些祖傳手藝，孩子都是打小就學起的。學個兩、三年，看出哪個孩子有天分，再決定把傳家本領教給誰。顯然辛湖就是有天分的孩子，應是得到家裡的真傳。

夜裡，小石頭早就呼呼大睡，劉大娘與張嬸嬸卻還在閒談。

「今天魚湯裡加了些大郎送來的泡白菜，味道格外好。」劉大娘說。

「就是。阿湖這孩子古靈精怪的，也不知道是什麼人養大的？」張嬸嬸感慨地說。這一家四個孩子，居然能把日子過得有滋有味，著實令人感嘆。

「是啊，大郎說這泡白菜是阿湖自己弄出來的，如果我們家愛吃，就去問他們要。這孩子年紀小小，居然滿腦子的稀罕主意，實在是太聰明了。」劉大娘越想越喜歡辛湖，恨不得是自己養出這麼聰明伶俐的孩子來。

「只可惜，她出生在這個小村子，這要是生在大戶人家，也不知道有什麼大造化？」張嬸嬸非常惋惜的說。

「我看他們家四個孩子都不簡單，再過十年八年，誰知道會是個什麼模樣呢？」劉大娘卻有不同的見解，覺得辛湖他們一家四口，不可能會一輩子像現在這樣。

「也是，一個兩個都不像孩子，行事比大人老道，還滿腦子的新奇主意。往後，我們可得和他們把關係處得更好，說不定，小石頭以後還得靠他們提攜呢。」張嬸嬸正色的說。

「那是。我本來就極喜歡他們，再說人家也幫我們不少忙，說起來，他們還是我們的救命恩人。往後別說是和他們打好關係，就是要我上刀山下火海去幫他們，我也樂意。」劉大娘鄭重的說。她是真心喜歡這一家孩子，也很憐惜他們小小年紀就要自己謀生活。

「嗯，我只巴望小石頭跟著他們，也能學個一分半分，就算沒了他爹、沒了家族的庇護，也一樣能好好的活下去。肚子裡的這個，也不知是男是女？要是男孩，兄弟兩個也能互相幫忙；要是女孩子，以後能找個像大郎他們這樣的人家，我也滿足了。若是再給小石頭娶個像辛湖這樣能幹的妻室，我也能當個享福的老封君了。」

這是張嬸嬸第一次露出了，完全不指望男人還能活著回來的意思。實在是日子長了，她不得不作最壞的打算。

「小姐，您別亂想了。也許姑爺他們是有事耽擱了，又或許是我們留下的記號他們沒看見呢。那麼多人，哪能就一個也沒逃出來呢？我們倆帶著孩子都能逃出，他們可比我們武藝高強多了。」劉大娘安慰道。

「嬤嬤嘴裡這樣說，只怕心裡也和我一樣的想法。妳也別怕我傷心，都這個時候，我也想開了。我們能在這裡安生住下來，開兩畝田，自己種糧食，手頭的一點銀子再貼補貼補，日子也一樣過得下去。比起阿湖他們幾個孩子，我們這已經算是極好了。」張嬸嬸這段日子天天躺在屋裡，早就一條一條理順了想法，做了最恰當的打算。

「小姐，您能這樣想也是好事，畢竟日子還長呢，小少爺還小，您肚子這個也快生了，以後您也有得忙了。姑爺他們，有緣分自然是能再見面，要是他真的不幸遇害，那也是命啊……這個亂世，我們能活下來，已經是老天開恩了。」劉大娘嘆口氣。

「嗯，我也沒那麼傷心。我們夫妻雖然也算相敬如賓，但真正恩愛的時光也不多。」張嬸嬸嘆氣，想起家裡有些事，到底意難平。

「小姐，您既然有這樣的想法，我們往後的日子也要好好打算一下了。」劉大娘連忙轉移話題，生怕她家小姐又因姑爺傷心了。

「是要好好打算。我們帶在身上的銀兩雖然不多，但還有些首飾，等日子太平些就去當了，多留些本錢，在這個村子好好經營。聽大郎他們的語氣，這村子裡田地不少，到時我們也買一房下人回來種田，當個小地主，再打聽下有沒有能教小石頭讀書的夫子？往後，我們就在這個村子扎根下來。」張嬸嬸平靜的說。

「是這個理。大郎他們一家四個孩子都能在這個村子裡活下來，我們兩個大人帶著兩個孩子，難道還及不上他們嗎？而且有田、有地、有屋子，這都是不花錢的。我們的日子定能過起來。」劉大娘頗有些躍躍欲試的意思。

「小石頭還是得繼續練武藝，雖不指望他去建功立業，但有副好身體，也能保護自己。」張嬸嬸又說。

「那是，這武藝可不能落下。」劉大娘笑道。

「我看大郎他們只怕是打小練過一些，以後我們教小石頭時，就一起教他們吧？幾個孩子打小一起，長大後自然會有情分，對小石頭也是好事。」張嬸嬸又說。

「是這個理。反正教一個也是教，幾個孩子一起教，說不定小石頭還學得更認真些呢。」劉大娘一想到自己往後要教一群孩子學功夫，心裡就癢起來了。她一身的功夫，在朱家完全得不到施展，平時也只能在內宅教教小石頭。

兩人越說越熱烈，很認真計畫往後的生活。大郎和辛湖他們不知道，自己這會兒，連練武的夫子都有了，簡直是得來全不費功夫啊！

接下來，大家在家裡歇了兩天，將屋裡、院子整理整理。第三天，又結伴出去砍柴。

如此這般，一連砍了三次蘆葦，劉大娘決定還要去遠處砍木柴。因為蘆葦要燒飯或餵馬，晚上又得燒炕，還是比不得木柴耐燒。搞得她一夜要起來好幾次，睡都沒睡好。而且消耗得太快，家裡老是存不了多少柴，也不是個辦法。

「那可得走遠些了。不知道安不安全啊？」辛湖有些擔心的問。

「不打緊的，我們邊走邊看，要實在不行，就還是回頭砍蘆葦，不過是夜裡多起來幾趟罷了。」劉大娘倒是想得開。

「行，我們正好可以順道四處看看，也許還能有些新發現呢。」大郎也想乘機看看外面。

因為要走遠些，大家出門的時間自然就提前了些，三人還準備了乾糧。

臨出門前，大郎想了想，又帶上一個籃子，說：「帶著，說不定用得上呢。」

劉大娘看著籃子，又回去拿了菜刀，說：「最好還帶上菜刀，說不定又有其他收穫呢。」

「我也去拿一把菜刀。」辛湖笑道，回灶房拎了把菜刀裝進簍子。她也巴不得能有收穫。天天菜粥、魚湯的，她實在是想換些口味，而且大家也饞肉饞得緊。

三人這次騎馬直接往村外走，他們打算到遠一點的山腳下砍些樹枝或小樹幹回來當柴燒。可沒想到，一走出平時活動的範圍，路就完全被雪淹沒了，根本無處下腳，一眼望去都是白雪。

「小心點，我在前面帶路，你們慢慢來。」劉大娘說著，下了馬拄著粗棍子，慢慢往前面探路。走出十幾、二十公尺遠，才讓大郎辛湖他們騎著馬跟上來。

這樣行路速度極慢，到後來大家都不耐煩了，乾脆直接騎著馬探路。雖然一樣走得慢，但人舒服多了。

放眼望去，除了遠處的山峰，就是白茫茫一片，儘管有些高大的樹木還筆挺的立著，但樹枝上也落滿雪，完全找不到路。大家對此地不熟，路又極難走，走走停停的，又失去了參照物，不知不覺間就偏離了原本要去的路。

直走了一個多時辰，大郎才發現走錯了路。「停下來，劉大娘，我們走錯了。」

「啥？迷路了嗎？」劉大娘停下來，驚訝的問。

「有點迷失方向。這四周全是雪，也搞不清楚哪裡有路了。」大郎有些擔心的說。

「這下怎麼辦？」辛湖焦急的問，劉大娘也有些慌了。

「放心，現在沒有下雪，回去不會迷路的，我們順著腳印返回就好。」大郎回頭，指指身邊那清晰的腳印。

劉大娘猛然鬆一口氣，又好笑的拍拍自己的胸說：「我也是糊塗了，我們的腳印這麼清楚，還怕什麼迷路啊？原路走回就好了。」

「就到前面去砍點柴再返回吧？反正都到這個地方了。」大郎說，指著前方不遠處一道緩坡，上面有不少樹木。因為昨天雪停下，卻颳起大風，雪地上還能看得見不少枯樹枝。

「也好。都來了，再找其他地方也麻煩。這種天氣，說不定以前熟悉的地方都難找得到呢！」劉大娘說著，率先往前走了。

豈料走到跟前才發現，這片山坡前面，居然是懸崖斷壁。

第十二章

「哎！怎麼這麼高！」劉大娘驚呼。她人高，而且走在最前面自然最先看見。

「什麼？」大郎問。

「你們過來看看，小心腳下，這要落下去就麻煩，這起碼有三丈高吧？不過，下面說不定有路能出去呢。」劉大娘說著側身，讓大郎他們上前。

原來，斷壁下面是寬闊平地，雖然被大雪覆蓋，但看來十分寬闊平整，一直延伸到大家看不到的遠方，就算不是出口，也肯定是個大峽谷。大郎心裡想著，恨不得下去好好探探路。

他們村子唯一的一條路，就是上次救了劉大娘他們一家的那條，不僅荒涼無比，還有歹人出沒，怕是一個不小心連命都沒了，大郎哪敢隨意再去？

可是待在這個偏僻小村子都不出去，也是不可能的。家裡的糧食再怎麼省著吃，也不可能真正堅持到春暖花開，光靠吃菜度日身體遲早會熬壞，如果能找到另一條出去的路，到有城鎮的地方去，就能用銀子買回一些糧食了。

「我們四下轉轉吧，說不定有路下去呢？」大郎有些雀躍的說。

結果三個人轉了幾圈，也沒發現哪裡能下去。因為到處都一個樣，全是厚厚的白雪，要不是冬天，或許還能看得出哪裡能下得去，這個季節是完全沒辦法了。

「算了算了，等雪化了再來探路吧。」劉大娘首先打起退堂鼓。這要真是腳下一滑掉下去，想要上來就不簡單了。

「行，我們先砍柴。」大郎也有同感。這裡既然有可能是出入口，他打算春天冰雪融化後再來探探路。

三人在雪地裡埋頭砍柴，寂靜的曠野中，只有他們揮砍刀的聲響和砍斷樹枝的唓嚓聲。大伙兒也顧不上幾匹馬，便就地放開讓牠們自己找吃的。大雪覆蓋住大量的植被和野草，馬兒們憑本能奮力翻雪，埋頭苦吃。也不知過了多久，遠處隱隱傳來些聲響。

辛湖停下手中的活，側耳傾聽了一會兒，說：「大郎，我好像聽到有人聲。」

「啥？」大郎正埋頭幹活，還以為辛湖是累了在歇氣，根本就沒注意到有什麼聲音。

「你仔細聽聽。」辛湖指指遠方。

知道辛湖耳力好，大郎放下手中的砍刀細聽，少了他砍柴發出的唓嚓聲，果然一陣喧囂傳入耳中，好似來的人馬還不少。

「果然是有人來了，也不知道會不會經過我們這裡？」大郎皺眉，有些擔心。

劉大娘砍了好幾根大樹枝，都沒見大郎和辛湖過來拖，還以為他們累了，就大叫道：「大郎、阿湖，你們累了嗎？累了就休息一會兒，我們正好燒點熱水吃東西。」

她這一叫，把大郎和辛湖兩人驚到了。曠野裡原本很安靜，劉大娘的嗓門本來就大，又是放開嗓子叫，風把她的聲音傳得老遠。

「糟糕，肯定讓別人聽到了！」大郎著急的說。

辛湖連忙應了一聲。「劉大娘，有人來啦！」不過她的聲音放得較低，劉大娘能聽清，遠處的人可聽不到。

聽到她的話，劉大娘也側耳細聽，並且三步併兩步的跨回來，對兩個孩子說：「不怕，我們下不去，他們照樣上不來。」

話雖如此，三人心裡仍十分擔心，就怕來人能找到上來的途徑。況且這裡也才三丈多高，真要爬上來也不算很難的事。三個人面面相覷，一時不知該怎麼辦才好？這四處是大雪，足跡完全無法掩蓋，他們的足跡清晰無比。

「要是別人問我們是哪村的，我們就說是蘆葦村的人。村子裡貧寒，缺衣少食，連柴禾都不夠燒，才會在這種天氣出門砍柴。我們是鄰居。」大郎腦子飛快的轉動著，很快就交代劉大娘和辛湖幾句話。這些需要三個人口徑一致。

「嗯，記得別讓外人知道我們村子裡就兩戶人家，還光是婦孺。」劉大娘加了一句。

敢在這種天氣出門的人，不是沒辦法活下去，就是有倚仗，根本不怕這種惡劣天氣。這時候他們不敢往回走，這雪路難行，就算往回跑，又能跑多遠呢？更何況雪地上這麼清晰的足跡，簡直是在告訴別人，他們往哪兒跑了。要是把歹人引回村子就壞事了，他們能不能活下去還難說呢！現在他們只能先等著，待這隊人馬離開，才能回家。

「我們做點準備吧，先砍些粗枝當武器。」聽著聲音越來越近，大郎穩下心神，率先拿起砍刀，選了根粗壯的樹枝，砍掉多餘的枝椏，留下主杆，再把兩頭削尖，這樣也算是件臨時武器。

劉大娘和辛湖立刻依樣畫葫蘆，各撿拾一根大樹枝，學他的做法，也削出兩根利器，混在那些砍好的柴當中。接著三人裝作根本不知道遠處來了一群人馬，認真幹著自己的活，其實卻豎起耳朵，仔細聆聽動靜。

「嘶，嘶……」突然一陣陣馬的悲鳴聲傳來。

馬不停的悲鳴嘶叫著，像是發狂又似受重傷般狂叫狂跑，中間還夾雜孩童的啼哭與男人的怒吼，驚得遠處山林撲愣愣的飛起一大群烏鴉，發出「呱呱」的叫聲，令人膽戰心驚。

辛湖嚇得手一抖，差點砍到自己的手，大郎和劉大娘也停下砍柴，驚懼又緊張的站起來。這聲音顯然是一場生死廝殺，而且聲音越來越近，顯然人群朝他們這邊過來了。

「怎麼辦？」劉大娘急得團團轉，卻不知道該如何是好？鬧出這般大的動靜，絕不會是兩、三人的戰鬥。她心裡正後悔自己不該提出來遠處打柴的，為了這點柴，要是把命都賠上，實在是太不划算了。

看了看大郎和辛湖，此刻她只希望能憑自己的力量保住兩個孩子，可一低頭卻見大郎使勁的在雪中翻撿石頭。他將一塊一塊的石頭堆在身邊，粗略一眼掃過去，都有十來塊了。劉大娘瞬間明白大郎的打算，便拉了一把還在發呆的辛湖，兩人也蹲下來撿石頭。

只是雪又厚又凍住，再深一點的石頭要摳出也不容易，最後辛湖乾脆直接將雪捏成團，一樣也能當石頭用。劉大娘和大郎見狀，立刻學她開始捏雪團。三個人六隻手飛快的動作著，不一會兒身邊就疊成一堆石頭與雪團。

「乒乒乓乓」的打鬥聲越來越近，三人居高臨下望去，清楚的看到一匹黑馬飛奔而來。在他身後不過三丈遠，緊跟著三匹馬，馬上三人像是前面這人的護衛，一邊催馬，又不時的回頭，拉弓射箭。

沒一會兒，後頭又追上一隊人馬。中間三人雖然不停的回頭射箭，後頭也不時有人中箭落馬，卻架不住追兵眾多。況且後面也一樣有弓箭手干擾。片刻之間，三人就有一人中箭落馬，後面的人也隨即呈人字散開，分成兩隊包圍過來。

逃到最前面的黑馬很快跑到懸崖前，不想卻被敵方生生阻擋住，男人猛地抬起頭來，不甘心的看著上面。大郎三人幾乎可以想像到他臉上絕望的表情。可惜，追兵已經圍上來，前頭兩個護衛已經無法再保護他了。

男人吆喝一聲，黑馬停下來，卻重重的喘著粗氣，看來不是受了傷就是累壞了。男人摸了馬一把，突然解下胸前的包袱。辛湖細看，猛然睜大了眼睛，原來那並不是包袱，而是個娃娃。

「何潛山，我看你還能往哪兒跑？這會兒可沒人能護著你，你的兄弟們全死光光了。」

後頭的人停下來，與他相距十來公尺，見他無路可走，都哈哈大笑起來。

他們緊緊堵住了他的退路，當中一人發出陰森的喝叫聲，其餘人都小心的圍上來，兩名弓箭手更是端著箭直直的指著他。

「鄧強，你這個狼心狗肺的傢伙！枉費蔣大人那麼信任你，你卻吞下大人用全部身家得到的賑災糧食，還對大人趕盡殺絕，你還是不是人？」那人一手抱著娃娃，一手拎著一柄長槍，怒罵道。

「呵呵，人說，識時務者為俊傑。你的蔣大人早就死了，還不乖乖束手就擒？看在往日同袍的分上，我能留你一個全屍，只要你交出蔣家的小公子和蔣大人的手信。」

「蔣大人一心為災民，歷盡千辛萬苦，好不容易弄到這些糧食，你居然全部私吞，還殺了那麼多手無寸鐵的可憐災民，犯下累累罪行。蒼天有眼，遲早要把你打下十八層地獄！你們這些跟著他的人，想想那些災民，想想蔣大人一家三十八口，你們還能睡得著吃得下嗎？你們跟著他，遲早一天會得到報應的！」

這位何潛山顯然是個口齒伶俐的人，他極會說話，善於鼓動人心。聽了他這些話，有些人不自覺地後退幾步。他們其實都明白，自己屠殺的都是災民，而蔣大人是位好官，只是為了在亂世苟活，才泯滅良心做事。

上面三人把底下的對話聽得清清楚楚，尤其大郎聽到鄧強這個名字時，臉色就變了。他此刻死死抓著手中的砍刀，只恨不得這是一柄利箭，他就能直接射死那個叫鄧強的頭目。

上一世他爹娶了鄧家小姐做繼室，鄧強後來當了大官，鄧氏一族也成了名震朝野的顯赫家族，他爹也因為飛黃騰達起來，就越發厭惡他這個嫡長子。最後，他也是因為鄧強才死的。他只要一想到鄧家對他下的黑手，還有他爹的無情，就恨得牙癢癢。

最重要的是，大郎完全沒想到鄧強居然是踩著無辜百姓的屍骨發家的。難怪他那麼可惡，原來這時鄧強就已經罪大惡極，此人留下來，完全是個禍害。大郎下定決心，這回一定要先下手為強，搞死這個鄧強，免得他繼續作惡。

叫鄧強的領頭人，卻毫不在意何潛山的話，只是大笑幾聲。「何潛山，果然好口才。可惜啊，明年的今天就是你的忌日。」話音未完，他突然反手一刀就砍了他身邊那位後退幾步的青年。談笑之間，舉手就殺人，殺的還是自己人，這一變故令他們身邊的人發愣了片刻。

趁這個機會，何潛山看了眼手中的娃娃，眼角掃過山坡上大郎三人的藏身之處，突然用力往上一拋。那娃娃發出一聲驚叫，像飛馳的炮彈往辛湖他們三人的藏身處飛來。

劉大娘、辛湖、大郎都下意識的摀住嘴，不敢讓驚叫聲傳出去。

就在這一瞬間，何潛山揮舞著手中的長槍，像一陣旋風似的調轉馬頭，衝著鄧強直奔而去。上頭三人眼睜睜的看著那娃娃落到他們面前一棵大樹杈上，穩穩當當，只是「嘩啦啦」的震落不少積雪。

三人瞪大眼睛，沒想到這何潛山有如此好的功夫，居然能算得這麼剛好，不偏不倚，那娃娃卡在樹枝之間，因包裹得嚴嚴實實，居然毫髮無損。只是經過這一驚嚇，娃娃已經暈過去了。

等三人回過神來時，下面已經是腥風血雨。他們知道那鄧強一夥人是壞蛋，不僅私吞振災糧食，還殺了一位蔣大人。這會兒心裡是又驚又怒，大郎和劉大娘都感同身受，兩人幾乎同時出手，拿起手邊的那堆石頭與雪團，衝著下面的弓箭手狠狠的砸過去。

辛湖則先把那小娃娃取下，放到一邊，也跟著奮戰起來。

還別說，三人居高臨下，又出其不意的偷襲，還真給他們傷了不少人。那兩個弓箭手因近身搏殺能力不行，又因何潛山與眾人混戰一起，他們怕誤傷自己人，一直握著弓箭瞄來瞄去無法放箭，位置也沒怎麼挪動，就像兩塊靶子一樣豎在底下。

大郎、辛湖和劉大娘，不約而同拿他們當第一目標，手中的石頭、雪塊狠狠地朝他倆砸去，兩人登時滿頭開花，應聲而倒。眼見倒了兩人，三人信心大增，立刻各自選個目標，手上的石頭與雪團像落雨似的往下砸。

被砸中的人死傷過半，有的被砸中頭，滿頭是血，喪失了戰鬥之力；有的被砸落下馬，還來不及再站起來，就被混戰中的馬蹄踩死。少了弓箭手的威脅，又有了幫手，何潛山像殺神一樣揮著長槍，以一當十之力，橫掃鄧強及他帶的人馬。

因為有樹木的遮掩，下頭的人雖然知道上面有人偷襲，卻也顧不過來。加上大郎他們首先就解決了弓箭手，下面那些掄刀、拿槍的，一時間也拿上面的人無可奈何。

戰鬥很快就結束，何潛山在大郎三人的配合下，居然殺掉了圍攻者約二十組人馬。那叫鄧強的頭領，更被他一槍挑斷脖子，鮮血灑落在白雪上，觸目驚心。

看著遍地屍體和餘下幾個還在哀嚎的傷患，大郎他們三人鬆了口氣，停下手。

何潛山是個仔細人，他撿起一把大刀，喘著氣把地上倒著的人，無論死活都補上一刀，確定他們死得透透的，才朝山坡上喊道：「多謝大俠們相救之恩。我何潛山已是走投無路之時，還帶著個娃娃，求各位收留，給個地兒養傷。」

說完，他又把自己的三個兄弟屍體收拾一起，直接就在下面挖洞埋葬他們。

上頭三人則互相點了點頭，大家一致同意把這個叫何潛山的年輕男人救上來。

等何潛山埋葬好三人後，大郎向下面喊道：「我們可以收留你和這個娃娃。」

「多謝，你們稍等。」何潛山此刻卻不像剛才那樣侃侃而談，而是十分簡單的道了謝。他手中不停，把鄧強等人身上、馬背的包裹全部解下來，還在他們身上翻找一遍，把值錢和一些身分文書之類的東西全拿起來。接著他又把馬分成幾群，才抬頭問：「你們要馬嗎？」

大郎看看劉大娘，劉大娘搖頭，兩人都很想要馬，卻知道自己無法養活，而且也弄不上來。最後大郎遺憾的說：「不要。養不起這麼多，我們也有馬用。」

何潛山聽完也不再多說，思考了一陣，將鄧強人馬的屍體弄到馬背上固定，接著掄起一條馬鞭把馬驅走。這些馬分成幾個方向狂奔而去，呼啦啦的很快就消失了。接著，他又將地上散落的武器收集起來。草草清理完戰場，他已然累得半死，拄著長槍，喘口氣，才向上面喊了一句。

「你們能扔根繩子下來，把我拉上去嗎？我受了傷，已經無力再攀爬了。」何潛山說完，又攏著一堆包袱和一堆兵器，很顯然也想帶上來。

「你等等，我們扔個筐子給你裝東西。」大郎伸出頭來，對他說。

辛湖和劉大娘用繩子拴好筐子扔下去，何潛山便把東西裝進去。三人合力將筐子拉上來，一連裝了五次，才全部弄完。這也是二十來人的行李，加起來怕有四、五百斤重呢。

最後，大郎他們又把繩子扔下去，讓何潛山拴住自己，三人再合力拉上來。

何潛山拴好自己，抬眼看看自己的黑馬，伸手愛憐的撫摸幾把，又在牠耳邊低語了幾句，突然拔出一把匕首狠狠的刺入牠的心臟。那黑馬遍體是傷，早已是強弩之末了，此刻也不過是在強撐，這一匕首下去，馬隨即倒地，連痛嗚都沒發出，抽動幾下，很快就死了。

黑馬死後，何潛山閉了閉發澀的眼睛。他已經連眼淚都沒了，這些日子，死在他身邊的人實在太多了。

上面的大郎被他殺馬的動作給驚呆了，他早就看出這黑馬是一匹訓練有素的良馬。不過，想想這馬已經受了重傷，現在又無法救治牠，把牠獨自扔在這裡也一樣會死，還不如讓牠早點解脫。而且，何潛山放走那些馬，多半也是為了讓牠們混淆自己一行人離開的路線，怕別人跟上來。

何潛山上來後，才發現他認為的大俠們，不過是兩個孩子和一個中年婦人，一時間居然說不出話來。雖然剛才一直是大郎出面和他對話，但他只以為這是大郎身邊的人故意讓他出聲而已，他完全沒想到，這孩子居然是主事的人。

過了片刻，他才不敢相信的問：「就你們三人？」

第十三章

這山坡雖然不算太高，可拉了這麼多東西，再拉他一個一百二十多斤（注）的大男人上來也要花不小力氣。沒想到，居然只有兩個孩子一個女人，想來這三人的力氣不小。

想到力氣，他腦海立刻憶起那些被砸傷、砸死的人，都是被石頭和雪團砸的，就越發覺得這三人不簡單了。那力道與準頭都不可小覷，看來應是練過的。

「是啊，我們是附近的人，來這裡砍柴的。算你運氣好，今天我們也是誤打誤撞跑到這個地方。」大郎挑挑眉，不以為然的說。

「了不起！」何潛山對他們豎起大拇指。

他是真心實意的佩服他們，他覺得今天能死裡逃生，完全是奇蹟。老天保佑，讓他遇上這三個奇人，真要是普通的三個鄉民，不說嚇死，恐怕早就自顧自逃命了，就算心善想救他，只怕也有心無力。

當時，他是聽到了他們的動靜才朝這邊跑的，而且最後確定了他們的藏身之處，才敢把娃娃扔過來。他根本沒想過人家真能救他，當時只希望他們能救走娃娃。

這會兒，大家顧不上與何潛山多說，快手快腳地收拾已經砍好的柴，又把所有包袱和武

注：一百二十斤約七十二公斤。

器都捆綁在馬身上。

「你還能騎馬嗎？」看著他滿身血跡，有的傷處甚至還在滴血，大郎有些擔心的問。

「能。」何潛山點點頭，又催促道：「我們得快點離開這裡，估計很快就會有追兵前來。」看到他們不止一匹馬，他心裡越發好奇三人的身分。

「先把你這衣服脫掉，再把傷口包紮一下。」劉大娘突然提一句。

何潛山一愣，很快反應過來，立刻脫下滴血的外衣。好在他撿了不少包袱，從裡面隨便找出一件乾淨的衣服換上，又胡亂把肩膀上還在滴血的傷口上了藥，再纏好。

劉大娘和大郎立刻挖了個坑，將那滴血的衣服，加上染血的雪都收集起來，一起埋入地下。

收拾好一切，大家立即騎上馬，開始趕路。

大郎和辛湖依舊共騎一馬，馬身上還綁了一堆包袱；何潛山把那娃娃繫在自己胸前，騎上一馬跟上他們。劉大娘走在最後面，依舊騎她自己的坐騎，並牽著最後兩匹馬。

「雪地上留下了我們的足跡，你說的追兵會不會找過來？」大郎有些擔心的說。

「你們村子離這裡很近嗎？」何潛山強打起精神問。剛才還在慶幸他們有馬，能很快就離開這裡，現在卻覺得大郎這個問題可棘手了。

「不算遠。」辛湖答。

何潛山皺眉，向後看了看。留下的足跡實在太清楚了，且前頭地上也有，明顯是早上他們三人來的足跡。此種情景讓何潛山跟他們回去的心動搖起來，他也擔心會給村子帶來禍害，立刻問：「還有另外的路嗎？」

「沒了。」大郎搖搖頭。這地方他又不熟悉，況且滿眼都是白雪，看上去根本沒辦法分辨出哪裡還有路？

何潛山皺眉，抬頭看了看天空，突然笑了，放心的說：「沒事，明天肯定會下雪，雪會替我們掩蓋痕跡。」

聽了他的話，辛湖好奇的抬頭看了看天，果然覺得天越發陰沈，說要下雪也不奇怪。但他說的這麼肯定，反倒讓辛湖有些懷疑。不過，大郎和劉大娘卻明顯聽信了他的話，放下心來。

沿著早上來的足跡，大郎他們往回走的速度明顯比來時快。然而因為原本就走錯一些路，現在原路返回，也在路上兜了圈子，回村時已經很晚了。

平兒已經燒好晚餐，他廚藝有限，也不過是煮了一鍋菜粥。因為水和菜放得太多，一大鍋菜粥有些稀，他和大寶兩人正準備吃晚飯。

小石頭也一樣在家裡煮菜粥，他這段時間也跟著劉大娘學做飯、幫家裡幹活。只不過他的廚藝比平兒更差，此刻把粥都煮糊了。

進了村，何潛山見到這才三戶人的村子，越發覺得驚訝了。不過他此刻精神不濟，也沒力氣說話，見劉大娘和他們分開，才知道原來他們還是兩家人。

大郎自然是把何潛山和小娃娃帶回自己家去安置，劉大娘帶著自己家的馬回去了。

「大哥，你們回來啦！我已經煮好飯啦！」聽到動靜出來的平兒大叫著，一眼卻看到何潛山這個大男人，不自覺的後退一步。

「好。你快把屋裡的炕燒上。」大郎吩咐一聲，開始和辛湖卸東西。

何潛山下了馬，想要幫忙。大郎卻說：「不用，你快點進去，讓娃娃暖和暖和。」見何潛山有些遲疑的站在大門口，大郎乾脆帶他一起進灶房。灶房裡大寶正在喝粥，見到他們進來，瞪大眼睛，看看何潛山又看看大郎，立刻跑到大郎身邊，顯得有些害怕。

「快去吃飯。」大郎拍拍大寶，又去盛一大碗粥過來，示意何潛山吃。

何潛山解下娃娃，那娃娃這會兒已經醒轉過來，聞著粥香，立刻就嚥了口水，卻只眼巴巴的看著何潛山，沒有吵鬧。顯然是個好教養家出來的孩子，雖然年紀小，卻也懂得禮節。

「有熱水吧？我想洗把手臉。」何潛山笑問。他手上、臉上、頭髮上都還沾著血跡呢。

正說著，平兒和辛湖進來了。平兒立刻轉身去打來一盆熱水，與布巾一起遞給何潛山洗。辛湖看著他滿手的血跡，又去拿點皂角水過來。

何潛山認真的洗著手臉，見水都紅了，又要來一盆水再洗一遍，然後再幫娃娃也洗了把手臉，才坐下來吃粥。辛湖見只有菜粥，想著這人和娃娃肯定吃不飽，又去把早上帶出去的飯糰和魚塊拿過來，就著灶裡的炭火烤起來。

見到如此稀的菜粥和辛湖手中的飯糰，何潛山說：「大郎，你去拿個包袱過來，看裡面有啥吃的？」

大郎也不客氣，果真隨意拿了個包袱打開，找出十來個摻了雜糧的大餅，拿到灶房。辛湖接過來，依舊直接放在還有火的灶口上烤。這大餅雖粗糙，但烤香後還算好吃。

娃娃和大寶一樣，只吃了小半塊大餅，再配著小碗菜粥就飽了，卻不捨地抱著半塊烤魚啃，像是極喜歡這個味。何潛山一連喝了兩大碗粥，再加一個飯糰、五個大餅。

吃完，他才發現自己這一頓吃得真不少。實在是因為這些日子來，餐風露宿的，連口熱湯都難得喝到，現下有熱呼呼的菜粥，還有一塊鹹香的烤魚，吃得他胃口大開，不知不覺就狠狠的飽餐一頓。

「不好意思，吃得太多了，還好我把那些人的糧食全收來，應當也有四百來斤。等我養好傷之後，就出去找吃的。」何潛山看著辛湖和大郎說。

「我們家是沒多少糧，不過菜還挺多，湖裡的蓮藕、魚也不少，雖然吃不飽，也不會餓死人。」大郎說。不過一想到何潛山帶了四百多斤糧食來，又說：「能分一點給劉大娘他們家吧？他們也沒多少糧食。」

「可以啊！不管是糧食、衣服還是銀子，都隨你處理，不過武器我還有用處，要先找個穩妥的地方藏起來，這東西怕給你們帶來禍害。」何潛山點頭。

「可以。何叔，你以後能教我學射箭嗎？」大郎追問。

「當然可以啊。你若學會了，我就送一把弓、幾支箭給你，往後，你也能有個稱手的武器。」何潛山立刻盤算起來。

大郎這孩子膽大心細，又有點底子，完全可以培養；至於阿湖雖是女孩子，但天生一把好力氣，也是個好苗子。這麼想著，他對在這裡養傷就有些期待了。這地方偏僻，人又極少，想做什麼都很方便行事，這可真是上天眷顧啊，讓他能好好養傷，慢慢再做打算。

吃飽飯，屋裡的火炕也燒熱了。

大郎對何潛山說：「我去打熱水來，幫你擦洗一下，把所有傷口都包紮好。」

「好，多謝了。」何潛山有些驚訝的看了他幾眼。沒想到這孩子還很懂呢。

大郎去打回一盆熱水，又對辛湖說：「妳再多燒點水，我等下喊妳，妳就再打一盆熱水來。」

「好的。你等等，我把水燒開，再加點鹽進去，別讓他那傷口腐壞了。」辛湖連忙說。

「好。」大郎點頭，卻因辛湖這幾句話又起了懷疑。他是見慣了傷口的人，自然知道如何處理，辛湖不過是個小村姑，又是如何懂處理傷口的？

等何潛山脫掉全身的衣服，連底褲都不剩時，大郎才發現這男人精壯的身上，遍布著大大小小的傷口，幾乎難找到一塊完好的皮膚。有的部位皮肉翻起、約有半尺的傷口，很顯然是刀傷；有些雖然傷口不大，卻深可見骨，看來是槍傷。

最嚴重的怕是一處箭傷了，雖然已經做過處理，但因為一直在拚殺，傷口又裂開來，染紅了包紮的布帛。其餘的傷口也各有千秋，至於那些輕微皮肉傷，完全可以忽略。這麼多傷，看得大郎直咋舌，他崇拜的看了幾眼何潛山。這個男人實在是太強大了。

何潛山自帶不少的創傷藥粉，甚至還有內服的藥丸。那頭辛湖早就找出大郎的一件乾淨棉內衣，撕成一條條的備用。大郎替何潛山上好藥後，又包紮好傷口，再看著他吃下藥，才抹把汗，長長吐了一口氣。

整個清理傷口的過程中，何潛山一聲不吭。只是，將那些創傷藥粉倒上去時，他疼得全身肌肉僵硬、牙齒咬得咯咯作響，弄得大郎手都在顫抖，心裡更是對他敬佩不已。

收拾完後，大郎打開門，讓辛湖把兩盆髒血水倒掉，髒衣服也拿走，他自己則是癱倒在炕上，歇了好半晌，才向娃娃說：「阿毛，你跟著姊姊他們睡，我晚上要照顧何叔。」

阿毛和大寶差不多大小，說是四歲了，有同年紀的孩子在一邊拉著他玩，他也沒多害怕，只是明顯不願離何潛山太遠。何潛山也知道自己全身是傷，搞不好晚上就會發熱，肯定無法照顧阿毛。

因此，何潛山也對阿毛說：「阿毛乖，跟著姊姊他們睡啊。何叔身上傷處多，夜裡還要靠大郎哥哥照顧呢。」

阿毛是個懂事的孩子，聽了他的話，才一步三回頭的讓辛湖帶到另一間屋裡去睡覺。倒是大寶因為有了差不多大小的伴，很興奮的拉著他，嘰嘰咕咕的也不知道在說些什麼？

等阿毛隨著辛湖走後，何潛山又擔心的說：「這孩子一路上擔驚受怕，受凍捱餓的，這一安逸下來，也不知道會不會生病？夜裡怕是要麻煩多看著他一點兒了。」

大郎聽了這話，又連忙去交代辛湖一聲。辛湖看著這可憐的孩子，點了點頭。

當夜，大郎根本就沒敢合眼。到了半夜，何潛山果然發熱了，噴出的熱氣頗燙，大郎都嚇壞了。不過他也沒好法子，只能起床去打水，沾濕布巾給何潛山擦幾把，再餵些熱水、藥丸。

另一頭，阿毛倒是一夜呼吸平穩，睡得極好，讓辛湖也跟著睡了個安穩覺。

早上時，大郎給何潛山餵過藥，又餵下一碗粥。幸好這人雖然燒得神志不清，卻還知道吞咽，倒是省了不少力氣，不然他還沒辦法呢。

阿毛睡到很晚才起床，起床第一件事，就是哭嚷著要看何叔。

「他發熱了，生了很重的病，還受了很重的傷，要讓他好好養著。」大郎打著呵欠說。

阿毛看到何潛山臉都燒紅了，一摸額頭更是燙人，嚇得哭了。

「別怕，他吃了藥，再好好的養幾天就會好的。」

辛湖哄了好一會兒，阿毛才停下來，被大寶拉去吃飯。飯後因為有小夥伴玩，他也沒再哭了。畢竟是小孩子，很快就和大寶、平兒玩在一起了。

劉大娘早上和小石頭過來一趟，知道何潛山發熱了，還特地回去拿藥過來，說這是她們帶的治傷良藥。

大郎也是病急亂求醫，把劉大娘拿來的藥丸也餵何潛山吃下去。如此折騰了四、五天，何潛山的燒終於退下去。只是他人卻元氣大傷，雖然清醒了，卻完全沒力氣起來，連起身解個手，都得讓大郎扶著，在屋裡解決。

這裡沒有大夫來給何潛山調養身體，看著他這副半死不活的樣子，大郎又找出自己當時給娘配的補氣養血藥丸，這都是些性溫的補藥，給他吃應該有點作用。大郎按頓餵他吃，只不過量卻加了幾分，原本他娘只需吃一丸，何潛山則吃一丸半。

在大郎和辛湖的精心照顧下，何潛山周身的傷口都沒有化膿發炎，慢慢的癒合，也算是不幸中的萬幸，否則就更麻煩了。

期間，劉大娘又拿了半支人參過來，說：「他這主要是傷了元氣，需要慢慢調養，但我們這裡，吃的緊張，好湯好水是不可能的。這點人參，每天切一、兩片，多少也能給他補補。」

因為吃了人參，怕消了藥性，辛湖就不敢再燉蘿蔔湯給他喝，改燉蓮藕湯、白菜湯、魚湯來給他補身子。幸虧當時何潛山弄來的糧食多，而且多是不錯的細糧，其中鹹肉更有百來斤，完全夠他吃，連帶大家的生活，也因此提高了不止一星半點。

在大家的照顧下，半個月過去，何潛山精神恢復許多。果然是身體強壯，他都能偶爾由大郎和辛湖兩人扶著，在室內走一圈了。

「再不動，人都要生蟲了。」何潛山只不過走一圈，就累得直喘氣，還兩眼發黑。這次實在是傷得太重，又沒得到最適切的調養，雖然保住了命，但身子虧得厲害。

「慢慢來，你已經恢復得夠快，況且在這小村子，命能救回來都不錯了。」大郎說著，扶他上炕躺下。

「我這也是命不該絕，多謝你們了。肯定是老天也看不過眼那些畜生猖獗，我一定不會放過他們！」何潛山說著說著又激動起來，恨不得立刻去把那幕後之人找出來，殺掉。

不過他很快冷靜下來，並沒有在大郎面前再吐露出什麼事情。畢竟大郎只是個孩子，而且這種事情過於重大，讓他們知道，對他們來說並不是好事。

「對了，我的那堆東西呢？拿過來我看看。」何潛山想起自己搜出來的一些文書。

當時這些東西和銀錢，全被他一股腦的裝進自己的包袱裡，那個包袱直到現在，依舊放在炕上何潛山的身邊，大郎和辛湖都很自覺的沒去動。

「就在這兒呢。」大郎將包袱拉到他面前，自己藉故出去了。

何潛山笑著直搖頭。這孩子真是的，命都是他救的，還要避嫌嗎？

他解開包袱，把裡面的東西全倒出來清點一遍。銀子有五百兩的一張大額銀票，還有其他一些大小不一的銀元寶，甚至有散碎銀子，加起來也就一千多兩。但其中真正屬於他自己的，只有可憐的十兩銀子。

他把那張五百兩銀票收起來，準備另做他用。其他的分成三份，每份約二百兩。他打算自己留一份，另外兩份，他要分給大郎和劉大娘兩家人。

分好銀子，他才開始仔細看從鄧強身上搜到的手書，和一塊黑色似鐵似木的小牌子。只可惜手書用的是暗語，不過三、五句話，根本看不出來有什麼機密。而這塊小牌子，上面也只刻一個極簡單的伍字，這個伍字是什麼意思，他也不得而知。

他們身上帶的身分文書、路引等物，根本就是用了真實身分，想想這些人怕是打著清除匪患的名號一路追殺他們，他就特別生氣。這些東西顯然也不能拿出去用，他乾脆全扔進炕洞裡，一把火燒了。

他現在只希望快點養好傷，其他的事，只能慢慢再做打算。

第十四章

「大郎，你還有其他的親人嗎？」何潛山問。

「我爹娘都死了，而且我們從小就生活在這裡，沒見過有其他親人。」大郎撒了個謊。

「那劉家呢？」何潛山又問。

「不太清楚。」大郎答。這個是真不太清楚。

「大郎，你們這村子以前有人管嗎？」何潛山又問。

「不知。」大郎裝作不懂。

「你們村沒有村長嗎？平時課稅歸誰管？」何潛山追問。

大郎只管搖頭，實在是他也無法說清楚。

「你們沒有戶帖吧？是逃戶？」何潛山驚訝的問。難道這個小村子因為偏僻，根本就無人知，也無人管？

「不知道。」大郎繼續搖頭，滿臉懵懂，內心卻快招架不住了。雖然他早就考慮到戶帖的事情，卻沒想到什麼好辦法，反正他沒打算去找那些血親。

他上一世曾經聽說過，因為各地都有難民，有的地方後來只得把這些人統一安置，自然就有了新的戶帖。其中當然有人搞鬼，為一些壞人弄新的戶帖，又或者強佔一些平民為奴。

因此他也是在等機會，想再獲得新戶帖。

何潛山看了他幾眼，心裡不是不懷疑他故意裝的，畢竟大郎這孩子給他的印象，可不是個什麼也不懂的鄉下小子，怎麼說到這些事，卻什麼也不知道了？難不成他們都是逃戶？

何潛山自以為搞明白了，大郎和劉大娘這兩家都是逃戶，心裡就盤算起來。他目前的真實身分不能再用，必須得弄個新身分才行，而這裡兩戶人家，都是沒有戶帖的，自己住在這裡，自然也會被外人當成同類。

到時，等官府查到這裡時，必定要給他們落戶，他跟在一起就有了新的身分。這種事情，只要私下打點一些銀子，就能成了。打定這個主意後，何潛山開始思索自己和阿毛的新戶帖。

最好是和大郎他們扯上關係，一來可以互相為證，二來也可以互為幫手，三來可以在這個地方慢慢經營出一些勢力，不管以後如何，都極為便利。如此可謂一舉數得，何樂而不為呢？

「大郎，和你商量件事。你也知道，我現在的身分是不能再用了，而且阿毛也需要個新身分，我打算之後與他父子相稱，就說他母親染病去世了。我們就落戶在你們這個村子，反正你們也沒什麼親人，不如我們認個親？」何潛山把自己的想法說了出來。

大郎愣了片刻，心裡一陣狂喜。他本就覺得村子人口太少，自保能力太差，現在多了何潛山和阿毛，他們這個村子就有一個青壯男人。況且何潛山武藝高強，還大有來頭，只要熬過眼下難關，還怕往後沒有好日子過嗎？

「好啊。」大郎語氣中帶了些急迫，又說：「你也知道，我們這裡就剩兩戶人，還都是些婦孺，多幾個人也是好事。」

何潛山見他同意，微笑著說：「不如你就叫我舅舅吧？我以後改名為江大山；阿毛，就叫江阿毛。」

「舅舅。」大郎連忙恭敬的行了個禮，口呼舅舅。

「你行這麼大禮做什麼？我還得靠你們照顧呢！阿毛的父親蔣大人是位好官，為了災民，卻慘遭毒手，我們幾個護衛下屬，拚老命也只把阿毛帶出來，蔣家其他人全被殺了。我也不知道何時才能為蔣家和我的同袍們討回公道，他的身世你們就當不知道，等以後有機會，我再慢慢告訴他。現在，他就是你們的小表弟了。」何潛山鄭重的說出自己和阿毛的身分，並且明確表示讓大郎他們保守這個秘密。

大郎點頭，表示自己不會亂說。

搞妥了身分問題，何潛山鬆口氣，又和大郎商量一下，去把劉大娘請過來，一起將銀子分了。

三家人在一起討論一番，將各自的來歷弄清楚，三戶人都對好說辭，等以後真有官府查上門來，就能自報家門，弄到新的戶帖。

劉大娘原本就是個穩妥人，張嬸嬸的娘家已經沒人了，夫家又並不如意，這會兒外面世道大亂，兩人早就打定主意在這裡定居，她自然很贊同他們兩家認親的事情。

三人商量後，乾脆重新編造一個新的來歷，反正現今，偌大的國土已經亂一大半，他們尋摸著偏僻不好考據的地方，編造一個新的身分，就說他們三家都是親戚，一路結伴而來，碰巧找到這個廢棄的小村子，就安頓了下來，而家裡的其他人在路上都死了。

如此一來，江大山是大郎他們的舅舅，張嬸嬸的表妹又是江大山的妻子，因此小石頭也稱江大山為表姨父，劉大娘則成了張嬸嬸的嬸母。

三家認了親，日子過得就更加親熱了。多了江大山父子倆，整個村子就好似多了很多人氣，不僅劉大娘內心的擔擾減了不少，大郎也少有的流露出輕鬆的表情。

又過兩日，眼見江大山的精氣神越來越好，不需要大郎貼身照顧了。

劉大娘就過來說：「我明天要出去砍柴，家裡柴草不多了，你們要去嗎？」

「我們也要去。」大郎連忙說。自從救回江大山這個舅舅後，家裡柴草的消耗增加不少，本來存的柴草當然就不夠用。

救回江大山那個半夜，真如江大山所說的下了雪，還不小，連下三天，讓大家都非常開心。大雪掩沒了他們的足跡，就不用擔心會有人循著足跡找上門來。

「給你們添麻煩了，這些粗活原本該是我做的。」江大山不好意思的說。

「不怕，往後有的是活兒給你幹，我們這兒就你一個大男人，出力氣的活還不得都指望著你啊？」劉大娘笑著打趣道。

這村子裡有個青壯男人之後，她忽然覺得村子更像個村子，三家人的感情也更好了。她實在見識過太多家裡沒有男人的慘樣，特別是這年頭，女人、孩子再能幹，也抵不上家裡有個青壯男人，令人安心啊。

「那是。等開春後，也該下地種田，到時候可有得忙了。別說舅舅了，我們大家都得下田嘍。」大郎笑道。

「是啊、是啊，等到秋收後，我們再也不用擔心沒糧食吃了。」劉大娘樂呵呵的說。

「你們備有糧種嗎？」江大山一問，瞬間令劉大娘尷尬起來。

劉大娘臉有點熱，看了大郎幾眼，接收到劉大娘的眼神，大郎若無其事的笑道：「我們家還有點糧種，劉大娘她們怕是沒留多少種子。」

江大山也沒有追究糧種的事情，只是順口問問。劉大娘家沒留多少糧種，他理解成：家裡收成少，把種子都吃得差不多了。所以他補了一句。「糧種少也不怕，等明年再去買點吧。拿著銀子，總不至於一點兒都買不到，不過是貴些罷了。」

這裡雖然偏僻，但就他所知，離此不過百多里就是湖春縣了。湖州向來是富庶之地，下面各縣都不差，所以災民才會大量湧往湖州。

「就是，反正我們現在有銀子，到時不只要買種子，還能添些油鹽等物呢。」劉大娘有些尷尬的轉移話題。

江大山笑了笑。「嗯，等我傷好了，尋個機會出去置辦東西。」

辛湖在一邊聽得好笑。對於種田，她應該算是這群人當中的權威人士，不過，她並不打算潑大家冷水，開口說：「別的我不管，至少要給我買幾斤油來炒菜。春天時，漫山遍野是野菜，到時弄點香麻油，拌個鮮嫩野菜，也好過天天白菜蘿蔔啊。又或者能找點野鳥蛋，煎個野韭菜蛋餅，改善下生活也好。」說著說著，她的口水就氾濫起來。

這整天不是白菜就是蘿蔔，頂多再加上蓮藕，真把她吃得沒脾氣了。每每想到自己滿肚子菜譜，卻只能在白菜、蘿蔔與蓮藕三樣中翻來覆去，心情就鬱悶得不行。

最重要的連油鹽也奇缺，她除了煮就只能煮，十八般武藝樣樣都用不上。每頓還只能用小兒巴掌大的一點鹹肉，弄得她饞肉饞得不行。

她話音剛落，「咕咚」幾聲，有好幾個人不由自主的嚥了嚥口水。這一會兒香麻油、一會兒韭菜蛋餅，可把大家心中的饞蟲給勾得上竄下跳的。

尤其是平兒、大寶、小石頭和阿毛四個小點的孩子，更是眼巴巴的看著她，好似她立刻就能弄出這些東西來。大寶還拉著她的衣袖說：「大姊、大姊，吃蛋餅。」

「哎喲，受不了了。阿湖啊，妳怎就這麼會琢磨吃食了？這本是最普通的菜，都被妳說的好吃得不行。」劉大娘不好意思的抹了下眼淚。缺吃的，別說孩子們饞，就連她自己都饞得緊呢。

「等我身體好了，就上山去打獵，咱們弄一大頭野豬回來，好好的吃一頓肉。」江大山聽得內疚不已。

「哇，有大野豬啊，是不是我們就可以一頓吃一大碗肉了？」平兒流著口水問。

「一頓怎麼只吃一大碗啊？我們每人一碗肉，放開肚皮吃。」大郎笑道。

「我要吃肉、我要吃肉。」大寶夾在人群中，扯著小嗓門大叫起來。

「你就是個小吃貨。」辛湖點了點他的額頭，難過地苦笑。

「大寶不是吃貨，大寶要吃肉。」大寶叫得更歡了。

「好，吃肉。阿湖，今天做飯多切點肉吧，讓大家都嚐幾塊。等過段時間，我身體好了，就不用這麼省著吃了。」江大山說。

「行。今天晚上就讓大家開開葷吧。」辛湖又好笑又好氣的說。

不是她捨不得放肉啊，有大郎這個監工，每次都把她切好的肉留下幾塊，說「下頓吃」。其實正是虧得大郎這麼做，要不然，不等救回這個便宜舅舅，家裡還真得斷了葷腥。

第二天，因要出門打柴，大郎對平兒說：「今天你帶著弟弟們，還要照顧舅舅，可以嗎？」

「當然可以，大哥放心啦！」平兒挺挺單薄的小胸膛，毫不猶豫的保證。

「你們小心點啊，不要貪多，少砍一點，等我好了，我去砍。」江大山不放心的叮囑。

「知道了，砍柴是我們慣常做的事，不會有事的。」大郎說著，和辛湖牽著馬出了門。

劉大娘、辛湖和大郎，這次只敢在平時用水的池塘附近割蘆葦，就怕跑遠了再遇上江大山那樣的事情。這整片地方水極多，說是池塘，其實可稱之為大湖，只因為當時他們被蘆葦遮蔽視線，才沒發現這裡這麼大。

因又下過一場大雪，這時的蘆葦地冰凍得更加結實，積雪也更深了。大家沿著以前割過的空地慢慢往深處走。割過的蘆葦地裡，會有很多鋒利的蘆葦樁子，一不小心就會刺傷腳，要非常小心，所以他們帶來幾塊木板墊腳。

幸虧後來又下過大雪，厚厚的積雪把先前留下來的蘆葦樁子都蓋住，根本就踩不到底。劉大娘試著走出幾丈遠，沒有踩到蘆葦樁子，才轉身招呼。「可以，你們過來吧。」

三人艱難的在被雪掩住小半截的蘆葦叢中，奮力割蘆葦，但割的速度不如以往，且割下來的蘆葦也比以前割的短，有些事倍功半。才幹了大半天，三人就累得不想再幹了。

劉大娘後悔的說：「早知道這樣，前些天不該停歇，好多割些蘆葦放在家裡。」

「左不過是累人些，歇一天，我們再來吧。」大郎勸道。

辛湖扔下鐮刀，累得連話都不想說。歇了大半個月沒幹體力活，她覺得自己的胳膊都抬不起來。她一屁股坐下，結果屁股正好坐在一塊他們拿來當墊腳用的舊木板，就這樣往前滑走了。

她一時玩心大發，撿起木板，隨便折了幾根樹枝，把皮剝下來當繩子用。這種樹皮十分光滑有韌性，她用樹皮把自己繫在木板上固定好，還特意拿著兩根粗蘆葦稈當滑杆，像划船一樣用力往兩邊滑。

沒想到，這一招還真使上勁了。她越滑越快、越滑越遠，一個勁往前衝過去。

蘆葦一望無際，也不知道湖到底有多大，更不知道這湖的盡頭在哪裡。辛湖越滑越過癮，不知不覺就溜遠了，最後居然滑到空地上去。這裡的空地，其實是湖水，只是比起他們用水的那邊，水面更加寬廣，凍得結結實實的，一眼望去，就好似一大片平地。

「小心些，妳快回來！」大郎見她玩得開心，一開始還沒在意，見她猛地衝進湖裡，才大叫起來。

辛湖一開始還不在意，可等到發現自己位在寬闊的冰面上時，終於害怕了。這種天氣，如果掉下水，絕對會凍死人。可她越想回來就越使不上力，人反倒越往前去了。冰面非常光滑，她控制不住自己的速度，急得她滿頭大汗。

看著她的身影越來越小，大郎和劉大娘也急了，卻又無能為力，只能一個勁的在後面大叫。

「快回來，別玩了！危險啦！」

辛湖雖然已經意識到這個問題，卻不知道該怎麼回去？耳邊風呼嘯而過，吹得她都快睜不開眼睛了。她瞇著眼，根本就沒發現前面已經到盡頭，人卻還在直直往前衝。

原來，眼前雖然到頭了，但下面卻依舊有去處。也不知有多高的距離，就像跳水的高臺，下面有什麼她都來不及看到，更來不及想什麼，此時的她已經飛起來——身子不平衡，一個倒栽蔥就飛了出去。

她嚇得大聲驚叫，閉上雙眼，心想這下自己定是非死即傷了。也不知過了多久，她才發覺自己停了下來，而且，她並沒有感受到摔得頭破血流或折斷手腳的痛處。

難道我沒事？辛湖心想。慢慢睜開眼睛，卻直直對上一雙黑亮的眼睛。她愣愣的盯著那雙眼睛，半晌沒反應過來。

「這娃娃沒摔壞，卻嚇傻了吧？」耳邊響起一道明亮的女聲，接著，一名高眺的年輕女孩出現在她眼前。

辛湖立刻明白，自己此刻在人家懷裡，她被人救了。抱著她的男人蹲下來，把她放下，淡淡的問：「小娃兒，妳是在和小夥伴們玩滑雪嗎？」

辛湖猛然眨了眨眼睛，眼前這男人聲音不出奇，但相貌卻實在是太出色了！一瞬間她腦子裡湧出無數個形容詞，比如玉樹臨風、氣宇軒昂、面如冠玉等等，可都無法準確形容出他的氣質與風華。

「小娃兒，妳怎麼啦？」男人見她這個樣子，有些擔心的問。

「哈哈，這小娃兒真逗。哥，她是被你給迷暈了呢。」女子伸手在辛湖面前搖了搖。

「嗯？什麼事？」辛湖臉紅，回過神問道。心裡卻暗罵自己花癡。

男人又把自己的問題重新提一遍，辛湖說：「我是在玩滑雪。」

「妳的夥伴呢？」男人又問。

「還在上面啊。我要回去了，謝謝你救了我啊。我再不回去，大郎他們要急死了。」說著，辛湖急忙跑動起來，卻忘記自己腳上還繫著木板，撲通一聲又摔倒在地上。她沒想到自己隨手弄的光滑樹枝皮居然這麼結實，一路滑過來竟然沒散開。

「哈哈哈！」女子大笑起來，男人也忍俊不禁的低笑幾聲，伸手把辛湖拉起來。

辛湖又好笑又好氣，看著眼前這一對極惹眼的兄妹，再看看兩人身後那無邊無際的蘆葦叢，心裡安定下來。

她覺得只要看得到蘆葦叢，就一定離大郎他們不遠。雖然在這裡生活的時間不長，但先前出去過，除了湖這邊有蘆葦之外，其他地方都沒有。

這麼大的一片蘆葦區，他們甚至不知道是湖邊長滿了蘆葦，還是這片本來就是蘆葦區？只不過這邊也形成大大小小不少的水塘，水塘之間有的相通、有的獨立，這種典型的湖區地貌，與她的老家很相似。

「小娃娃，在想什麼呢？」女子的話，打斷了辛湖的回憶。

「我在想怎樣回去？」辛湖說。她抬頭望向自己摔下來的地方。

估算一下，這個高度起碼有十公尺多，比起上次救回舅舅的高度還要高更多。而且望上去，除了能看到一些蒿草與蘆葦的頂端之外，什麼也看不到。現在想想，上面應當類似堤壩，只是這堤壩目前全被冰雪凍住。

至於她身後依舊是蘆葦叢，蘆葦叢比她人都高，把她的視線完全遮蔽，而她眼目所及仍然是蘆葦叢，只有一條想來是眼前兩人踩過的小路。

「你們村子離這裡近嗎？妳的家人和夥伴，應該會來找妳吧？」男人的聲音清淡如水，卻奇蹟般令她安定下來。

第十五章

理智回籠的辛湖，開始考慮如何回答他們的問話了。畢竟他們村子離這兒不算太遠，而且大郎和劉大娘也肯定會找她。這兩個人雖然救了她，她卻不知道對方是幹麼的？這會兒又一個勁的問他們村子，搞得她有點害怕。

「小娃娃，不要怕，我們不是壞人，只是在這裡迷路了。妳能不能帶我們進村子，這種天氣四周全是雪，我們也走不了了，依妳自己的能力，怕也上不去吧？」男人又說。

聽見這樣的話，辛湖越發不知說什麼了。說收留他們吧，自己不能做主，而且這兩位明顯都有功夫，說不定比舅舅還厲害，他們若是來殺舅舅的，豈不是麻煩了？但人家救了她，態度也很和氣，這附近除了他們村，恐怕也找不到其他村了。不收留吧，好像又說不過去。

辛湖糾結的樣子，令兩個大人忍不住笑問：「有什麼為難的嗎？」

「阿湖、阿湖……」大郎的聲音遠遠的傳來。

男人看她四處張望，情知這是叫她的，低聲問道：「妳叫阿湖嗎？是妳的家人在喚妳吧？」

「嗯。」辛湖點點頭，又亮開嗓子大叫道：「我在下面，我好好的呢。」

聽到她的回應，遠處的大郎總算鬆了口氣。最開始，他和劉大娘沿著辛湖留下來的痕跡，慢慢滑著往前行，但劉大娘不太會滑，速度很慢。而大郎畢竟是小孩子的身體，學得快、平衡感也比劉大娘強，所以他很快就熟練起來，便將劉大娘甩在身後了。

大郎其實滑得也不快，他吸取辛湖的教訓，不敢滑快，怕控制不住。但就算如此，也比劉大娘的速度快不知多少。

「哎喲，我這速度太慢，我看我先在這裡等吧。」劉大娘見大郎已經拉開好大一段距離，在後面叫道。

「好的，我再往前頭去看看。」大郎說著，繼續向前滑，直到完全看不見劉大娘了，才開始大聲呼喚辛湖。

此時的辛湖正與那一對男女說話呢。

「你們要去我們村子幹麼？我們那邊很窮的，要不然，我也不會大冷天的和家裡人出來砍柴啊。他們割蘆葦回去燒，我自己在一邊玩。」辛湖半真半假的說。

「哦，這麼說你們村子離這兒不遠啊？」男人不動聲色的套她的話。

「你們怎麼會在這裡的？」辛湖反問兩個大人。

「不是說了，我們迷路了嗎？」女子笑道。

「這種天氣，你們怎麼在外面跑，不在家裡？」辛湖又問。

「要沒事，誰樂意出來啊？」女子又說。

「小姑娘，妳這防心很重啊。是不是以前有人到你們村子，鬧了不好的事？」男人突然打斷她倆的對話。

「前段時間，我舅舅回來說，現在外面很亂，災民四處流竄，為了搶吃的，還到處亂殺人呢！村人們都嚇壞了，怕有壞人潛到我們村子來。」辛湖靈機一動，把事情牽扯到災民身上。

年輕男女一聽這話，不由得心裡都在暗嘆。外面還真是亂，除了餓死、凍死，還到處都有殺人的。而那些殺人的除了災民，更多是藉機剷除異己的惡徒，要不然，他們也不會流落到這地方。

不過，一想到能在這個偏僻的地方找到村子，暫時安定下來，兩人都不由得精神大振。

「阿湖、阿湖……」大郎的聲音越來越近了。

「聽到了。你慢點，小心啊！」辛湖回應大郎一句，皺眉看著眼前這對男女。

「他快過來了，是妳哥哥嗎？」男人又問。

辛湖點點頭，沒吭聲。眼前這對男女雖然穿著普通布衣，但氣質不凡，她完全看不出人家是幹麼的？說在這裡迷路，她可不相信。出門在外，總不可能不帶行李吃食吧？可是人家全身上下，連一個小包袱也沒帶。

「哥哥，這小姑娘很顯然不敢做主，怕是要等她哥哥來了，才能下決定呢。」女子笑咪咪的看了辛湖幾眼，說。

男人突然吹了幾聲口哨，像回應他一樣，遠處也響起幾聲口哨。

果然，他們不止兩個人。辛湖心裡暗嘆。

沒一會兒，沿著他倆踩出來的路，遠處的蘆葦叢中又出來一群人。

「這是我們的家人。」男人說。

來的是一個負傷的中年漢子，扶著他的是位孔武有力的年輕男人。他們還護著一個抱著小娃娃的年輕婦人，婦人身邊還有位中年美婦，他們每個人身上都揹著大大的包袱。

「阿湖，妳在哪裡？」大郎的聲音由遠及近，似乎就在不遠處了。

「就在下面，你小心點，別掉下來了。」辛湖立刻高聲回答。

「妳沒事吧？」

「我很好，有人救了我。」

上頭的大郎停下腳步。他不知道辛湖是什麼意思，但很顯然辛湖不能自行上來，卻也不想他下去，應當是在下面遇上什麼為難之事，而且下面有人，也令他很吃驚。

「上面的小兄弟，我們沒有惡意，就是想到貴村借住一段日子，我們自帶糧食，只需要一個能落腳的地方就行，等天氣好了就離開。」男人朝著上面說。

大郎趴在冰面上，伸頭看看下面，見辛湖果真好好的站在一群人身邊，立刻說：「多謝你們救了阿湖。可是我們村子很窮，怕是無力招待眾位。」

「小兄弟，我姓謝，你們可以喚我一聲謝大哥。她們是我妻兒、母親與妹妹；這兩人是我的護衛。我們家也算是富貴人家，因家鄉受災，一路輾轉，原本是要到湖州去投奔親戚的。一路上，一隊護院慢慢被殺得只剩下兩人了，帶著的大件行李也全被搶光，如今就剩下我們這幾個人，和身上那點行李物品了。」男人指著眾人，一一向辛湖和大郎介紹起來。

大郎看著這一群人，再看看辛湖，心裡也很為難。若這群人說的是真話，他很樂意收留他們。倘若這群人別有用心，怕是會給他們三家人惹禍，甚至有可能讓大家丟掉性命。

見大郎不說話，謝公子有點著急了。他們一家人逃到這裡，已經疲憊不堪，在這片蘆葦叢中，他們完全不知方向，已經轉了三天還無法走出去。

現在明知道附近就是村莊，他還無意間救了阿湖，就打定主意要在這村子裡住下來。這裡因大雪與世隔絕，單憑這片蘆葦林能困住他們三天，別人來也一樣會被困住，可是極好的休養之地。

「這位小哥，我有些年紀了，我的小孫兒還不到三歲，我們在這片蘆葦林中迷路三天了，早就又累又凍，撐到現在，遇上你們，也算是老天眷顧。求你們收留我們住下，等開春了，我們一家人就走，絕不給你們添麻煩。」

謝老夫人說著上前，掏出兩塊銀子，遞給阿湖，又說：「這點銀子，就當是我們的住宿錢了。我們只要個能擋風避雨的地方，就算是牛棚豬圈也行。吃飯也好、燒柴也好，我們都能自己解決。」

阿湖沒敢接銀子，抬頭看著大郎，不知該如何接話才好？大郎心裡飛快的思考對策，看見這一群有老有小的，多半還是相信他們不是壞人。但萬一呢？

「我說，你們這兩個小娃兒，怎麼這樣啊？再怎麼說，我們公子也救了這小姑娘，要不然從這麼高的地方摔下，這小姑娘不死也得重傷。就算我們挾恩圖報了，只求你們給個地方住住都不肯，這心也太狠了吧？」那扶著受傷者的年輕男人不滿的指責起來。

他扶著的傷患，瞪了他一眼，怒罵道：「瞎說什麼呢！公子心善，他們實在不肯帶我們走。就憑公子的功夫，我們難道還不能找個地方安置嗎？」這人年紀大，老成世故得多，言下之意是指謝公子功夫高，就算不想帶他們進村，他們也一樣能跟上去。

現在，不收留他們恐怕不行，但是帶這麼多人回去，大郎卻不太放心。別說村裡總共就三家人，就是大村落也不好收留這麼多人。主要是這一群人都有功夫，其中還有三個青壯年男人、兩個年輕女人，而唯一的弱者，就是一個小兒和一位年紀並不太大的老夫人。

這五人如果都是高手，別說他們是三戶人，就是三十戶，也不是人家的對手。要是他們完全沒功夫，又或者是普通災民，他也不會這麼猶豫了。他也和舅舅談論過，村裡人口太少，要想辦法壯大村子，讓蘆葦村成為一個真正的村子，畢竟，人多力量大嘛！

最終，大郎直言：「我們村子人少，又貧寒，雖然能給你們弄個地方住，但你們得發誓，絕不會加害我們，否則一家子天打雷劈，不得好死。」不是他要為難謝家人，他只是想讓謝家人明白，想進村也不是件容易事。這世道，哪個村子敢隨便接受外人啊？

謝家人一愣，很快就懂得他的意思，敢情擔心自己一家人是壞人，會害了村子的人。

謝姑娘氣得笑出來，說：「小弟弟，我們要是壞人，就不跟你們囉嗦，只管悄悄的跟在你們後頭，夜裡趁你們睡熟了，一刀一個把你們一村人全屠了，我們自己再占著整個村子，想怎麼著就怎麼著。」

「不行，你們得發誓。」大郎卻堅持。

哪怕只是做個樣子，他也得讓謝家人這麼做。畢竟普通人都不會違背這種毒誓。再者，他也要讓謝家人明白，進了村還是得聽他的話，否則謝家人出身高，又有功夫，青壯年又多，極容易反客為主。到時他們拿什麼經營蘆葦村？又如何能謀得新戶帖？說不定還會落入奴籍。

辛湖低下頭，偷偷撇了撇嘴。這還是她第一次見到大郎咄咄逼人，她知道古人很重視誓言，但也不是每個古人都在意誓言的啊，要不然，怎麼會有那麼多恩將仇報的事？

「好，我一個能代表我一家人吧？」謝公子有些玩味的瞧了大郎幾眼，又一本正經的問。這孩子，看著年紀不大，做事倒很有章法，哪裡像個沒見過世面的普通鄉村土娃子？

大郎點點頭，表示同意了。

謝公子鄭重的對天起誓，說：「我謝玉楓發誓，絕不害……哦，對了，你們村叫什麼村，你叫什麼？」

「我叫陳大郎，我們村叫蘆葦村。」大郎答。

「我謝玉楓在此起誓，絕對不加害陳大郎一家和蘆葦村的人，否則天打雷劈，爹娘弟妹妻兒全都不得好死。」謝公子面無表情的說完，看著大郎。

反正他又不叫謝玉楓，他根本就沒用自己的名字發毒誓。他還巴不得謝玉楓一家都死光光呢！要不是因為謝玉楓，他們一家也不用受那麼多罪，還差點被殺死在路上。

大郎這才點點頭，說：「你們上來吧。上面全是冰，你們要小心。」

謝公子暗笑，先扔出一根繩子，讓大郎找個地方把繩子拴好，準備攀上去。

大郎四處找了找，周圍一株像樣的樹都沒有，只找到幾棵低矮的荊棘。費了好大勁，把繩子栓在荊棘上，才向下面說：「這裡沒有大樹，繩子我是繫好了，就不知道有沒有用？」

眾人在下面聽得直搖頭。謝公子藝高人膽大，拉著繩子試了試力度，直接攀著光滑的冰面，慢慢爬了上去。

「你們家的大人呢？」看著大郎也不比阿湖大多少，謝公子愣了下，不解的問。這種天氣，就兩孩子在外面砍柴，有點說不過去啊。

「爹娘早死啦……」大郎看了他一眼，悶悶的說。

「對不起、對不起。」謝公子不好意思的連聲道歉。

「行了，別廢話，拉人吧。」大郎打斷了他的話。

「姝兒先上來吧。」謝公子吩咐道。

因為有謝公子在上面拉，謝姝兒沒費多大的勁就上來了。

接著上來的是謝大嫂和孩子，再接著是謝老夫人、辛湖，受傷的中年漢子謝三。最後剩下的年輕男子謝五，先把包袱一個個繫好，讓大家拉上來後，才自己拉著繩子爬上來。

看著這十來個重重的大包袱，還有一大簍的鍋碗瓢盆，辛湖就明白，剛才謝家人是藏了部分東西在蘆葦叢中呢。

眾人全上來後，謝公子鬆了口氣，才有空觀察四周環境。他踩著光滑的冰面，看著眼前一望無際的冰原，不解的說：「沒有路，怎麼走？」

「我們倆是滑雪過來的。」大郎說。

謝公子皺眉，好半晌才說：「這下可怎麼辦？我們都不會滑雪，而且也沒有工具。」

別說他發愁了，辛湖和大郎也發愁了。最終，大家只能互相扶持著，慢慢跟著大郎和辛湖走。冰面上滑溜溜，很容易摔倒，大家又都揹著重物，走得極慢。

「這樣也太慢了，不如我們倆快點回去，放下這兩個包袱，再回來幫著運包袱，你們只要沿著我們留下的印記走就可以了。」辛湖提議。

謝公子一家人聽了辛湖的話，卻沒有馬上回應。

大郎笑了笑，說：「這樣吧，你們誰先和我們學滑雪，學會了，就可以和我們其中一個人先走，再回來接其他人，這樣就可以省時省力了。」

謝公子立刻同意了，心裡越發覺得大郎為人處事不簡單。這麼小的孩子卻如此成熟，居然一眼就看出他們不馬上答應的原因，還能立刻提出更可行的方案。

謝姝兒躍躍欲試的接過辛湖解下來的簡易滑板，在哥哥的攙扶下，蠢笨的滑動起來。還別說，她悟性極高，一會兒就學得有模有樣。

「那我跟著大郎先走一步啊。」謝姝兒與哥哥換了個輕點的包袱，跟著大郎的後面，慢慢滑走了。

「妳小心點啊。」謝公子叮囑道。

「好！」謝姝兒連頭也不敢回，小心的控制著平衡，漸行漸遠了。

一直滑到看見劉大娘，大郎才停下來，簡單的說明。「我找到阿湖了，還要帶幾個人回家去，他們有老有小，在蘆葦林中迷路了三天。」

「找到就好。」劉大娘放下心來，見謝姝兒是小姑娘，便露出個友善的笑容以示歡迎。

謝姝兒回以甜甜一笑，對劉大娘說：「多謝你們！」

兩人放下包袱，帶上劉大娘用的簡易滑板，回來找大家。

如此往返幾趟後，後面學會滑板的人多了，留在這裡的人自然多起來。

「阿湖，我先帶些柴回去，再帶馬過來馱東西。」劉大娘說。

「好的。」辛湖點頭。她也知道馬不夠用，且劉大娘顯然還要和江大山說一聲，有人要進村的事。

往返好幾次，著實花費不少時間，但一行人總算全過來了。這時天色已暗，但因為四周都是雪，白晃晃的，大家還能看得清路。

「我們先歇會兒吧，等劉大娘帶著另外幾匹馬過來了，再走。」辛湖說著，指指幾捆堆在一邊的蘆葦，自己率先坐在上頭，眾人也跟著紛紛坐下休息。

謝大哥的孩子還滿乖的，一路上也沒見他哭鬧。放下地，他先尿了個尿，才說：「要喝水，餓了。」

謝大嫂給他喝了兩口冷水，摸一包點心出來，拿兩塊給他，再把點心包遞給大郎說：「今天多謝你們了，連累得你們這麼晚了還不能回家，先吃兩塊墊墊肚子吧。」

大郎和辛湖是真餓了，也沒客氣，接過點心吃了兩塊，剩下的又包起來還給謝大嫂。他們早看出來了，這家人帶的食物並不富餘，估計連他們自己一家人的口糧都不夠。

「帶回去吃吧，我們這裡還有呢。今天實在是太多謝你們了。」謝大嫂又說。

「拿著吧，今天可把你們累壞了。」謝老夫人也勸了起來。

前頭她拿銀子給辛湖，辛湖就沒肯收，現在又看他們見到點心，卻沒有狼吞虎嚥，只吃兩塊就還回來，她心裡就知道，這兩個孩子都是好教養家裡出來的，對兩人的觀感也極好。

這世道，兩個無父無母的孩子能活下來，也不容易啊！難怪防備心這麼重了。

第十六章

幾人正說著話，劉大娘回來了。她馱柴回去只是順帶，主要是得和江大山通個氣，順帶叫大家把屋子收拾一下，再燒些熱茶水，好安置這一家人。

「你們應該都會騎馬吧？」大郎問。

「會。」謝公子點了點頭。

劉大娘帶著辛湖和大郎騎一匹馬，而謝老夫人不太會騎馬，就由兒子陪同著坐上馬。謝姝兒姑嫂則帶著小孩子共騎一馬，剩下的兩人正好一人一匹，包袱就全扔給謝三和謝五了。

一路上大家都很安靜，專心趕路。不過，大郎還是多了個心眼，騎著馬轉了幾個圈子。反正四周都是蘆葦林，看著都差不多，等他們回到家，時候真不早了，月亮都升上半空。月光下，整個村子靜靜的呈現在眼前。

「你們村就這麼點大小，總共三戶人家？」謝公子瞪大眼睛，問。

「嗯，所以我不敢隨便帶你們回來啊。就你們一家人，比得過我們一村子人了呢。」大郎看了他幾眼，面無表情的說。

想起自己說謊發的誓，謝公子不好意思的笑了笑。「放心，我絕對不會害你們的，就算你不逼我發毒誓，我們也不是這麼壞的人啊。」

平兒在灶上燒熱水，煮著稀粥。等大家回來了，能有口熱的吃。所以謝家人一進村，就先到大郎家喝上熱騰騰的稀粥。家裡糧食不多，自然不可能讓他們吃飽喝足，所以只備了一鍋稀菜粥，每人將將能分到一碗而已。

謝公子見狀，拿了些硬硬的乾餅出來。辛湖接過，將餅掰成小塊，切了兩顆白菜。她先加幾塊鹹肉下去炒，再把乾餅放上去，加一點水，做出一鍋悶餅。

謝家人喝了熱熱的稀粥，再吃上一碗悶餅，簡直對辛湖的廚藝佩服不已。

這乾餅，他們一直都是煮著吃的，有時候來不及煮，就直接在火上烤了，又乾又硬，吃得他們早就煩了。沒想到，經辛湖這麼一弄，味道竟格外好。再加上那些鮮嫩的白菜，更令謝家人胃口大開。謝家那小孩子，不到三歲的阿土，這會兒精神好得很。他喝著稀粥，吃兩口白菜，再咬兩口燜過的餅，吃得很有滋有味。

夜裡，按照主人家的安排，謝家人男人們在大郎家，女人們則在劉大娘家歇下來。

第二天，謝大嫂還在迷糊中，謝老夫人就起床了。她有些年紀了，自然沒年輕人好眠，劉大娘起床弄出來的動靜雖小，卻也驚動了她。

謝老夫人昨天就知道，村子裡有間空房能讓給他們一家人住，就是要自己去收拾，這會兒睡醒，她自然就先過來看看。

空房子因為沒人管，那大雪早就封住大門，留下兩尺多高的雪堆呢。她圍著房子轉了幾步，但後面的雪更厚，她也走不了。

正準備轉身回去，就聽得兒子說：「娘，您大清早的不歇著，怎麼跑到這邊來了？」

「我歇好了，先過來看看。這屋子看著還成，你們今天好好收拾收拾，我們一家人盡快搬進來吧。總擠在人家家裡，也不方便。」謝老夫人說。

「知道了。您回去歇著，順道把姝兒和青兒都叫起來幹活。」謝公子說著，掄起從大郎家借來的鋤頭去剷大門口的雪。

謝老夫人回到劉大娘家，兒媳汪青兒已經起來了，女兒卻還在熟睡。

「姝兒，起來啦！幫妳哥哥去幹活。」謝老夫人上前，伸出在外面凍冰的手，直接往女兒臉上按下去。

姝兒被凍得直哎叫，睡意立刻消失得無影無蹤。

謝大嫂到大郎家時，大郎也打了水回來，辛湖正在煮早飯。

見她進來，辛湖說：「我只用了一口灶，那灶妳先用吧。那籃子裡的白菜蘿蔔，都是早就洗乾淨的，送給你們了。」

籃子裡還有五根蘿蔔、兩棵白菜，夠他們一家人吃幾頓了。

「多謝啦。我們也不好意思白吃妳家的菜，我拿點糧食和你們換吧？妳家還有多餘的菜嗎？」謝大嫂高興的問。在外面，就沒好好吃過一頓菜，這大冬天的，蔬菜可是稀罕物。

「可以勻一點給你們，不過我們也不是多得吃不完。」辛湖答。

原本地裡的菜，就他們家和劉大娘一家吃，是吃不完的，但家裡多了江大山父子倆，江大山又是個大肚漢，這菜他們就沒剩多少了。所以謝家人就不可能像他們一般，頓頓餐有菜吃了。

「好，多謝多謝。」謝大嫂連忙道謝，轉身去拿來一包米，說：「阿湖，我用這米和妳換菜，妳看著給點吧。」這是一包約五斤重的精米，若是在平時，一千斤白菜蘿蔔也換不回這小包的米。

「這麼好的米啊？我們家可難得吃上呢！這樣吧，我們明天去挖菜，給你們弄一筐回來。你們慢慢吃，吃完了，我再給你們一筐。如果往後，我們的菜還有多的，我會再分一些給你們。」大郎接過大米，說。

「好的，多謝多謝。我婆婆早在公公去世時就發過誓，這輩子食素，在家裡還沒事。雖然出門在外，難免吃一些葷了，但她多半還是啃鹹菜頭，我們做兒女的也看不下去，怕她身子熬壞了。這些新鮮的菜，夠她一個人吃好久了！」謝大嫂簡直高興壞了。沒想到，大郎他們還有菜長在地裡，能一筐子一筐子的拿回來呢。

大郎沒繼續多說，自己拿上工具，出門去幫謝家人收拾房子。

謝家兄妹再加謝五，正幹得熱火朝天，只是他們還沒打開大門，仍在剷門口及四周的雪，可見這三人並不擅長幹此活。

見大郎過來了，謝姝兒抹把汗，說：「大郎，這空房子的主人呢？」

「搬走了。」大郎隨口答道。

「我們現在住下人家的房子，他們會不會回來找我們的麻煩啊？」謝姝兒又問。

大郎懶得回答，幾步跨過去，一把推開本就沒有上鎖的大門，門上只用繩子打個結。空蕩蕩的堂屋呈現在大家眼前，真的是啥也沒有呢。

大家一起進了屋，謝姝兒驚訝的說：「搬得這麼乾淨，連個桌椅也沒留下來啊？」

屋子裡滿是灰塵，幾個人踩下去，留下許多腳印。堂屋裡實在沒什麼可看的，不過屋頂倒還好好的，屋裡也是乾的，證明這屋子雖然看似破舊，但住人沒問題。

謝公子安下心來，讚了一句。「我還以為要好好修葺才能入住，沒想到這屋子保持得還不錯啊！」

這村裡的屋子都是一個樣，中間是堂屋，兩邊是臥室。

謝公子推開右手邊的房門，大家跟著進來一看，這裡也有簡單的火炕，和大郎家、劉大娘家，都是一模一樣的風格。只是房間裡也同樣是空的，什麼也沒留下來。

「行了，別看了，快點把房間打掃出來，今天試著燒燒炕，看能不能用？今晚你們家就可以搬進來住了。」大郎出聲，提醒大家趕快幹活，要不然，今晚還得和他們擠。

昨天晚上可把大郎擠壞了，一屋子人都沒睡好。不僅僅是擠，和舅舅這個大男人睡一張炕，他很鬱悶——不是為他自己，是為辛湖。

雖然說鄉下地方，不講究男女七歲不同席，但辛湖已不止七歲了。這要是在人多嘴雜的地方，辛湖這輩子只能給這個便宜舅舅當老婆，但那可是他的未婚妻啊！

其實辛湖也一樣覺得彆扭，她活了兩世，還沒和成年男人睡過一張床呢。

不說大郎和辛湖的彆扭，舅舅本人更加尷尬。他是成年人，辛湖在他眼裡就是個沒長大的黃毛丫頭，也一直把她當成子姪輩，但人家也是女孩子啊！

所以，大郎家這一屋子的人大半都沒睡好。

大郎的話，令謝公子很不好意思，只得加快打掃速度。他也知道，人家為了給他們騰地方睡覺，一屋子男女老少都擠在一起，個個都沒睡好，一個比一個起得早。

雖然有這麼多人幹活，但也花了大半天的時間，才把正屋的兩間房與堂屋打掃擦洗乾淨。

「差不多了，先燒上炕試試。」謝姝兒在屋裡轉來轉去，表示要自己親手試驗一下。

謝公子懶得理妹妹，直接對大郎說：「我先跟你家借幾捆柴用，明天我們就去砍回來還給你們。」

「你們也不用這麼著急，我家的柴雖不多，但也不至於這幾天都不夠用。等你們收拾好，再去砍柴吧。」大郎說。

「沒事，我們人多，明天我和謝五去砍柴，青兒和姝兒在家打掃就行。」謝公子說。他也不好意思麻煩大家。

說話間，炕裡的柴禾點著了。屋子裡一陣濃煙，嗆得大家滿眼淚、咳個不停。

「可能是煙道堵住了，得去清理一下。」大郎摀著鼻說。

幸好他早有經驗，在他的指揮下，謝五和謝公子兩人各自清理一邊，又花了半個時辰，兩間房子的炕總算能正常運轉。

「多謝大家幫忙，今晚不用再擠著大家了。」謝公子長吁一口氣，笑著和大家道謝。

這天晚上，大郎和辛湖幫謝家人把東西全搬了過去。

謝家睡覺的房間目前總共只有兩間，自然是男人們一間，女人們一間了。

早上，謝家人起床後，才發覺沒地方做飯。

「我去撿幾塊石頭回來，先在堂屋裡湊和著煮兩頓吧。」謝公子說。

「公子，我去撿就好。昨天在外面鏟雪時，我把幾塊石頭堆在牆根呢。」謝五說。

謝大嫂已經很習慣這種三、五塊石頭搭起來的簡易灶了。她點燃了火，把裝水的銅壺擱上去，準備先燒點開水。

謝公子已經提著小桶出去打水了。出門在外，一切從簡。吃過早飯，其實已經不算早，謝公子去找大郎家借砍柴的工具和馬。

大郎同意，並說要跟著他們一起出門。「你們可能不太知道路，我帶你們去，反正也沒什麼事幹。」

路過大家打水的池塘時，大郎指指水面上的枯荷葉說：「那邊有蓮藕，你們有空自己去挖些回來吃吧。池塘裡魚也多，可以隨便去撈。」

謝五一聽有魚，立刻興奮的說：「太好了！這都是野生的嗎？」

「嗯。」大郎點頭。

「公子，我們明天就來捕魚，好不好？」謝五問。

「可以啊。不過，估計明天也還要砍柴，往後只怕我們天天都得來砍柴呢。」謝公子當然也想吃魚、吃蓮藕，可是目前打柴才是最重的事啊。

大郎帶他們到平時他們割蘆葦的地方，也教會他們如何割才更加省時省力。並提醒他們隨時小心腳下，一是怕蘆葦樁子刺傷腳，二是這裡都是水，怕有的地方水深，要是踩破了冰面，落下水可就麻煩了。

「多謝你了。」謝公子聽得很認真，他還真沒想過這些問題，就連謝五也不懂這些。

大郎今天並沒有想打柴，割起蘆葦來，明顯有些漫不經心，不像謝家二人那麼認真。但割了一會兒，謝家二人就發現，自己雖然認真，但速度卻不比大郎快，畢竟他是熟練工。

差不多割了一個半時辰，大郎就放下鐮刀，說：「今天就割這麼多吧，明天你們再來，往後天天來也可以。」

三人捆好蘆葦，打道回家。

家裡女人忙碌了小半天，只不過把堂屋的後門打開，清出院子中間那條不過兩尺寬的路。院子裡滿是荒草，又是厚厚的積雪，想要收拾出來，真心不容易。

謝公子把蘆葦搬進來，只好先扔在堂屋裡了。他看著院子，愁得直皺眉。這可是大工程，光是剷雪就得花不少時間，更別提把那些荒草清理乾淨。

一連忙碌三天，在大家的幫助下，謝家人總算把整座房子全部清理出來。

整個村三戶人家，都是一樣的格局，正屋三間，灶房屋三間。只不過，謝家人住的這戶，灶房屋比大郎家和劉大娘家的都大些。灶房裡也還剩下些家什，比如有缺口的粗瓷碗，罈罈罐罐，缺隻斷腿的小板凳、小方桌、小竹籃子等等。

眾人都捨不得丟，全拉到池塘邊去仔細刷洗，挑撿出可用的又拿回來。

最讓謝家人高興的是，灶房最左邊的那間居然也盤了火炕，雖然不知道住過人沒有，但那炕上還放著幾個罈罈罐罐，兩把鐮刀、一對大籃子、兩隻大筐子、兩個新的小木盆。

這些東西都是能用的，顯然是人家原本準備要帶走，都收拾好裝在兩只大筐子裡，不知怎的最後卻沒有帶走。

當天，謝三和謝五就搬進這間小屋住了。謝公子和謝大嫂是年輕的夫妻，總不好老是分開睡。兩個下人一搬走，謝夫人就讓兒媳搬去和兒子住，自己帶著孫子睡。

「我們自己帶吧，夜裡怕阿土吵著您和姝兒睡覺了。」謝大嫂不好意思的說。

「沒事的，這幾天你們也累壞了，好好休息休息，我可是想先在這裡安家呢。等明年開春後，讓謝五和謝三先上京去打探打探，搞清楚了再回去。你們倆乘機給我再多添個孫兒才是正經事呢。」謝老夫人半開玩笑、半認真的說。

「娘，您是認真的？」謝公子和謝姝兒都驚訝的問道。

「嗯，他們不是巴不得我們死嗎？我偏偏就要好好的活著，還要一大家子風風光光的回去，謝府的一切本就該是我兒的。」謝老夫人說。

見兒女們都不說話，謝老夫人又說：「我本不想爭，一步步退讓，但人家不這樣想，步步緊逼，再不主動出擊，怕是我們一家連命都保不住了！」

「也不知道現在謝府是什麼情況？」謝公子搖搖頭，並無把握。

「不急，我們慢慢來。現在是亂世，沒個兩、三年，這些亂象能平復下來嗎？這個時候，朝中哪有空管謝家這些亂事？正事都幹不完呢。所以我們還有時間。」謝老夫人安撫幾句。

謝家兩兄妹點點頭，各自沈思起來。

村子裡多了一戶人家，立刻就熱鬧起來。

安靜的小村子，因為謝家人而活躍起來。謝家人每天都忙得很，他們家缺的東西實在是太多了。沒有柴，他們每天一大早要出去砍；沒有菜，池塘裡的魚和蓮藕也得抽時間去弄點。

重點是他們幹活卻不怎麼在行。這些農家活，他們雖然會一些，但熟練程度卻遠不及劉大娘與辛湖、大郎他們。現在的一切，他們都還處在摸索期，好多活兒他們得慢慢學。

比如割蘆葦，謝五和謝公子兩個大男人，一天割的還不如辛湖和大郎兩個孩子割的多；再比如，打魚。辛湖是隨便扔簍子下去，就能撈些魚上來，兩人再加姝兒，努力半天，只弄上來三、五條小魚小蝦。說起挖蓮藕來，他們就更不行了。兩人不僅總弄得滿身稀泥，蓮藕更常斷成一截截，藕孔裡浸滿泥水，極不容易洗乾淨。

所以，他們每天得不停的出門去幹活，當然少不了要借鐮子、水桶、馬等等。

而他們家的小阿土，總愛過來找大寶和阿毛他們玩。小孩子嘛，自然想要找小夥伴玩。但人一多，玩鬧起來，就不可避免的會打架、搶東西，最後結果就是大家全哭鬧起來。如果三個孩子同時哭鬧，簡直連屋頂都要被掀開了。

三個小孩鬧騰出來的動靜，威力巨大，一時間，屋子裡熱鬧得像集市似的。江大山和大郎、辛湖三人每每遇到這種時候，就恨不得躲出去。

不過，謝老夫人對阿土這孩子，教養還是不錯的。謝老夫人對他並不是無條件寵愛，該罵的還是會罵。她又喜歡大寶、阿毛、平兒、小石頭這幾個孩子。所以每次孩子們哭鬧時，她都會耐心的哄勸。

而且帶孩子們玩，她極樂意。平常都是她在照看幾個孩子們玩鬧，時不時還會給他們講講故事，幾個孩子都願意被她管著。

本來阿毛和大寶年歲相當，兩個孩子在一起玩很和諧，但多了個阿土，立刻打破了兩人之間的和諧。阿土比兩人稍微小一點，而且不像他們都失去了親生的父母。

因此阿毛和大寶性格就比較膽小怕事，也會看人的臉色，而且也不太會找大人們撒嬌、鬧脾氣。平時他倆都很乖，雖然他們還年幼，卻已經提早體會到生活的殘忍，學會了察言觀色，知道自己沒條件、沒資格鬧脾氣、撒嬌。

阿土卻不同，雖然都是逃難，他卻一直在親生父母、祖母、姑姑的精心照顧下生活，所受的挫折也不外乎是物質上的缺失，所以他比較蠻橫嬌氣任性，再加上年歲小了些，還不太懂事，一個不如意他就哭鬧，甚至要出手打人。

但大寶和阿毛再怎麼乖，也不過是三歲小兒，哪會次次忍讓他？於是三個孩子熟了以後，常常打成一團。你推我一把、我打你一拳都是常事，要是被打痛了，又或者覺得我受委屈了，孩子們自然就要放聲大哭。往往一個孩子哭了，另外兩人也會跟著一起哭起來，哭聲此起彼落的好不熱鬧。

第十七章

三個孩子往往打得哭成一團，大人要勸開時，卻偏偏還要在一起玩，搞得屋裡整天熱鬧滾滾。這時辛湖就會想，他們家都堪比幼稚園了。

「這才像小孩子嘛。天天安安靜靜的，搞得我都以為家裡沒小娃兒呢。」一開始，江大山還覺得很欣慰，感慨孩子們總算有孩子樣了，這證明孩子把心裡的害怕痛苦淡忘掉。

可是當一天鬧上兩、三場，每天都重複同樣的事時，江大山就不淡定了。實在是三個孩子一起哭，又或者五個孩子一起鬧，那聲音惹得他頭疼，怕是能傳出幾里開外呢。

大郎與辛湖更是哭笑不得。孩子們受的創傷是好了，但那磨人的勁加倍上升。每當這個時候，辛湖就連忙避到劉大娘家去，反正她現在還有好多針線活要學做呢。

「哎喲，真熱鬧，我好長時間沒見過這麼熱鬧了。」謝老夫人笑咪咪的說。她看著孩子們鬧，一點點不耐都沒有，更不覺得這聲音、動靜太過鬧騰，反而覺得開心的緊。

「娘，您不要太寵阿土了，養得他像個小霸王，長大了可怎麼辦？」謝公子黑著臉，一陣風似的衝過來說。

雖然他在自己家裡待著，但都聽到了大郎家傳來的鬧騰聲，其中聲音最大的就是他的兒子阿土。一聽就知道，這小子又鬧事了。

「我哪裡光寵著他啊？」謝老夫人說著，見阿土又想伸手去打大寶，連忙一把拉住他的手，板起臉來，嚴厲的說：「阿土，怎麼又打人？不講道理的孩子不是好孩子，大家都不和壞孩子玩。」

謝公子瞪兒子一眼，轉而對大寶說：「大寶，阿土要是再打你，你就狠狠揍他一頓，他下次就不敢了。」

大寶個子可比阿土高，真要打起架來，阿土是打不過大寶，也打不過阿毛。可阿土卻最霸道、最愛動手，幾乎所有的架都是因他而起。阿毛和大寶偶爾還會忍讓他一下，但久了就不忍了。

大寶偷偷看了阿土一眼，又見到江大山正往這邊過來，感覺有人撐腰，就大聲說：「阿土是壞孩子，不乖。」

眾人聽了這話，均哄堂大笑起來。

「就是，阿土是壞孩子，大寶和阿毛都是乖孩子。等會兒叔叔拿好吃的點心給你們吃，不給阿土吃。」謝公子點點頭，笑咪咪的附和。

一聽到好吃的點心，阿毛和大寶兩人都重重的點了點頭。他倆可不像阿土，天天都有白麵、大米，還有點心、糖果吃。現在他們一家人無論大人孩子，都吃著一個鍋裡煮出來的飯菜，無外乎是摻了些粗糧的菜粥。一家子人能搞飽肚子已經不錯了，哪還能吃得上精細的點心啊？

阿土一開始還不在意自己爹說的話，可沒過多久，他爹就拿著點心過來了，特意拿兩塊給大寶、阿毛，甚至連平兒、小石頭都分得一塊，就是沒給他。看著幾個人全都吃得津津有味時，阿土「哇」的一聲，大哭起來了。

「哭也不給你吃，不聽話的壞孩子，沒點心吃。」謝公子見他哭，瞬間變了個人，收起那一臉仙人似的笑容，冷冰冰的說。

他長得極好看，年紀又輕，總是一副笑模樣，平時人人都喜歡看他。但一發起怒來，卻陡然像變了個人，周身罩著一股冷冽之氣，有如出鞘的寶劍。

孩子們只顧著吃點心，抑或是因為年紀小，只愣了下，沒什麼反應；旁邊江大山卻不自覺的拉了拉衣裳，隱隱覺得身上有點發涼。能讓他有這種感覺的人，這輩子他還真沒見過幾人。

謝家人的身分，怕是不簡單啊。江大山暗暗打量謝家這對母子。

「祖母、祖母！」阿土拱進謝老夫人懷裡，大哭大鬧。

謝老夫人這會兒卻沒依著他，反而對他說：「阿土，想要吃點心，就得當好孩子。下次還要不要打人、搶大寶他們的東西？」

阿土只管鬧著，根本就不理會這些話。謝公子按了按額角，恨不得直接給他一巴掌，但見到自家母親在教育孩子，也不好意思強行插手。

「阿土，不准鬧了！」謝老夫人嚴肅起來，準備帶阿土回家去了。今天這可是個好機會，她也覺得該拗拗孫子的性子，別真像兒子說的，養成個不懂事的小霸王就壞了。轉眼見孩子們都小心的看著他們，謝老夫人放柔神色，和藹的說：「別怕，你們吃你們的，我帶阿土回去教訓他。」

說著，母子倆帶著阿土離開了。

「阿土是該正正性子了。」江大山暗暗點頭，心裡對謝家人的觀感還不錯。越是有底韻的家族，對子孫的教育就該越嚴厲，無論這謝家人是何種身分，衝著教育孩子的態度，都知道他們不會太差。這樣的人家，值得交好。

「舅舅，剛才謝公子他們怎麼啦？」突然大郎的聲音響起，打斷了他的沈思。

原來，剛回來的大郎見到謝公子一家三口急急的離開，還以為出了什麼事。

「沒什麼，就是阿土又鬧了，結果被他爹和祖母教訓。」江大山笑道。

「哦。阿土是該教訓一下了，這小子就像個小霸王。」大郎說。

他只要一想到阿土這股鬧騰勁，就哭笑不得。你說，以前孩子們不哭不鬧，大家覺得不正常，但現在孩子們太鬧了，大家又覺得頭疼。

特別是這些事十之八九是阿土引起的。他們也害怕謝家人一味寵著阿土，把他養成個混世魔王。畢竟蘆葦村本來就三戶人家，如果謝家人是這樣的人，他們會很頭疼。

像知道大郎心中所想，江大山說：「謝家人身分怕不簡單啊。」

「自稱是富貴人家，還帶著下僕，兄妹兩人都會功夫，肯定不會是普通人家。」大郎點頭。他並不在意謝家人是不是普通人家，現在的蘆葦村，連老帶小也不過十幾口，如果都是普通人，想做點什麼就不容易了。他現在要的就是不普通，只要大家都不是奸邪之人就好，能夠齊心協力，這樣某一天才有機會達成他的心願。

他現在最大的心願就是有新戶帖，獲得新的身分，堂堂正正的活下去，如果辦不到新身分，他極有可能得回陳家去。這世道，沒有身分的人寸步難行，什麼事也做不成，想活下去都難。更可怕的是，極有可能會落入賤籍。

他對那個陳家充滿了痛恨。不過，現在很多事情都還沒發生，他也沒想去找陳家的麻煩，只希望這輩子，他與陳家再無糾葛，從此各有各的精彩。

「大郎，你在想什麼？」江大山打斷大郎的沈思，問。他還以為，他一句謝家人身分不簡單，讓大郎有什麼想法。

「舅舅，你覺得謝家人如何？」大郎反問。

「打交道的日子還短，說有深入的瞭解不可能。不過眼下來說，謝家人起碼品行不壞，也能吃苦。」這是江大山的真實想法，他也不認為與大郎這孩子說這些話，有什麼不好。

他已經習慣把大郎當大人對待了。畢竟這裡的一切，應當說蘆葦村的一切，都是大郎在做主。雖然暫時沒什麼大事，但大郎這個孩子，好像已經在眾人心目中建立起自己是領導者的形象。

「嗯，那就好。」大郎笑笑，轉身出了門，心裡暗忖：只要他們不是壞人就行。身分越高，對我們越有利啊！

他現在就巴不得多結識些有身分、有地位的人，以後想拿到新的身分就更容易了。而且他如此算計，也是想好好經營蘆葦村，在這塊地方生根發芽。要知道，人人都得有個根，以後他還打算把他娘的墳遷過來，讓她享受自己子孫後代的香火，不用孤零零的一個人躺在荒山野嶺，做個孤魂野鬼。

所以，他一定要好好經營出一塊地方來當自己的根，讓母親享受子孫後代的香火，早日轉世為人，過上好日子。因當時安葬得匆忙，連個筆墨也沒有，到現在，他居然還沒能給母親弄個牌位。

一想到這件事，他又靜不下來，匆匆出門了。

「哎，大郎，你幹麼去？」見他風風火火的跑出去，江大山驚訝的問。

「去外頭找兩塊木板。」大郎答。

江大山暗暗舒了口氣。他怕大郎會去找謝家人問話。他其實和大郎有同樣的想法，畢竟身分越高的人，能帶來的好處就越多。

「喲，今天阿土這麼早回去了？」見家裡這麼安靜，辛湖有些驚奇的問。她剛才在和劉大娘做針線活，但劉大娘說明天準備出門砍柴，今天少做點針線活，她就先回來了。

「嗯，被他爹帶回去教訓了。」江大山說。

「大姊，阿土會不會被他爹揍？」平兒眨眨眼問。謝公子人長得好看，就連孩子們也格外喜歡他，但方才他生氣的模樣卻有些嚇人。

「揍他也應該。」小石頭不以為然的說。平常他可沒少被他娘打罵。

「阿土今天又打誰了？」辛湖看了幾個孩子一眼，沒看出來。

雖然小孩子打架事小，但在現代，她可是見慣小孩子打架，弄得家長對幹的事情，甚至搞到警察出動也不在少數。人人都心疼自家的孩子，打贏了不管，打輸了氣得要死。

現在，她也不知不覺的沾染這種習慣，要是大寶被欺負了，她也不舒服。因為大寶是這群孩子中最乖、最令她心疼的，她養大寶就跟養兒子一樣。

「還沒打著誰，就被他爹和祖母教訓了。」平兒答。

「哦。」辛湖鬆口氣。大寶平常最乖，吃的虧總是最多。

「我回家了。」小石頭戴上帽子，和大家打聲招呼就走。他見到辛湖從他家回來，就知道家裡開始做晚飯，他也該回家了。

「回去啦。」大郎在外面轉了一圈，手裡捏著幾小塊木板回來，見小石頭要走，和他打了聲招呼。

小石頭點點頭，連蹦帶跳的跑了。辛湖則轉身去灶房準備晚餐。

大郎進去廚房問：「今天怎麼這麼早？」

「劉大娘說明天一起去砍柴，今天早點歇。」辛湖手上切著肉，頭也不抬的答。

「行，我明天也去，妳要不要去？」大郎說著，往灶膛裡添了一把柴。

辛湖正要回答時，姝兒突然來了，一陣風似的衝進灶房說：「阿湖，明天帶我們去打魚吧。」她雖然是大姑娘了，但謝家的人都寵著她，又在這個不需要講究規矩的地方，以至於她還時不時的露出些小女兒姿態。

「妳明天和她們去打魚吧，家裡也沒魚吃了。」大郎不等辛湖說話，就替她做了主。

辛湖無所謂的點點頭，表示自己同意了。反正打魚也好、砍柴也好，都是她做慣的活。

「大郎，謝謝你哦。」姝兒立刻大聲道謝，又向辛湖笑了笑，轉走就走。但走到門口，她又不放心的轉身過來說：「我明天來叫妳。」說完，又風風火火的走了。

「謝姑娘也是個大姑娘了，怎麼沒嫁人呢？」大郎好奇的嘀咕著。

聽了他的話，辛湖「噗哧」一聲笑出來。

「妳笑什麼？」大郎不解的問。

「人家沒嫁人怎麼啦，關你何事？你個小屁孩，操這麼多心幹麼？」辛湖調笑著。

「妳這個……」大郎本來想說「妳這個女人」，但想到辛湖也就是個毛孩子，還不算女人，就換了一句。「女孩子十五、六歲就嫁人，不是很正常的事嗎？女孩子過了這個年紀還不嫁，可是會被人笑話的。我這不是覺得奇怪嗎，謝姑娘看上去應該有十五歲了吧？」

聽到十五、六歲就要嫁人的話，辛湖噎了一下，順勢掏起大郎的話來。

「怎麼啦？十五、六歲就嫁人，那就沒有十七、八歲到二十歲的女子，還沒嫁人的嗎？」她對這個時代不瞭解，也搞不清楚這裡成親的年紀。

「十七、八歲的女人，成親早的，孩子都兩、三歲了，沒嫁人的很少啦，都是有些特殊情況的，比如要守孝之類。哪有二十歲沒嫁的姑娘家啊？會被人笑死的。」大郎不以為然的說。

男人十七、八歲成親是常態，姑娘就更早了。在他看來，這謝姑娘應當是十五、六歲，很是耽擱不起了。畢竟女孩子的花期是很短的。

二十歲不嫁會被人笑死？辛湖鬱悶的暗暗啐了一口。想當年，她三十還沒嫁過呢！而且四十還沒嫁的女人也不在少數，有的人就是一輩子都不嫁，也過得好好的啊。

大郎見辛湖不吭聲，也不管她，專心雕自己手中的小木板。這會兒沒什麼稱手的工具，他只能拿菜刀儘量把這小木板修整出來，等明日再弄個底座，打算直接在上面刻幾個字，當成母親的靈位，逢年過節時也好祭拜。等以後有能力時，他再好好弄個正式的牌位。

看見不過是兩塊小破木板，大郎卻忙活得不可開交，辛湖好奇的問：「你在弄什麼？」

「要給我娘弄個牌位，逢年過節我們也好祭拜她。」大郎說著眼眶都紅了。

辛湖看他這樣子，心裡也不好受。沒娘的孩子就是一根草，雖然大郎已經很成熟能幹了，也一樣會想念娘。

第二天，劉大娘、謝公子、謝五和大郎帶上馬去砍柴，辛湖也跟著他們一起走。

「阿湖，今天妳要和我們去打魚的。」謝姝兒拉著嫂子、拎著籃子急匆匆的叫道。

「嗯。走吧，和他們一起走。」辛湖點點頭。因為謝姝兒年紀不小了，辛湖想到昨兒大郎說的話，不由得多打量她幾眼。謝姝兒也是美人，不該沒有人求娶才是。

也許是辛湖打量的目光太過強烈，又或許是謝姑娘非常敏感，她不由自主的拿出帕子要擦臉。「阿湖，妳看我做什麼？難不成我臉上沾了黑灰？」

「沒有，臉很乾淨啊。」謝大嫂瞄了小姑一眼，肯定的說。

姑嫂二人，一時都困惑地看著辛湖。辛湖不好意思的說：「我就是看美人看癡了。」

「嘿！」謝大嫂差點笑出聲來，連忙不好意思的摀著嘴，怕走在前方不遠處的男人們聽到。

謝姑娘才不怕大哥聽到，立刻哈哈大笑起來，還指著辛湖說：「阿湖，妳小小年紀就這麼愛美色，長大後，準備嫁個什麼樣的男人啊？」

聽她說到嫁人，辛湖立刻順著話題說：「嘿嘿，我總要找個養眼的男人啊。醜的可不能要，天天看著，飯都吃不下，那一輩子怎麼過啊？妳這麼美，又要找個什麼人嫁呢？」

謝家姑嫂的笑聲戛然而止，謝大嫂臉上立刻浮現出怒氣。

謝姝兒已經十六歲，兒時在京裡就訂好親事，按理也該成親了。可是因為種種原因，男方一直拖著，既不說成親，也不說退親，弄得謝家人心裡很惱火。

辛湖雖然沒心機，但見到謝家姑嫂陡然生變的臉色，立刻知道自己的話惹到人家的痛處，她一時不知該說什麼，但嘴卻比腦子快，一句「對不起」就先溜出來了。

「也不是什麼了不起的大事。我原本打小就訂了門娃娃親，但後來我爹去世，我們就搬回老家了。男方可能不想娶我吧……就一直拖著。」謝姝兒不以為然的說。

說實話，她還不願意嫁到人生地不熟的地方去呢！她一點也不傷心和生氣，但明顯謝大嫂相當生氣，可想而知謝老夫人和謝公子是什麼想法了。

「這樣人品差的人家，還不如和他退婚。妳再找個比他家還好的人，氣死他們！」辛湖聽了，很氣憤的說。

「阿湖，妳還小，不知道世人對女子的苛責，好好的姑娘家要是被退婚，立刻就降了身價，以後還能說到什麼好人家啊？別人才不管是男方還是女方不對，反正只要將惡名往女方身上推，美名其曰某家的女兒不好，沒人要，事情就結了。」謝大嫂搖搖頭，說。

「那總不能明知男方不想娶，還非嫁進去吧？這樣嫁進去，還能有什麼好日子過？謝姑娘這麼美，怎不能再找個好人家啊！」辛湖忍不住反駁起來。

「就是，阿湖說的對。品格差的男人不要也罷！我幹麼自討苦吃，嫁過去受罪啊！」謝姝兒像是找到知音，立刻大叫起來。

謝大嫂按了按眉頭，狐疑的盯著辛湖看幾眼，心裡著實好奇這麼點大的鄉下丫頭，怎會有如此清新脫俗的想法？要知道，男尊女卑的思想是深深植入世人的骨子裡。小姑的婚事，注定是謝家人的心頭恨事，一個搞不好，謝姝兒這輩子就毀了。

「好啦，大嫂，想那麼多作啥？我們都只能在這個地方安身了，往後的事，還不知道是什麼樣？我這輩子就算都不嫁，也不樂意嫁到那樣的家裡。」謝姝兒也明白家人的擔憂，轉而安慰起大嫂來。

「胡說些什麼呢？妳的事自有妳哥與母親操心，妳就別胡思亂想了。」謝大嫂拿出大嫂的威嚴，喝止了謝姝兒的胡言亂語。

第十八章

三人走到一個半月形的大水灣邊，辛湖停下腳步說：「我們就在這個地方打魚好了。」這個大水窪在湖邊，依著地貌形成一個大大的淺水灣，相當於一個小池塘。水面結了一層冰，但因為水面淺，辛湖潛意識認定這裡一定能捕到很多魚，而且此地也方便她們幾個女人家動手。

「咱們先找幾塊石頭把湖面的冰鑿破，再來捕魚。」

為了打魚，謝氏姑嫂幹勁十足，拿起菜刀挖出雪地中的石頭。要不是謝氏姑嫂都有功夫、力氣算大，這凍在雪中的石頭，她們是挖不出來。

不過就算這樣，在挖出兩塊石頭後，謝姑娘還是驚叫道：「哎喲，我的手。」

雖然她們手上也包著厚布，但因為用力過度，加上凍住的石頭有銳角，仍是弄傷了。看著謝姑娘的手流出血，辛湖和謝大嫂都嚇一大跳。

「快點包上。」謝大嫂直接撕了內裡衣襟上的一塊乾淨棉布，搶過小姑的手包紮起來。

「哎，回去後，妳們也做幾副我這手套吧。戴著手套，就不怕弄傷手了。」辛湖取下手套給她倆看。

「哇，這個手套好好啊！我也想要，妳怎麼縫的？」謝姝兒拿過手套，翻來覆去的試幾下，大叫道。

「很簡單，回去就教妳們，妳們也給家裡人一人縫一雙，像妳哥他們去砍柴，戴這個可好啦。能保護手不被柴草割傷，又不怕凍著。」辛湖說。

「太好了，真的謝謝妳。」謝大嫂開心的說。不只她和小姑戴上這樣的手套好，就是夫君他們大男人戴上也能保護手，畢竟現在大家都要幹活呢。

辛湖戴回手套，拿起地上的石頭，用力往冰面砸下去，只聽得「咔嚓」幾聲響，眼前的冰面破了幾個洞。沒想到辛湖隨意選的地方，居然有許多魚聚集在這裡，一敲破冰面，魚在洞下面受了驚，居然有好幾條魚想躍出水面呢。

「魚，真有魚啊！」謝姝兒興奮的大呼小叫，一點千金大小姐的模樣也沒了，就連一向端莊的謝大嫂也克制不住臉上的驚喜。

辛湖不理她們，繼續拿起石頭把那個洞擴大，直到能容納簍子了，才把早就繫好繩子的簍子丟下去。

看著她把繫著繩子的簍子丟進水去，姑嫂二人瞪大眼睛，緊張的看著水面，一動都不敢動，好像立刻就可以拉上一簍子魚似的。

「別著急，我們可以先玩會兒。」嘴上這樣說，辛湖東張西望幾下，最後還是老老實實的就近割蘆葦。反正等會兒殺魚肯定是要燃火堆的，還不如現在先備好柴草。

「不用割啦，我哥他們不都去割蘆葦了嗎？」謝姝兒說。

「這是留給我們等會兒要用。」辛湖說。
聽她這樣說，謝大嫂和姝兒也過來割蘆葦，只是怎麼也比不上辛湖的速度。
割好了一堆柴，辛湖才不緊不慢的過來收繩子，慢慢往上拉簍子。
簍子才一出水面，大家就看到裡面活蹦亂跳的魚，謝氏姑嫂都興奮的大叫起來。
辛湖也很開心，把簍子的魚倒出來，又去拉第二簍。今天的收穫相當不錯，兩次拉上來的簍子裡都裝著大半簍的魚，約有七、八十斤重呢。
不過現在多了謝家人，吃的人變多，這兩簍子魚可不夠分。辛湖又接著把簍子扔下水，然後開始和謝氏姑嫂收拾魚。
謝大嫂早就麻利的點了火，架起火堆，三人移到火堆邊，開始努力殺魚。
「還是阿湖有辦法，今天的收穫不小啊！太謝謝妳了。」謝大嫂看著地上不停蹦跳的魚，喜不自禁。她算是見識到辛湖捕魚的本領了，這麼簡單粗糙的方式，收穫卻這麼好，實在太令人吃驚。
「沒事，再拉兩簍子，每家都可以分到不少魚，夠吃好多天了。」辛湖嘴裡說著，手上也沒停，直接撿大魚來殺，並指點謝氏姑嫂，如何處理好魚的內臟，能吃的不要扔掉了。
謝氏姑嫂兩人看著她的動作，半天不敢動手，更不知道該如何處理這些魚的內臟？最終怕浪費，只敢拿小魚來殺，辛湖殺了四條約五、六斤的大魚之後，才發現這個問題，還以為兩人是不好意思拿大魚。

「妳們拿大的魚殺啊！幹麼光挑小的拿？」辛湖說著，乾脆把魚分了個堆，兩堆大小魚數量都差不多。一堆是她的，一堆是謝家的。

謝大嫂登時臉紅，期期艾艾的說：「哎，我倆不會殺這麼大的魚，怕弄不好。」

辛湖恍然大悟，笑道：「沒事，慢慢來。魚大是不好殺，我先幫妳們殺幾條吧，要不，妳們幫我殺小魚？」

「謝謝。那妳殺大魚，我們殺小魚吧。」謝姝兒說。

分好了工，三人齊心合力，動作還是很快的。等大魚都殺得差不多，謝氏兩姑嫂還在埋頭殺小魚時，辛湖又去拉簍子。沒想到，這次的兩簍魚比前面的還要多還要大。

看了成果，她情不自禁的笑道：「好多魚。今天運氣真是太好了。」

大家歇了會兒，分吃了謝家姑嫂帶來的兩個餅，又開始殺魚。弄的魚太多，三個人蹲得腳都麻了，謝姝兒不禁後悔的說：「早知道阿湖能弄上這麼多魚，我們就該帶小板凳來坐著幹活，這樣蹲著好累啊！我腿腳全麻了。」

「是啊，站起來活動一下，別說腿腳麻，就連脖子都痠了。」謝大嫂說著，和姝兒兩個拉起辛湖，三個人相互扶著站起身，開始在雪地上轉圈兒，順便扭扭腰、踢踢腿。

三人一直忙到砍柴的人們回來，還有一堆魚沒殺完，更別提還沒洗乾淨呢。

遠遠的聽到大哥他們的聲音，謝姝兒跳起腳來，大聲喚道：「大哥！大哥，在這邊，阿湖捕到了好多好多的大魚啊。」

謝姝兒的叫聲，引得眾人全朝這邊過來了。

「哇！這麼多魚！」謝公子和謝五簡直不敢相信自己的眼睛。

「妳們怎麼弄的？」謝五著急的連規矩都忘了，直接問。

「阿湖弄的啦，她直接拿簍子撈的。」謝姝兒答。

「真是個能幹的小姑娘。」謝公子笑道。

「劉大娘，這麼多魚，我們三家人一塊兒分。」辛湖叫住劉大娘。

「好咧，我來殺魚。」劉大娘也不客氣，麻利的接過辛湖手中的菜刀，開始幹活了。

「謝姑娘、謝大嫂，妳們把菜刀給我和大郎，我們殺魚，妳們先去洗魚，可以嗎？」辛湖問。謝家姑嫂殺魚速度可趕不上他們，洗魚卻不一定比大家慢。

「好啊。」謝大嫂答應著，一家四口全部去洗魚了。

劉大娘和大郎的加入，使得殺魚的速度變快很多。人多力量大，不到一個時辰，所有魚全部殺好、洗乾淨了，連內臟也都清理完畢，整整齊齊的分成三份。

劉大娘說：「我們家人口少，吃不了這麼多，你們兩家多分一點吧！」說著，她自己動手拿了幾條魚和一些魚內臟，剩下的她就不要了。

辛湖見狀，就在剩下的那堆裡又拿了一條大魚和幾條約一斤重的魚，加一部分內臟。

剩下的，大郎說：「謝大哥，這些你們拿回去，你們家人多。」

謝公子不好意思的說：「那就多謝大家了，今天我們又佔了便宜。」

「別說這種客氣話。大家住在一起，你們家勞動力多，以後，我們還得指望你們幫忙呢。」劉大娘笑笑，說。

「就是，這不算什麼。反正阿湖最會捕魚了，下次吃完再喊她來捕。」大郎也說。

一行人回到家，不僅帶回大量的柴草，還帶著這麼多魚，大家都很開心。

特別是謝家，謝老夫人簡直不敢相信自己的眼睛，問：「今兒怎麼弄到這麼多魚？就連柴草也多了幾捆？」

「娘，阿湖好厲害啊！她就隨便找了個地方，砸開冰層，把簍子扔進水裡，然後一拉上來，簍子裡就裝了大半簍的魚。拉了幾簍，就裝了這麼多魚。」謝姝兒興奮的說。

「弄好的魚我們三家分了。我們家人口多，就分得多些。今天劉大娘和大郎都去砍柴了，大郎沒要我們砍的柴。」謝公子接過話，解釋道。

「還有這些魚內臟，阿湖說可以煉成油，都是可以吃的，還說吃了對眼睛好。」謝大嫂又指著那小籃子的魚內臟，說。

「這孩子，還真能幹啊！」謝老夫人驚訝的稱讚。

「確實能幹，她懂好多呢。她今天還說，品行不好的人家不能嫁，還說阿姝應當去退親，再找戶比那家還好的人家，氣死他們。」謝大嫂想了想，還是把今天的事情說出來了。

「怎麼扯到這事上了？」謝老夫人皺眉，不滿的問。

「是我啦，我自己告訴她的。」謝姝兒連忙說。

「唉，阿湖這孩子說的話，話糙理不糙。但是，姝兒若退了這門親，再想找個比他們家還好的，就更難了。況且現在這麼亂，更加影響婚嫁。好人家恐怕都提早成親了，哪還有門當戶對的好兒郎留著啊？」謝老夫人長嘆一聲，說。

「那我就嫁個鰥夫，嫁個寒門子弟，也好過死皮賴臉的嫁到他們家去。人家不想娶我，就算逼他們娶了，他們會好好待我嗎？說不定到時鬧得更難看呢！」謝姝兒板起臉，直接表達自己的不滿。

這話把謝老夫人弄得生氣又傷心，話都說不出來了。

「母親，要不我現在就帶著謝五先上京去打探情況，看他們家究竟在搞什麼鬼？姝兒的親事雖然拖不起，也不能眼睜睜的把她嫁到火坑中去。」謝公子說。

「不行，現在這個樣子，你們怎麼上京去？最起碼得等到開春再說。」謝老夫人斷然拒絕兒子的提議。

天氣這麼冷，出門在外可是真受罪，一個不好，都有可能要人命。

不用出門幹活的日子，辛湖就和劉大娘、張嬸嬸、謝大嫂、謝姝兒一起做針線活。

辛湖的針線活最多。他們家一家子男性，獨她一個女孩兒，真是有做不完的活兒。況且她女紅水準極差，跟著劉大娘也學了兩個來月，將將學會納鞋底和最基本的縫縫補補，針腳卻怎麼也縫不均勻。

今天，她在縫一張厚被子。當初江大山帶來的包袱多，她在劉大娘和大郎的幫助下，把包袱皮連帶裡面的衣服全部清洗過一遍，準備做兩張被子出來用。至於江大山帶來的大量衣服，除了要幫阿毛改兩身衣服之外，其餘的她準備全部拿來縫被子。

因為洗這些厚衣服曾讓辛湖吃足苦頭，她這回特別要求先拿那些粗布做的包袱皮，縫一條被套出來，再把縫好的被子裝進去，以後只要洗被套，不用再洗被子了。

「幹麼這麼麻煩啊？只要先縫一張大點的被面，再縫張小點的裡面，然後把兩張被子縫起來不就行了嗎，幹麼非要縫成一個套子？到時候妳洗這麼大、這麼厚的套子，還不是一樣拖不動、曬不乾。」謝姝兒說。

辛湖卻堅持自己的想法，說：「我這被套縫好後，直接把被子套在裡面就行了，像妳們這樣包起來再縫，多麻煩啊。雖說洗是麻煩了點，但天這麼冷，誰會天天去洗它？而且天不太冷的時候，拿這被套當夾被蓋也好啊！」

「行，就妳會說。」謝姝兒說不過她，只得老老實實在一邊幫她縫被子。

謝大嫂縫好手套，也來幫她倆的忙。

「阿湖，妳有沒有想過做手套拿出去賣，貼補點家用？」謝大嫂問。她也不想白占阿湖的便宜，畢竟這手套是阿湖想出來的。手套這小東西，雖然沒多大的秘密，拆個一、兩副就能學會，但用處卻不小。

「確實可行呢。只不過就算現在做了，能拿到哪裡去賣？」劉大娘反問。

「就是，賣什麼賣啊。就這點子小東西，別人買回去，拆開就學得會，能賣幾個錢？」辛湖搖搖頭，說。

既然提到做生意賺錢的事情，她倒想套套大郎的口風了。如果大郎就一點兒銀子，只能用個一年半載的，還是得想些辦法賺錢，真靠他們幾個人種田來養家，她覺得挺懸。這裡的人，就她和大郎會一些農事，其他人看來是全然不懂的。

兩個半吊子人，帶著一群從沒幹過農活的人能種出多少莊稼來，還真不好說，搞不好，連種子都收不回來呢。

而且還要看自然變遷，就算在現代，遇上大災害，都有可能顆粒無收。這可是生產力、勞動力落後的古代，誰知道辛苦一年，能收到多少斤糧食啊？一想到明年甚至後年，都有可能繼續過現在這種吃不飽、拚命找食的生活，辛湖就怏怏不樂，連被子也沒心情縫了。

身為一個資深吃貨，畢生最大的追求就是吃各種美食，然後在吃的過程中找到一個合心意的老公。要是讓她連吃的都沒得選，還活個什麼勁啊？暫時的困境她能忍受，但長期過這樣的生活，那還不如直接翹辮子，說不定還能再去投胎呢。

「哎，阿湖在想什麼？怎麼突然間苦著臉了？」劉大娘不解的看了看謝姝兒，再看看謝大嫂，姑嫂二人都莫名其妙的搖頭。大家都不知道辛湖為啥突然間就不高興了？

「不會是為了這被子吧？」謝姝兒說。

「我來幫忙，我們三人手快，應當能趕出來。」劉大娘說著，放下自己的活兒。

「給我也拿兩塊過來，我多少能幫點忙。」張嬸嬸連忙說。

辛湖只顧著想事情，等她回過神來，才發現這一屋子的人全在幫她縫被子，就連懷孕的張嬸嬸，手中都捏著兩塊布，正在飛針走線。

「哎，放下放下，您一邊歇著吧。」辛湖連忙去制止張嬸嬸。

「沒事。我閒著無聊，縫兩針玩玩罷了。」張嬸嬸笑道。

「又不急這一、兩天的工夫，我自己慢慢來縫。謝大嫂、劉大娘，妳們都放下吧，有謝姑娘一個人幫我就夠了。我明天再縫一天，還縫不完，就後天再幹一天。」辛湖說著，撿起手中的活兒。

「沒事，我也不過是縫幾副手套而已，又沒其他的活要做。」謝大嫂忙著解釋，手上仍不忘飛針走線。這些人當中就數劉大娘和謝大嫂女紅水準最高。

劉大娘也笑著說：「就是，我們先幫妳把這被子縫好，再慢慢做其他小活兒。都是些不急的，反倒是妳這被子最急了。」

辛湖見說不過她們，也不好意思再推辭了。她乾脆放下手中的針線活，說：「那我不縫了，反正我縫得也最差。我先回去了，妳們不是都喜歡吃我做的魚嗎？今天，我做個三鍋三味，讓每個人都能吃個飽足。」

魚雖然家家都是一個樣，但各自做出來的味道卻不同，再加上辛湖廚藝本身就比劉大娘和謝大嫂高出太多。她這麼一說，大家都樂得同意。

「太好了，妳快走，快去弄魚。」謝姝兒第一樂意了，連連揮手讓她快點走。其他三個大人被謝姝兒弄得哄堂大笑起來，謝大嫂不好意思的說：「姝兒，人家阿湖還是個孩子，妳就顧著自己好吃。」

「嘿嘿，不是她自己說要給我們做的嗎？再說，大嫂不想吃嗎？」謝姝兒不以為然的笑道。就她和大嫂兩人的廚藝，做出來的飯菜勉強能吃罷了，想要有多好的味道，是不可能的。

「還別說，阿湖這孩子廚藝真正高，我們都特別喜歡她做的菜，再普通的東西到她手裡，她都能做出最好的味道來。」劉大娘也笑著附和。

「不過，既然阿湖去做菜。我們兩家不如各自做些飯，乾脆三家一起聚個餐，怎麼樣？」謝大嫂提議。

「行，怎麼不行。你們來這兒，我們還沒有一起熱熱鬧鬧過呢！」張嬸嬸說。

「謝大嫂，阿湖家一向吃的都是雜糧粗麵，他們家糧食不多，妳不要淨煮白米飯。如果妳家沒有粗雜糧，就摻些白菜、鹹菜，再切兩塊鹹肉一起悶鍋稠粥，或者飯也行。我來攤些餅，一樣也會加些粗麵和菜進去。」劉大娘說。

「大娘，這是怕他們家不好意思吃我們的飯嗎？」謝姝兒問。

「是啊。他們家孩子多，幹活的少，一向都是吃菜粥，還沒吃過一頓純米飯呢。」劉大娘嘆了口氣，說。

因為三家的糧食都不同，他們三家不會在一起吃飯，總不好你家吃著粗雜糧，看著人家吃著白米和精麵吧？這也是辛湖沒提三家在一起吃飯的原因，只說做魚給大家吃。她是準備做完魚，給各家分幾碗的。

第十九章

因為要準備攤餅，這也很花時間，劉大娘縫完最後幾針，就先去廚房忙活了。謝大嫂只要悶飯，費的時間短，就又多縫一會兒才回去。

「汪妹妹，妳回去順道跟阿湖說聲，讓她不要煮飯了，我們三家一起吃飯。」張嬸嬸提醒道。

「好咧。」謝大嫂應了句。回家後，她直接對婆婆說：「娘，今天我們說好了三家一起吃飯。阿湖在做魚，我要和劉大娘各做些飯，送到他們家去，大家一起吃。」

「好，妳多煮些飯。」謝老夫人二話不說就同意了。

阿土這會兒正在一邊立規矩，見到母親回來，嘴一癟，就想撒嬌哭鬧。結果，謝大嫂像沒看到他一樣，直接去廚房幹活了。

謝老夫人看阿土又收了哭相，心裡暗笑，卻又故意板著臉，阿土立刻又規矩起來。

剩下的謝姝兒和張嬸嬸兩人還在飛針走線，奮戰在縫被子的最前線。

昨天剛弄回來百來斤魚，家裡的魚多得很。辛湖除了醃製兩條最大的魚之外，其他的大魚、中等魚、小魚再加上大量的魚內臟都還放在一邊。原本最大的魚，拿來做魚板或魚丸最好了。

可是家裡不僅沒有新鮮肉，生粉這些玩意兒就更別提了，連個雞蛋也沒有，根本就無法做魚板和魚丸子。辛湖只好把這兩條最大的魚砍成塊，放一些鹽醃起來，等風乾後，慢慢烤著吃。其他的魚，既沒有多餘的鹽醃，也沒有油來炸，再加上天氣冷，放著暫時不會壞，她乾脆直接裝在籃子裡，一部分吊到院子去，讓它們自然凍著，一部分放在灶房的隔間裡。

辛湖想著自己手邊的材料，也不過是一些自製的酸白菜，一些原屋主留下來的大醬，還有就是在外面菜地裡找到的一點乾辣椒和蔥蒜了。材料太少，也只能做一道酸菜雜魚鍋，一道大醬紅燒魚塊，一道清燉魚片湯了。這三道菜她都已做過幾次，自然毫無壓力。

但今天最大的考驗是，這三道菜都得做出一大鍋，三家才夠分。這只怕要用上二、三十斤魚才行，光是切魚，她都得忙好久呢。

怕自己一個人忙不過來，辛湖衝到前面喊：「大郎，過來幫個忙！」

「什麼事？」大郎邊走邊問。

「我今天要燒三大鍋魚，分給他們兩家吃，你給我打下手，我怕一個人忙不過來。」辛湖說著，取一條大魚，示意大郎先把魚頭砍下。

「要砍幾條？」大郎問。

「大魚的頭全砍下來，然後把這幾條小些的魚全砍成小塊。」辛湖指著籃中的魚說。魚頭燉湯味道好，越多味道越濃；中等的魚砍成塊，做紅燒魚塊。

大郎在砍魚頭，辛湖去拿酸菜，這回她足足拿了五顆酸白菜出來，那一罈子的酸菜立刻少了一半，酸菜得先泡在乾淨水裡去味。

大郎動作很快，砍魚頭、斬魚塊的速度比辛湖還俐落。前世當伙頭兵時，菜肉都是大量切，這會兒處理魚，他做的比辛湖還要更快更好。廚房裡一陣「咚咚」聲響起，大郎砍下的魚頭，全被辛湖撿到一邊去。然後她又把大郎砍下的魚塊裝入小盆中，撒一些鹽醃著入味。

「還要我幹麼？」大郎斬完魚塊，又問。

「去把我泡的酸菜洗乾淨，要捏著洗，至少洗三遍，然後擠乾水，晾在一邊就好了。再來就是，幫我割一把蔥苗回來。」辛湖吩咐道。

大郎轉頭走了，沒一會兒卻是平兒拿著蔥苗回來。辛湖移植幾個破罈子的蔥苗與蒜苗放在房間裡，靠著火炕的溫度，這破罈子裡的蔥苗和蒜苗都長得極好。平時辛湖用蔥多一些，蒜她打算留著當種子。這麼點東西，平兒全摘下來，也不過是剛好一把而已。

「大姊，全割了，也就這麼多。」平兒說著，把蔥苗放進洗菜的水盆裡。

「嘿，這下還要過十天半月才會有蔥苗吃了。」辛湖苦笑道。

不過，平時這玩意也就是在蓮藕湯裡放一點，或者魚湯裡加一點，省著用勉強還夠。這蔥香得很，味道極好，不像現代的光是樣子大，卻一點也不香；這蔥雖長得細細嫩嫩的，也不過是筷子高而已。還得虧辛湖養得仔細，要不然只怕長得更細更小。

現在剩下最考刀工、最耗時間的片魚片了。辛湖足足片了三條大魚，花費約半個時辰，片出來的魚片裝有一整盆呢。

片完魚，辛湖最先做的是熬魚湯。把幾個大魚頭，片完魚片留下來的魚肉、魚骨、魚尾等物，先用魚油煎一會兒後，再加水慢慢燉。這湯是留著做魚片清湯用的。熬好了湯，再把裡面的東西撈出來。

接下來，辛湖才開始正式做菜。

第一道自然是酸菜雜魚鍋。先把雜七雜八的小魚再加上魚腸、魚膘拿魚油煎一會兒，煎香後，再炒已經切好的酸白菜，酸白菜下鍋之前，爆一點乾辣椒。再把這炒好的酸白菜和煎好的雜魚等物一起燉，出鍋之前再把那些已經燉過的魚頭、魚尾等一起加進去。

這道菜又酸又辣，味道才一出來，就吸引滿屋的孩子開始流口水。平兒帶著大家已經來廚房轉兩圈了。

「還不能吃，沒有熟呢。今天讓你們吃個飽，人人都有一大碗。你們先去玩一會兒，菜熟了再叫你們。」辛湖不得不對他們許諾，幾個孩子才流著口水不情不願的回房裡去玩。

這道菜散發出香味的時候，劉大娘和謝大嫂也各自開始做飯了。她們都只做飯，不做菜，謝大嫂直接煮一大鍋白菜鹹肉粥；劉大娘和了麵，烙了一堆加了不少粗麵和蘿蔔絲的餅子。

鍋裡的酸菜雜魚放著慢慢燉，辛湖又生了另一口灶，開始做紅燒魚塊。魚塊太多，她一共煎了五鍋才煎完，然後再把煎好的魚塊，加入大醬和蘿蔔絲一起煮。

紅燒魚塊快起鍋時，辛湖又去喊大郎了。

「做什麼？」大郎問。

「去把桌椅準備好，再去喊謝家人，順帶向謝家弄一點素油過來，我炒蓮藕，謝老夫人吃素。還有讓小石頭回去叫劉大娘和張嬸嬸，我這菜快好了，馬上就可以開飯了。」辛湖嘴裡說著，手上還在忙著切蓮藕片。

既然三家人一起吃，只有三道菜，怕是不夠，她打算再炒個蓮藕。要像往日燉蓮藕湯是來不及了。她記得謝老夫人慣吃素，雖說在這亂世已破了戒，但是招待人家還是細心點好。因為家裡沒有素油，炒蓮藕就只得去謝家弄點油來用了。

大郎帶上小碟子，去謝家找謝大嫂弄裝一碟素油回來。辛湖炒完蓮藕片，油還有多，一想到謝老夫人只能吃一道菜，她又覺得不好意思，乾脆切了點蘿蔔絲，在開水裡汆燙一下，把剩下的油倒入鍋裡，加點乾辣椒和鹽去熗，拌了一盆蘿蔔絲。

等劉大娘提著一籃餅和謝大嫂端著一大鍋飯過來時，辛湖的最後一道菜，魚片清湯也要起鍋了。翻滾的奶白色魚湯裡，浮著嫩生生的魚片，再抓一把蔥花撒進去，那香氣立刻飄得滿屋子都是。

大郎在一邊偷偷吸一口口水，一邊和平兒把家裡和從兩個鄰居家借來的破桌子、爛椅子全找出來，開始在堂屋裡擺放起來。

女人這一桌，謝老夫人年紀最大，張嬸嬸是個孕婦，劉大娘也算是長輩，自然是要占個座位。謝大嫂、謝姝兒、辛湖當然只能站著了。

男人們這一桌，江大山、謝公子、受傷的謝三都有座位，謝五和大郎只能站著。

至於孩子們就隨他們的便了，愛在哪桌就在哪桌吃，反正都得站著，也不講究什麼規矩，現在已經一人端著一個碗在喝湯。魚片湯又營養、又鮮美，每個小孩子都喝得津津有味。

身為陳家唯一的大人，江大山這個舅舅不得不拿出主人的架式，第一個拿起筷子，招呼大家說：「我們這小地方，小門小戶的，也不興什麼男女要分開了，食不言寢不語的規矩也不講，大家就隨意吃。」

謝老夫人難得參與這種場合，當然入鄉隨俗，笑咪咪的說：「老身今天有福了，能和大家夥兒一起熱鬧熱鬧。」

「娘，這是阿湖特意給您弄的兩道素菜。」謝大嫂給婆婆夾了兩片蓮藕，和一筷子蘿蔔絲。

謝老夫人若有所思的輕掃了阿湖一眼，心想這孩子年紀這麼小，就心這麼細，著實難得，人卻依舊笑咪咪的說：「多謝小阿湖了。」

她嚐了這兩道菜，又笑著對謝大嫂和謝姝兒說：「果然，阿湖廚藝比妳倆高。就這兩道普通小菜，妳們也天天炒，就沒她一個小孩子炒得好吃。」

謝姝兒不服氣，嚥下嘴裡的湯，說：「我就不信了，不過是在鍋裡炒幾下，這麼簡單的菜，我們倆還比不過她？」說著，她立刻夾起兩片蓮藕，快速的嚼起來，然後又不死心的夾一筷子蘿蔔絲。

「怎麼樣？」謝老夫人見女兒吃完了不吭聲，追問起來。

「阿湖確實炒得更好吃些。不過比起這小菜，我還是更愛吃魚。」說著，謝姝兒夾一個魚頭，慢條斯理的吃起來。

謝老夫人笑著搖搖頭，和劉大娘說：「我這個女兒啊，被我慣壞了，還比不上阿湖一個小孩子家家的。」

「有人慣是福氣呢。」劉大娘笑道。

「謝姊姊可比我會做針線活。」辛湖在一邊搭了句話。

「妳才多大點，她多大啦？還能不比妳做的好嗎？」謝老夫人說。

「嘿嘿，阿湖就是像大嫂這麼大了，針線活也不一定比我強。」謝姝兒洋洋自得的說。

「妳怎麼說話的呢！」謝老夫人皺眉輕聲喝罵女兒。

「這話沒錯。阿湖什麼都好，但針線活還真不在行。」劉大娘笑著附和了謝姝兒的話。

「是真的。我真做不了針線活，勉強縫幾針就想打瞌睡了。叫我做什麼活都行，就是千萬別叫我做針線活。」辛湖點點頭，苦著臉說。她真心不喜歡針線活，卻不得不做。等以後條件好，她一定要雇人專門做這些，再不拿針了。

「等再大幾歲，就好了。」謝老夫人說。

「阿湖這女紅，是沒多大指望了。不過也不怕，左右有我們大家幫襯著，她學會做其他小活計就行了。阿湖，下次再多弄幾道好吃的菜，妳有什麼針線活要做，就來找我們。」張嬸嬸也跟著打趣道。

「娘。妳要不要喝點魚湯試試？這魚湯清亮鮮美的緊呢。」謝大嫂連忙岔開話題。她也很清楚，辛湖在針線活上，是真不行，她就好像少長了那根筋，怎麼也學不會。

謝老夫人已經破了吃素的習慣，畢竟在逃難途中，哪能挑三揀四？她要是繼續堅持，不是給兒女添麻煩嗎？雖說仍吃不慣大葷，但這會兒聞著魚湯格外鮮，又聽了兒媳的話，忍不住也想試試。「好，我嚐嚐。」

謝大嫂給她裝小半碗，謝老夫人小心嚐了嚐，把碗裡的湯全喝了。

「還真是鮮美啊！這兩道菜魚，我也各嚐一嚐，看有什麼區別？」

謝大嫂見婆婆難得對葷食起了興致，連忙又給她舀半碗酸菜魚湯。

謝老夫人嚐過後，驚訝的說：「阿湖，這湯又酸又辣，味道夠可以了啊。真開胃。」

「裡面的酸白菜可是阿湖自己做的呢。」劉大娘說。

「哎喲！阿湖這廚藝，真正趕得上大廚了。難怪說不會針線活，敢情這心眼全長到做菜上去了。」謝老夫人驚訝至極，說了句玩笑話。

「嗯，阿湖弄的菜真好吃。大嫂，我們要找她學學。」謝姝兒吃魚喝湯，忙得不亦樂乎，還要開口說話。

眾人摀嘴輕笑，謝老夫人沒理女兒，和張嬸嬸、劉大娘邊吃邊說閒話。

謝公子和江大山則一副相逢恨晚的模樣，邊吃邊談天，談興高得很。

江大山還可惜的說：「要是有酒就好了。」

「有酒……」大郎一句話還沒說完，突然想起江大山身上還有傷，連忙接著說：「有酒你也不能喝，等傷好了再說吧！」

一句話說得江大山不好意思的「嘿嘿」笑了幾聲，他剛才還真以為大郎會拿出酒來呢。

謝公子也不好意思的笑了，說：「今天多謝阿湖妹子了。小妹妹這廚藝真是太好了，吃得我們都饞起酒來。」

「哥，你是不是覺得我們做得不好吃，該向阿湖學學了？」謝姝兒像是聽到他的心聲一樣，瞪大眼睛，衝他說。

謝公子面上閃過一絲尷尬，又很快恢復笑容，說：「那是。妳倆就算只學會今天這五道菜，我們就心滿意足了。」

謝大嫂不好意思的看了謝公子幾眼，紅了臉低下頭。

謝老夫人看了看兒媳，再看看只知道吃的女兒，笑著說：「阿湖，妳肯教她們嗎？就這五道菜。要是她們也有妳這手好廚藝，以後可不愁了。」女兒的婚事已經成了她的一塊心病。其實女兒各方面條件都不差，如果再加上廚藝好，要挑個稱心的女婿，就又多了幾分籌碼。

「可以啊。」辛湖笑道。她一點也不藏私，反正她也不是什麼名師大廚，不怕徒弟學會了，搶走師父的飯碗。

「那就先謝過了。」謝老夫人笑道，抬眼望一圈，又向江大山說：「你這個外甥女，我真是太喜歡了。既然說好要教我的兒媳婦和女兒學做菜，我就厚著臉皮，托個大，和阿湖認個乾親，怎麼樣？」說著她又看了看劉大娘，意思是讓她做個見證人。

「呵呵，阿湖自己決定吧。」江大山笑，卻把問題扔給辛湖。

辛湖求救似的看向大郎，她不知道該如何拒絕謝老夫人的好意？一來，她不太想認個長輩當乾親，怕給自己弄了個管束，謝老夫人這種世家出身，她有點怕。二來，她也不喜歡弄得這麼正式，在她心中，教人學做菜，一點也不算什麼。

接受到阿湖的目光，大郎想了想，開口說：「我說，還不如阿湖和謝姑娘認作姊妹呢。」

大郎的提議得到大家的認同，兩個女孩結為乾姊妹，總比謝老夫人認辛湖作乾女兒或者乾孫女兒要隨意的多。

「哈哈，我以後就有妹妹了。阿湖，來叫聲姊姊，以後有什麼事，姊姊都幫著妳。」謝姝兒學著江湖兒女的語氣，豪放的說。

辛湖也不扭捏，從善如流的叫了聲。「姊姊。」

謝老夫人看著女兒，又是好笑又是好氣，說：「阿湖，妳既然和姝兒結了乾姊妹，我這做長輩的，總得給個見面禮。」說著，她取下手腕上套著的一對古樸厚重的銀手鐲。「這手鐲子，我戴了多年，算不上什麼好物品，卻是我很喜歡的。」

辛湖又看大郎，大郎微微點點頭，她才一副高興的樣子，接過來說：「多謝老夫人了。」

謝大嫂見婆婆掏了東西，也立刻從頭上取了把銀梳，說：「我這個小玩意兒不起眼，卻能梳頭髮，阿湖快點收下，這可是我拜師之禮呢。」

她這麼說，辛湖反倒不好意思不收了。

不過，謝大嫂給的這把銀梳看著普通，但拿在手上，她才知道分量還不輕，手工也十分精緻，上面還雕著梅花圖案，是件非常好又實用的東西。

謝姝兒伸手在自己頭上、耳上、手腕上一陣亂摸，才發現自己居然一件像樣的東西也沒帶，連忙不好意思的說：「我回去拿。」

辛湖連忙拉住她說：「我可沒什麼東西送給大家啊，妳別拿了。」

「那可不行。妳是小的，當然是收禮的人啊！況且，我還指著妳教我學做菜呢！」謝姝兒說著，掙脫她的手，起身就走。

怕她又拿什麼首飾過來，辛湖連忙喊：「妳不如給我兩根頭繩，或者兩條手帕。」

「就是，阿湖就是想著漂亮的頭繩和手帕，家裡可沒這些東西。」大郎連忙添了兩句話。

謝姝兒很快就回來了，真的拿了幾根頭繩和幾條沒用過的新手帕。只是手帕是素面的，什麼也沒有繡。另外，她還拿了個舊的小木盒，裡面裝著幾朵漂亮的頭花，都是小姑娘用的，不貴重卻很好看。

辛湖本來不好意思收這麼多禮物，但禁不住大家的勸，最終還是都收下了。不得不說，今天她收穫頗豐，只是現在這些物件，除了頭繩和手帕，其他東西都還用不上。

劉大娘和張嬸嬸自然也在一邊湊熱鬧，說著打趣的話。一屋子的人，都樂呵呵的，熱鬧得很呢。

第二十章

夜裡，大家都散了，幾個小的也睡下，辛湖和大郎還在灶房收拾、洗碗筷。

「今天得了這麼多禮物，我拿什麼還啊？」辛湖為難的問。

「沒什麼。反正她們要跟妳學做菜，妳就用心點教，讓她們都學幾道拿手好菜。」大郎不以為然的說。

「油鹽醬醋都不齊全，除了白菜就是蘿蔔，拿什麼東西來教她們？還拿手好菜呢！」辛湖不滿的反問道。

說著說著，她又想起在這個地方，吃沒得吃，穿沒得穿，還得天天幹活，剛才的好心情立刻變壞了。她「啪」的一聲扔下手中的掃把，不滿的衝大郎瞪了幾眼。

大郎被她瞪得莫名其妙，根本就沒搞明白她為何突然間就生氣了？

辛湖卻越想越難受。她一想到，就算開春能種田，但只靠他們幾個，還不知能不能種出些糧食來？接著又想到，要是還得一直過這種缺衣少食的生活，她不知道自己能堅持多久？

對一個早就習慣現代繁華熱鬧生活的人來說，長年累月待在這人煙稀少的地方，每天過著日出而作，日落而歇，還節衣縮食的貧窮生活，一點娛樂也沒有，又有什麼意思？簡直浪費自己穿越一把的福利！

大郎幹完手中的活，看到辛湖剛才還只小發一把脾氣，這會兒臉上烏雲密布的樣子，著實無法理解她的心情。不過這個時候，他也不敢觸楣頭，只能無聲的長嘆口氣。

他小心的問：「喂，妳又怎麼啦？」

「這種生活，你不覺得煩，不覺得沒盼頭嗎？」辛湖幽幽的反問。

在現代，她自己賺錢、自己做飯，偶爾和一、兩個朋友出去玩，閒時上個網、玩個小遊戲、看看小說、追追劇，日子其實過得輕鬆也很自在。

「現在雖然過得艱難，但我們有吃的、有穿的、有屋子住，已經算很不錯了。妳看謝家人，他們出身不知比我們高了多少，還不是跟我們一樣過這種生活啊？再說困難只是暫時的，妳放心，熬過這段時間，我們的日子會慢慢好起來。」大郎安慰道。

「話是這樣說啊，可明年又是什麼樣，誰又曉得？」辛湖有氣無力的反駁他，完全無法被他這幾句話鼓動起來。

「明天我們種些莊稼，再去遠處山上找點野物，日子一定會慢慢好起來。」大郎早就規劃好這些事情，也制訂了一些生活目標，他對往後的日子還是很有信心。

「哦。那要是明年我們種不出莊稼，又找不到野物，怎麼過活？」辛湖又問。

「怎麼會呢？只要我們勤快些，多少能有些收穫。再說我手中有銀子，實在不行就去買，哪會讓大家餓死啊？」大郎不以為然的說。他就不懂，明明一切都朝他設想的方面發展，日子也慢慢變好，為什麼辛湖還會這麼煩躁不安？

一說到銀子，辛湖又想到白天自己還在想著，要掏掏他家產的事，立刻順著話題問：

「你有多少銀子？夠我們一家子吃喝多久啊？」

「上次舅舅不是給了二百兩嗎？如果粗茶淡飯，光靠這二百兩就可以讓我們一家子吃喝幾年了，更別說娘還給我留一些呢，妳怕什麼？就算我們不事生產，還頓頓吃肉，餐餐都有大米精麵，我也養得起你們。妳就放寬心吧。」大郎笑道。

「哦。」辛湖點點頭，心情總算好多了。

「好啦，別胡思亂想了，早點歇著吧。明天我還要和他們出去砍柴呢。」大郎打了個哈欠，回房去了。

等大郎走了，辛湖洗著臉，才發現自己根本就沒從大郎口中得到他究竟有多少家產的消息，直接就讓他給哄過去了。

「媽呀！我還真不如個小屁孩呢。」辛湖氣惱的拿熱布巾蓋在臉上，又好氣又好笑。大郎這傢伙還真不好對付，說來說去，居然根本就沒交代他有多少家底，嘴巴真緊呢。

反正這個家是大郎在擔，而且她就是個操不了太多心的人。以後的日子，以後再說吧！

想通了，辛湖上炕一躺下，就呼呼大睡起來，搞得大郎又是羨慕又是好笑。這小女人，心裡真不裝什麼事，活得沒心沒肺，說睡就睡了，害他白擔心，今晚她會不會愁得睡不著呢？搞半天，人家說完就不管了，卻把問題全扔給自己。

剛才辛湖說的，要是明年種不好莊稼的事，確實讓他記在心裡。說起種莊稼，他雖然曾種過一些，但那也是很久以前的事。況且那時種的莊稼跟這邊的也不同，各地氣候差異，種的莊稼品項自然也不一樣。

他們當時種的莊稼，大多是些易存活，還不怎麼需要人管的粗糙物種。比如，他就記得那時年年都種好大一塊南瓜地。南瓜這玩意雖是個粗物，卻非常容易結果，又多又大，是用來補充糧食不足的好東西。

那時大家頓頓都吃南瓜粥。軍中伙食差，糧食經常不夠吃，大量的南瓜給他們補充不少養分。那段時間人人都能吃飽肚子。吃不完的新鮮南瓜，還會被大家曬乾，留到冬天缺糧食又種不了菜的時候吃。

大郎這麼一想，又翻來覆去的睡不著了。他還真害怕，明天種不了什麼東西出來。

大郎動來動去的，偶爾還發出幾聲暗嘆，雖說動靜不大，但偏偏江大山今晚也睡不著，他本來聽覺就靈敏，又在夜深人靜之時，不由得好奇，大郎是在為什麼發愁？

第二天，大郎起得晚，心裡又有事，也懶得去砍柴，就懶洋洋的待在家裡閒著。

辛湖吃過早飯就去找人一起做針線活了。

江大山見幾個小的孩子們玩得開心，乾脆把大郎叫過來，問：「你昨夜怎麼回事？我聽你長吁短嘆的，小小年紀，就有什麼心事不成？」

「也不是什麼大事，就想著明年開春的農事。」大郎不好意思的說，也趁這個機會想問舅舅懂不懂農事？

「怎麼，就你們這三、兩隻貓兒，還能真種多少糧食不成？」江大山好笑的問。

這一屋的孩子，最大的大郎也就這麼大點，大寶完全是個負擔，平兒也不過是稍微能幫下手，還真能指望大郎和阿湖兩人去種多少田啊？就他們這兩小屁孩，他打從心裡就沒想過，他們能種出養活一家子的糧食來。

如果說蘆葦村人多地廣，他還能相信大郎和辛湖跟著村民們學著種過，還勉強能行。

「不種，我們吃什麼？」大郎問。

「好啦，你考慮得也太多了吧？有啥能種的，就種啥了，收成還不都看老天的啊。」江大山不以為然的說。

他一點都不覺得自己會養不活這幾個孩子。本來孩子們自己就勉強能生存，再加上他一個大男人，只會過得更好。別的不說，孩子們種些菜蔬是沒問題，湖裡有魚、有蓮藕，山上有野果、野菜和獵物，就這些勉強也能混個溫飽。

至於米麵什麼的，就算外面因為災荒少了買賣的，他也不愁弄不到這幾人的口糧。當初他們和蔣大人弄到的幾萬斤糧食，總歸是有去處的。那時為了順利帶走阿毛，他帶著一隊人馬，與蔣大人的心腹蔣小雨一行人分頭行事。

他現在等著養好傷，就會出門弄糧。離此地不多遠的縣城，原本就是個魚米之鄉，沒受災又得清明有力的縣老爺管轄，拿著銀子哪會買不到糧食？二百兩銀子，買些米糧再摻些粗麵雜糧，夠一家子人吃喝幾年了。

所以江大山一點也不擔心會沒糧食吃。多的沒有，幾個人的口糧而已，怎麼著他都能解決。至於能不能種出糧食來，他根本就沒放在心上，能種最好，就是不種也不會讓大家餓死。

「這麼說，舅舅是胸有成竹嘍？」大郎興奮的問。

「你就別操這麼多心了，到時候，我便能搞些糧食回來，不會讓大家挨餓。」江大山笑笑，憐愛的伸手想摸摸他的頭。這孩子小小年紀的，就擔著一家的重擔，確實難為他了。

大郎身子微僵，裝作被弄癢的模樣避開江大山的手。他雖是孩童的身子，卻是大人的性子，更何況，被當成小孩疼愛的記憶，早已久遠了。

況且想到兒時記憶，就會想起陳家人那涼薄無情的嘴臉，他就無法不恨陳家、不恨自己的軟弱無能。所以，他要徹底與陳家斷絕關係，否則他無法控制心中那些強烈的恨意，他不想讓這些恨意毀了新的生活。

不過，有了江大山的承諾，大郎的心情倒是輕快許多。不管怎樣，他很清楚自己現在這副孩子身體，很多事情還辦不到，有個大人在身邊，辦起來卻容易很多。

辛湖自然沒想到大郎會愁得一夜沒睡好。她本就不愛裝很多心事，她一向的處世哲學就是：放開心胸，能吃就吃，能睡就睡。也許一覺之後，昨天那些是天大的事情，今天就迎刃而解了，何必把自己搞得苦兮兮？

雖然，她來到這個貧窮又困苦的時代之後，一點也不滿意，還一直抱著得過且過的心態，存著做一天和尚敲一天鐘的態度，並沒做什麼長遠的打算。儘管仍有壓抑之處，導致她累積許多負能量，但發洩出來，加上一夜好眠後，第二天她就拋掉昨天的煩心事。

辛湖和謝大嫂幾個女人，今天依舊忙著幫辛湖家縫被子。幾個人一起動手，速度快得很，本來昨天就完成一大半，這不，才一個多時辰，新的被子、被套就全縫好了。

「來試試妳這個被套。」謝姝兒提起手中的被套，衝大家說。被套這東西，她們以前都沒見過更別談用過，還是第一次聽辛湖說起，也是第一次做出來。

辛湖笑了笑，把劉大娘她們縫好的被子抱過來，捏起兩角，往被套裡塞，全部塞好後，就讓謝姝兒和她一人一頭，兩手各牽一角，準備抖幾下，把被子抖平整。不想她人小、胳膊短，兩隻手分開根本就捏不到被子的兩角。

謝大嫂咬唇輕笑，接過辛湖手中的被子，和謝姝兒兩人一起抖幾下，就把被子弄平整了。

然後，辛湖把開口處的繩子打上結。

「怎麼樣，方便吧？」辛湖看著大家得意的說。這被套要是不好用，後世也不會流行起來。

「確實很方便。」劉大娘帶頭稱讚。張嬸嬸、謝氏姑嫂都直點頭。

「好是好，就是不知道這被子會不會在被套裡面捲成一團？」謝大嫂有些懷疑的問。

「怕什麼？隨便縫幾針，固定好就行，也可以在四個角落，縫上帶子繫好。」辛湖答。這個問題很好處理，這是無數人早使用過的東西，一些缺點早有解決辦法。

「這若在面上繡些花，會不會更好看一些？」張嬸嬸問。

別說像她們這些大戶人家，就算是稍有家底的人，被面上都會繡各種花草鴛鴦等等。尤其是新嫁娘的被子，肯定不能這麼素的。

「不僅可以繡花，還可以拼接啊！甚至在四邊縫上流蘇和花邊都可以，想弄多漂亮就能弄得多漂亮。」辛湖說著，選幾塊碎布剪成一大四小的簡單心形圖案，在被套的面上擺放，做裝飾。

「我們還可以剪些布條，像這樣做花邊。」她邊擺出心形圖案，邊在圖案四邊圍一圈荷葉狀的花邊。

她雖然女紅不好，卻很會做菜，有段時間迷上給菜搭配漂亮裝飾，比如拿紅蘿蔔、白蘿蔔雕成圖案等，只要不讓她用針線去繡，剪貼幾個簡單好看的圖案，她可是很拿手的。

「嗯，不錯，這麼一弄就漂亮多了。」

謝大嫂眼睛一亮，接手來幫她。

「哎，等等，不能全用這麼灰不溜丟的顏色。我去找幾塊鮮亮點的布頭過來。」劉大娘著急的說。

「對了，姝兒也回去找些小布頭過來。」謝大嫂也極興致勃勃說。

「哎，別，這麼粗糙的布，要那麼鮮亮的點綴做什麼？」辛湖連忙攔住大家。她擺這些，只不過是為了讓大家明白，被套也可以做得很漂亮，並不是想讓自己這床粗糙的被套弄得多漂亮。而且那些鮮亮的好布，貼上來也不搭啊。

「怕什麼，要是好看，我們自己也縫床這樣的被套用。再說，平時做活留下的布頭，也沒多大用處。」謝姝兒邊說，邊跑了。

最後在大家的幫助下，辛湖家新縫的被套，立刻搖身一變，變得鮮亮好看多了。

「不錯，很漂亮了。被套如果用好布料縫製，再多弄些各種各樣的圖案上去，根本就不用繡花那麼麻煩，還新穎又好看。」謝姝兒滿意的說。她最討厭繡花了，什麼各種針法、各色絲線，再加上精細的花樣子，簡直煩死人。但如果像辛湖這樣做卻容易許多，她完全能一個人做好，不需要幫手。

「的確是。阿湖妳這小腦袋瓜裡，盡裝些新奇點子。先前說手套太簡單，賺不了幾個大錢，現在這被套，如果放在繡莊裡，時不時的推出些新樣式，還真能賺些錢呢。」謝大嫂又舊話重提。她本來就有個布鋪和一家繡莊，雖然來時已經盤出去沒做了。

但這可是她做熟了的行當。哪個世家主婦們不經營些鋪子啊？光靠男人們的俸祿，又或者家族裡的一些田產莊子，想要過得舒坦可不容易呢。所以，主婦們多會在外面弄些營生，甚至有的家族會特意給主婦們支持，讓她們出面經營店鋪，明面上說是女人們小打小鬧的玩意兒，其實卻是把握著家庭的經濟命脈呢。

況且，誰還嫌銀子咬手啊？一大家子上上下下的吃喝穿用、人情往來、婚喪嫁娶，項項離不開銀子，不少世家都靠這些鋪子，支撐著一大家子的花用。

「嗯，被套這種大物件，可不能跟手套這小玩意兒比，好好經營確實可以賺些銀子。」張嬸嬸也贊同謝大嫂的想法。

「再能賺錢也不行啊。現在這地方就我們三戶人家，上哪兒賣去？」辛湖好笑的反問。

雖然她也在不少穿越小說中看到過，無數的女主混得風生水起。比如開繡莊、賣花樣子、開酒樓、賣菜譜什麼的，可她還真沒想過去做這些生意。一來自己無生意頭腦，並不擅長經商；二來，商人在古代地位低下，而且沒有點根基，拿著自己繡的東西，又或者什麼菜譜，真那麼容易就換回大把大把的銀子嗎？指不定還會被別人倒打一耙呢。到時錢沒賺到也罷，怕是惹來一身騷。

再說就算是真的，越是賺錢的行當，打主意的人越多，指不定就會給自家惹來禍事。現代都有那麼多富豪被綁架撕票的事情發生，她可沒這麼天真，以他們目前的身分地位，隨便拿些現代的東西想在古代混得風生水起，完全是給自己找麻煩。

「眼下是不行，不表示以後也不行啊！阿湖，我們要看往後，再過個一、兩年，天下太平，可就大不同了。」謝大嫂說。

「這話在理。阿湖，妳回去跟大郎商量一下，這麼新奇的東西，多少可以賺些銀子回來貼補你們家過日子。要不然憑你們幾個娃兒，真完全靠種田，怕是不易討生活呢。」劉大娘也在一邊勸說起來。

「好，我待會兒和大郎說說吧。」辛湖同意了。

第二十一章

辛湖帶回來的被子，果然令大郎眼睛一亮。他笑道：「這被子挺新鮮啊。」

就連江大山也說：「好看。沒想到這些灰撲撲的舊袍子、粗包袱皮也能弄出這麼好看的被子。」

「謝大嫂和張嬸嬸說，我想出來的這被套可以拿出去賣呢。」

過了半晌，大郎才說：「用些好布，再弄得精巧些，應該是真能賣出去。只是我們都不會行商，真要賺到銀子怕也是不易。」

「要是能和有權勢的大戶人家合辦，就安全妥當多了。」江大山說。

他跟在蔣大人身邊辦事的時間不短，自然也參與過一些行商活動，比大郎和辛湖懂得多。不過他也知道大郎本身是個很有主見的孩子，有些事情，他不會直接替他決斷，只會提建議。

大郎聽了江大山的提點，腦子裡閃過一個念頭。「阿湖，妳不如和謝大嫂她們說說，妳人小，咱家又沒家底，自己經營不了。」

江大山點點頭，表示這個法子好。

大郎接著說：「就說我們不管事，只管出樣子，讓她們分些錢給我們就行。」

這會兒，江大山和辛湖都點點頭。

「行，我明天和她們說。」辛湖也很滿意這個處理方式。

「阿湖，我們也不要多，隨便她們商量吧。」大郎又說。

他並不貪心，一來他暫時不缺銀子，二來也是為了更長遠的利益。先和大家把關係打好，借著別人家的力量慢慢成長，再過幾年，等他們長大，也做熟了，很多事情就可以自己去辦了。

日子就在男人們砍柴，女人們做針線活中慢慢遠去。這期間，受傷的江大山和謝三兩人的傷都好了大半，兩人都不再整天關在屋子裡，會時不時的出門溜達一圈，再在屋子裡慢慢做些恢復性的鍛鍊。

此外，阿毛記得自己的爹娘，讓他叫江大山為爹，他並不習慣；再加上大寶和平兒他們都叫舅舅，他不知不覺間居然也跟著習慣稱江大山為舅舅。

江大山想了想，也不反對。反正他自己也不習慣突然間有個這麼大的兒子，所以在大家心照不宣中，阿毛就跟大寶他們一樣，以為他是舅舅了。

之後江大山乾脆和大郎商量。「以後落戶時，能不能把阿毛落在你們家？」

大郎當然知道阿毛天天叫江大山舅舅，但他們家已經有五個孩子了，就說：「舅舅，就怕我們這一大家子多是男孩子，落了戶，以後會有麻煩啊。」

他知道，往後幾年並不太平，邊關時有外敵侵犯，朝中皇帝無能荒淫，各皇子也蠢蠢欲動，亂得很，搞得時不時就要從民間拉人去打仗，這一家子四、五個男孩，到時豈不是正好給人家把柄？才不管你成年不成年，十一、二歲也能當成年了，拉了人就走。

他要是一走，留下辛湖如何能撐著這個家？而且他上一世可是真正上過戰場的人，知道自己一個小毛孩，又有多大本領能活著領到軍功？大部分的少年兵，都等不及長大就死了。他親眼見過不少十一、二歲的孩子連大刀都舉不起，就被趕上去送死了。

他能一進去就當個伙頭軍，其實也是有人變相在保護他。等他跟著兵士操練過，武藝增加，年紀大了，心也變狠時，才上真正的戰場。就算是經過一段時間操練才上戰場的新兵，其中有大部分，都是第一次上戰場就死掉，而能一直活到最後的，又有幾人？

江大山一時並沒有明白大郎所說的麻煩，愣了片刻，下意識的反問：「什麼麻煩？」

「我們一屋子四、五個男丁，實在太多了，怕會被拉去上陣殺敵。」

「大郎，你怎麼知道這些事情？」江大山驚訝的問。

「聽人家說的。」大郎穩了穩神，答。

江大山考慮了片刻，又說：「你也不用太擔心。算了，阿毛還是跟我一個戶頭吧。不過，你這話可提醒了我，我還是得給你們打好基礎，有身好武藝，總能自保。對了，你本身就有些底子，打小練過的嗎？」

「嗯，小時候跟著外祖父練過一、兩年。」大郎半真半假的答。

「都練了些什麼？」江大山又問。

這個問題大郎可真不好回答，他學得太雜，好像什麼都會一點，卻沒有一樣精通。

「外祖父也不是什麼正經招數，就是跟著他胡亂打打拳、紮紮馬步，再就是給我弄把彈弓來練練眼頭，有時候會去打個小鳥。」

「難怪你上次要我教你練弓箭。不過你年紀還小，力氣不夠，那些弓箭你還拉不開，以後我想辦法弄副小弓箭來教你。現在就先學學拳腳功夫了。」江大山說著，自己比劃了幾招。

因身體還沒完全好，他不敢使勁，也就只擺個花架式。但大郎卻識貨，很認真地練，兩人在房間裡，一個說一個練，這動靜很快就讓平兒他們發現了。

「舅舅、舅舅，我也要學。」平兒看著大郎有模有樣的在練，羨慕到不行。

「可以啊。來，你們都來，先站個馬步給我看看。」江大山把孩子們都叫過來，先示範個馬步動作。

小石頭也一樣是練過的，當然做得極標準，也很有架式。江大山點點頭，讓他教完全沒學過的平兒。大寶和阿毛兩個年紀小，以前又沒練過，歪歪扭扭的動作，可沒把江大山笑死。

等他好不容易讓大寶和阿毛都認真蹲好，平兒也累得攤下了。

「以後，平兒帶著大寶和阿毛，每天上午、下午各蹲兩刻鐘的馬步，你們三個要好好的打好基礎。」江大山嚴肅的說。

「好的，舅舅。」三個孩子異口同聲的答。

江大山點點頭，又對大郎說：「我教你的這套拳法，你先練前面五式。」

接著他又看了看小石頭，問：「小石頭，你還會什麼？」

小石頭撿起大寶他們玩的木頭大刀，拎在手上，劈了幾個招式，有模有樣的。

「嗯，不錯。你這刀法，誰教你的？」江大山順口問。

「我二姥姥。」小石頭現在早就改口喊劉大娘為二姥姥了。他的基本功是劉大娘教的。有時他娘也會指點一下。

「不錯。」江大山笑笑，卻並不教小石頭新的招式。不是他小氣不肯教，主要是怕他和劉大娘教的不同、起衝突，這事得先和她商量。

幾個孩子學得正帶勁，謝老夫人帶著阿土來串門了。

謝家人功夫高，江大山自然早就知道，不過謝老夫人卻還真不知道江大山會功夫，這會兒見他這麼正式的教孩子們。謝老夫人不好意思的說：「阿土這皮猴子，要來找大寶和阿毛玩，打擾你們練功夫了。」

「沒事，讓他也跟著練練。孩子們一起練，說不定比他一個人在家練得還好呢。」江大山不以為然的說。

「那敢情好。阿土，過去和大寶他們一起練。」謝老夫人向孩子喝了一聲，阿土立刻跑到大寶他們一旁站好。他最近性子改變不少，聽話多了。

江大山認真的給阿土擺好動作，讓他規規矩矩的和大家一起蹲著。

謝老夫人見江大山這麼認真的教孩子們學功夫，心裡暗暗點頭。

這江大山她怎麼看，都不像個普通的鄉民，就是大郎、辛湖兩個孩子，她也不敢小瞧。她總覺得這一家子人，不是普通人家，不過只要大家暫時還住在一起，保持良好的關係，她也不擔心陳家會害他們。現在她最愁的就是姝兒了。這個女兒的婚事，都快把她愁死了。

晚上，謝老夫人與家人們提到此事時，謝公子說：「娘，江大山談吐不凡，又會功夫，這樣的人，怕也是個有來歷的。他肯教阿土當然極好，兒子只是有些擔心，他這樣的人會惹來禍事。」

謝老夫人沈吟片刻，說：「這倒是不用太擔心。人家既然隱居在這個地方，肯定就是有些法子的，再說這裡也不止我們一家，還有小石頭他們那一戶呢。小石頭的娘馬上就快生了，他們一家兩個婦人、兩個孩子的，就算是看在這家鄰居的分上，江大山也不會讓危險來到蘆葦村。」

「也是。」謝公子點點頭。

「我還打算以後和阿湖合作開繡莊呢。娘，您不知道，阿湖雖然不會女紅，卻滿腦子的新奇點子，昨兒我們合夥幫她做了個新被套，很新奇、很好看。我看她那樣，腦子裡怕是還有不少新樣式呢。」謝大嫂說。

「就是、就是，好看得不行。」謝姝兒也在一邊幫腔。
「開繡莊？到哪裡開？」謝老夫人問。
「還沒定呢。要是咱們家能順利回京去，就去京裡開。」謝大嫂答。
「那被套子，真能在京裡賣出去？」謝老夫人有些驚訝的問。
「肯定能。要不您明天去他們家，自己瞧瞧那被套，就知道我們說的是不是真話了。」謝姝兒不滿的說。
「兒媳覺得能。」謝大嫂肯定的回答。
「阿湖這孩子，真不像個孩子；還有大郎，就更加穩重了。這也不知道是對什麼樣的夫妻教出來的孩子，只可惜，早早都去了，也是我們沒福氣遇上他們。」謝老夫人遺憾的嘆氣道。
「嗯，沒想到我們誤打誤撞的，居然還遇上這麼有趣的一家人。」謝公子感嘆道。
「青兒，妳平時和小石頭娘交好，妳覺得她們那家呢？」謝老夫人又問。
「她們家，恐怕也不是普通人家，只怕他們家和陳家一樣，也是因為某種原因隱居在這裡呢。看他們兩家這麼親近，怕是還有些牽連。」謝大嫂答。
「你們想的真多。現在我們三家人，關係親密，又合得來，管那麼多事情做什麼？」謝姝兒畢竟年輕些，不喜歡這樣的話題。
「妳以為我會隨便讓妳認個乾姊妹啊？」謝老夫人恨鐵不成鋼的喝罵女兒。

「妹妹，我們眼下與他們兩家交好，是因為這裡也就我們三家人，而且都有小孩、有共同的話題；再說，我們三家也算是有些共同之處了，要是他們兩家是真正的貧苦農戶，妳只怕也不可能跟他們交好了。」謝大嫂委婉的勸起小姑子。

準確來說，陳家也好、小石頭家也好，這兩戶人家無論氣質與行事明顯不是普通農戶人家，謝家人才會與他們接近，要真的都是些蓬頭垢面、滿身髒兮兮、拖著長鼻涕、畏畏縮縮的農家孩子，謝家人絕對不會讓阿土跟他們一起玩。

「什麼嘛，農戶人家又怎麼啦？我又不是沒見過，以前我和妳還去過農莊上玩，也一樣吃過飯啊。」謝姝兒反駁。

「哼。」謝老夫人簡直要氣笑了，說：「你們去的農莊，是自己家的，而且在那邊還有專人侍候你們。真該讓妳去看看真正的貧苦農戶人家，一家人共用一床被子，兄弟姊妹共穿一套衣服，吃不飽、面黃肌瘦，再加上淌著膿鼻涕、滿身髒兮兮的，又是蝨子又是跳蚤，妳還會和他們交好嗎？」

謝姝兒想像著母親的話，忍不住打個寒顫。是啊，她眼中的辛湖他們可不是那副邋遢樣、她看到都要吃不下去飯的那種，所以她才能和辛湖他們交好。

日子一晃要到臘八節了。辛湖和謝大嫂、劉大娘三人整理些糧食出來，準備一起熬個臘八粥。畢竟大家的糧食都不富裕，種類也不齊全，肯定不可能家家自己熬臘八粥。三家人各撿了些自家的糧食，大豆、小米、花生、黃豆、大米、高粱都有，米還有糙米和精米好幾種，一眼看去還滿豐盛的。只不過桂圓、銀耳、紅棗類的高級物卻一樣也沒有。

「阿湖，妳看看這些東西煮在一起，會好吃嗎？」謝大嫂有些懷疑的問。這完全就是些雜七雜八的糧食，湊在一起會好吃嗎？

「我也不知道啊！我以前吃的臘八粥都是甜的，至少有紅棗、蓮子還加了糖。」辛湖答。這些東西加在一起，煮出來肯定是能吃，但味道有多好，就真不知道了。她還真沒將這麼多東西一起煮過。

「我們家還有點糖和紅棗，是留給小石頭娘坐月子用的，不敢拿出來吃掉。」劉大娘說。

「我們家也有一點，是以前大夫開給我婆婆泡茶喝的，我去拿點過來。」謝大嫂說。謝老夫人以前吃素，一點葷腥也不沾，身體有點虛，大夫就讓他們泡點紅棗枸杞茶給謝老夫人喝，因為謝老夫人喜歡甜口，又加了點糖。所以謝家人雖然在逃難，還是帶了些紅棗、枸杞、紅糖。

「不用了，老夫人就靠這些東西補身子。」辛湖說。

「我少喝一杯也不礙事的。」謝老夫人聽到她們的談論，連忙讓謝姝兒回家去取一包。

謝姝兒果真很快就拿了一包紅棗和一包紅糖過來，各約一斤，這分量摻進去熬粥，真的很足了。

「這糖怕是多了。」辛湖說著，想動手分些出來，讓謝姝兒拿回去。

「別，等會兒吃不完再說。」謝姝兒阻止她。糖，她娘喝得並不多，一杯茶也不過是放一點糖提個味罷了，況且紅棗與枸杞本身就帶有甜味了。

辛湖把乾硬的大豆、花生等先洗乾淨浸泡，準備下午再熬粥，然後她就去學打拳了。江大山是個好老師，教人也很認真嚴肅，每天上午，都會教孩子們練習。辛湖空有一身力氣，卻沒有把式，有這個機會她可不會放過，自然每天都跟著練習。

打完拳，休息一會兒，辛湖把那些已經用熱水泡過的大豆、花生一起放進鍋裡，生小火慢慢煮，接著又去劉大娘家和大家一起做針線活，其實就是納鞋底。納鞋底的活兒，可以說是針線活當中她最不喜歡的，但大家卻都逼著她納鞋底。

她納的鞋底雖然也會出現針腳不均的問題，但因為她手有勁頭，納出的鞋底十分結實，而且其他精細點的活兒她也不擅長。所以，大家一致認為她以後就專門納鞋底了。

「妳們看我的手。」辛湖苦著臉說。她納了幾行，放下已經疲了的手，向眾人舉起來。她的手上已經被線勒出好多條白印子，而且右手的大拇指和食指，也因為用力抽針留下幾道深深的針印子，可見納鞋底真是個力氣活。

「嘻嘻。」謝姝兒在一邊偷笑。

「我回去看看臘八粥。」辛湖不理謝姝兒了，急匆匆的往家走。她出來其實也不過半個時辰，只是納鞋底真心是個累人的活，她雖然力氣大，手卻受不住啊！她打著回去看粥的旗子，讓自己手歇歇。

果然，灶上煮的花生、黃豆等硬乾果都還沒煮好。她又把高粱也加進去一起煮，這些東西很硬，不如大米、小米易煮熟，得先熬些時間，快熟時再加其他材料進來。

等她一去一回，搞了兩、三個回合之後，她的鞋底才納完半隻。

「光納個鞋底就這麼累，做起一雙鞋真不容易啊！」辛湖感嘆道。

「嘿嘿，納鞋底是針線活中最簡單的活計了，妳不知道，弄好一雙鞋底才麻煩呢。特別是妳這種厚底鞋，得糊好幾層呢。」謝姝兒說。

辛湖其實對做出一雙鞋底的工序並不太清楚，但也看到劉大娘弄了好幾天才弄好，不好意思的說：「劉大娘，謝謝妳。」

「嗨，別聽謝姑娘說，我也就順手幫妳弄一雙。以後還得靠妳自己弄這些活兒，針線活不好不打緊，但起碼妳得會啊。」劉大娘笑道。

「哦。」辛湖悶聲悶氣的應一聲。她真有些鬱悶，做一雙鞋已經把她弄得很煩躁了，再想到一家子那麼多男人，如果要給每人做一雙鞋，還不知要納多久的鞋底？她想想就覺得頭疼。

大家很明顯就看出她的情緒了，謝大嫂說：「阿湖，妳煮的臘八粥快熟了嗎？」

第二十二章

「哦，我回去看看，差不多了。」辛湖起身就往自己家跑。

才一跑到家門口，就聽屋裡一群孩子嘰嘰喳喳的說：「臘八粥好香啊！」

灶上煮的粥已經散發出香味，香得辛湖自己都不由得吞一下口水。

揭開蓋子，大砂罐裡的粥已經煮得有些黏稠了。辛湖立刻把洗乾淨的紅棗扔進去，攪拌幾下，朝前面叫道：「平兒，可以吃粥了，叫大家都來吧！」

幾個孩子肯定是要先吃的，辛湖先給他們一人裝一小碗粘稠的臘八粥，再往粥上撒一點紅糖，讓他們在小桌上吃，不等大人們了。

「真好吃，我還怕這雜七雜八的東西全煮在一起不好吃呢，沒想到味道卻這麼好。」謝大嫂和劉大娘說。

「就是，還是阿湖會煮，煮出來的臘八粥又濃又稠，味道又好。」劉大娘也說。

碗中所有的材料都煮得開了花，混合在一起，吃在嘴裡軟糯極了，再加上紅棗和紅糖，吃得令人覺得心裡都甜滋滋的。

就連謝老夫人都感嘆道：「今年的臘八粥格外有味道，妳們記下今天煮粥用的方子，再好好問問阿湖是怎麼煮的，來年妳們自己再煮。往年我們吃的，就沒這個味，裡面盡是些桂圓、銀耳等物，材料好是好，卻少了糧食的味道，沒這個好吃。」

她往年也不過是應個景嚐個味而已，今年卻足足吃了一碗，還意猶未盡。要不是怕不好消化，又怕其他人不夠吃，她都想再添半碗呢。

辛湖心裡其實也很明白，這臘八粥如此受歡迎，與家家都不敢放開來吃糧食有關。因為匱乏就覺得格外香，她嘴裡卻說：「這個簡單的很，不過是難煮的先煮，再慢慢加進其他東西，我最後又加半碗米進去，就是覺得糧食少了點，粥不濃稠。」

「嘖，姝兒，妳看看人家，阿湖就是有想法，知道要再加半碗米進去。給妳們煮，怕是也煮不出這個味兒哦。」謝老夫人看自己吃得正歡的女兒，直搖頭。

謝姝兒趁母親沒看到，回頭衝辛湖作個鬼臉，又繼續樂呵呵的吃粥。她自從跟辛湖學煮菜後，就發現自己也並不是沒有一點學菜的天分，起碼她現在就能弄出那道蘿蔔絲了，和辛湖弄的味道差不多呢。

謝老夫人已經很滿意了，因為姑嫂二人做出來的菜，味道確實有進步。

有進步，就表示她們還是有希望的，謝老夫人也沒想她們能達到辛湖的水準，只不過希望她們能學會兩手，可以拿出來，在貴婦們面前展示展示就行了。可這臘八粥一出來，謝老夫人就對自己女兒媳婦的廚藝要求更高了，恨不得她倆像辛湖一樣，隨便煮什麼東西都格外好吃。

一夥人都在說閒話，劉大娘打了聲招呼，端著一碗臘八粥就先回去。小石頭的娘身子重，不方便出門，今天就沒過來。

結果剛一入夜，張嬸嬸發作了。

劉大娘雖然以前幫著接過生，卻不是真正的穩婆，而且連個打下手的人都沒有。著急之下，她只得把謝老夫人和謝大嫂都叫過來幫忙。不管怎樣，大家都是生養過的婦人，多少有些經驗。

謝姝兒和辛湖兩人就在他們家的廚房裡幫忙燒開水，時刻等著前面的吩咐。屋子裡氣氛很緊張，大郎把小石頭帶到家裡和平兒他們玩，沒讓他待在這裡。

「沒事的，她底子好，以前生小石頭就很順利。」劉大娘強裝鎮靜，像是在安慰大家，其實完全是給自己打氣。

「那是，我看她懷相也挺好的。」謝老夫人在一邊打著氣。

「唉，這裡沒有穩婆，又沒有個大夫。」謝姝兒擔心的說。她豎直耳朵，聽著前屋張嬸嬸隱忍的聲音，心裡莫名的發慌。

辛湖比她更怕。她一個大姑娘家，在現代也只從電視和書本中見識女人生孩子的場面，而那時候，她周邊的人在醫院生孩子，都還時不時有報導說出事的，這樣直接在家裡生，她還是第一次真正見識到。

還好，沒讓她們倆操心多長時間，不到半夜孩子落地，母子平安。

眾人都鬆了一口氣，辛湖立刻按照劉大娘早前的吩咐，煮了清淡的湯麵，送去給張嬸嬸吃。張嬸嬸精神還不錯，產後雖然有些虛弱，但總算平安生下孩子，只需好好休養就行。

「先休息幾天吧，有什麼事，只管叫我們。」謝老夫人說。

「多謝大家了。」劉大娘一邊送她，一邊給大家道謝。

說實話，孩子沒生出來時，她可沒少擔心害怕，就怕出什麼意外。這年頭女人生產，就是一腳踏在鬼門關上，這地方既沒接生穩婆又沒有大夫，幸虧有謝老夫人這種有經驗的，她心裡多少有些安慰。

因張嬸嬸平安產下男嬰，謝老夫人心情極好。「小石頭的娘是個有福的人。雖說男人不知下落，但生孩子卻俐落的緊。」

謝大嫂笑笑，說：「就是。我生阿土時，可疼得死去活來，足足一天一夜。她這可快了，小半天就生了，才生了就能吃下一碗麵，確實俐落。」

「妳要是再生，也會快的。她這是生第二胎了，頭胎自然是艱難些。我生阿土爹時，可吃了不少苦頭，後來又調養了兩、三年，才又有了阿妹。生阿妹時就好多了。唉……」謝老夫人說著，又想起死去的夫君，又覺得家裡孩子少了些。

謝大嫂早就明白婆婆的遺憾，這會兒下意識的摸了摸肚子。在這裡也住下一個多月，除了剛開始那幾天之外，後頭每夜夫君可都沒閒著，算起來，她的小日子就在這幾天了。

見到媳婦兒摸肚子，謝老夫人還以為是自己給了她壓力，連忙說：「妳也別太想著這事了，反正阿土還小，現在又不安穩。」

「我知道了，就是有些羨慕。」謝大嫂笑笑。

「這有什麼好羨慕的？你們還年輕，還能生好多個呢。」謝老夫人說。

這說得謝大嫂一張臉都不知往哪裡放了。婆婆這話說得她好像母豬一樣，能生一大窩呢。

後頭的辛湖和謝姝兒也在談論這剛出生的小嬰兒。

辛湖有些不滿的說：「那小嬰兒我們都沒看到。也不知長得怎麼樣？」

謝姝兒笑道：「成了親的婦人才能進去看剛出生的嬰孩，我們要過幾天才能去看呢。」

「哦。我還想看看，剛生下來的小毛頭好不好看呢？」辛湖微愣，卻很快反應過來。這古代和現代可不同，姑娘家是不能進產房的。

「其實剛出生的小嬰孩，一點也不好看，皺巴巴又紅紅的，當年阿土出生後，辦洗三宴時看到他，可把我嚇壞了。」謝姝兒笑道。

「妳沒說他醜吧？」辛湖好笑的問。

謝姝兒不好意思的臉紅了。當時她一句「這麼醜的娃兒」迸出來，差點令親朋好友笑瘋。後來，她可是親眼看著阿土慢慢變好看，到滿月酒時，還有親戚故意逗問她說：「阿土長得好不好看？」滿月的阿土早就長得白白胖胖，雖然大半時候在睡覺，五官也看不出有多出色，卻一眼就能看出是個可愛的娃娃。

「妳娘沒打妳啊？」辛湖忍著笑問。

「妳還說！我娘當時就黑了臉，要不是大家打趣，肯定少不了一頓打。可是過後，我娘還狠狠的訓我一頓，又說剛出生的小毛頭越醜，長大了就越好看。」謝姝兒說。

小石頭知道娘給他生了個弟弟之後，十分興奮的回家去了。

夜裡，辛湖說：「張嬸嬸生了寶寶，我們要不要送點東西過去？」

「我們能送什麼？」大郎真不知道家裡有什麼東西可以拿出去送人？

「唉，雞蛋都沒有，糖也沒有。」辛湖直嘆氣。以前在老家，大家一般都是送些雞蛋和紅糖。如果關係更近更好的人，會送母雞、豬蹄、鯽魚給產婦吃。

「這段日子劉大娘怕是沒空出去砍柴了，他們家柴還夠嗎？」大郎問。

「比我們的柴少，估計不太夠。」辛湖答。

「那我們明天去砍柴，多給他們家送幾捆。」大郎說，自己家什麼也拿不出，不如乾脆和謝家人一起，多砍些柴送給他們家，算是表達自己的心意，也給他們家一些幫助。

「好吧。」辛湖無可奈何的應一聲。還真沒聽說過誰家添了小寶寶，送柴草當送禮的事情呢。但就現在這個情況，她也沒辦法，就算手中有銀子，也無法買到什麼適合的禮品。

第二天一大早，大郎就見到謝大嫂拿著一些東西去小石頭家了。謝家送給張嬸嬸一包紅糖、兩塊適合小孩子穿的布料，之後，大郎和辛湖連續砍了兩天柴，全送到小石頭家去，把他們家那馬棚裝了個大半滿。

「多謝多謝，夠用了，明天不要再給我們家送柴了。」劉大娘感激的說。她一個人要照顧產婦和剛出生的嬰兒，確實有些忙不過來。

「我們也幫不上什麼忙，張嬸嬸和小毛頭還好吧？」大郎說。

「他們都好好的。」劉大娘笑道。

這小毛頭很乖，吃了就睡，比小石頭兒時好帶多了，可能他也明白現在境況不同。只是張嬸嬸就要受不少苦了，因為沒什麼好東西給她補身子，孩子又要喝奶。劉大娘心裡擔心她的身體，又不好表露出來。

日子一晃就到了年前。

張嬸嬸生的小毛頭也快滿月了，因為踏著臘八的尾巴出生，他被取個小名叫初八。大家都笑：「這小毛頭，不是要趕著吃阿湖煮的臘八粥吧？」

「可不是，原本是該正月生的，這孩子提前一個月生呢。肯定是阿湖的臘八粥把他香出來的。」劉大娘也打趣道。

大年三十，就在一片安靜中過去了。家家戶戶都拿不出什麼東西來過個豐盛年，甚至連炮竹等物也沒有。

辛湖還沒什麼感覺，畢竟現代過年的氣氛已經很淡了，不外乎是全家人湊在一起吃頓團圓飯。她家自從搬離農村後，她就不曾感受過年那種熱鬧勁。城裡不能放鞭炮，而且每到過年這幾天，社區裡人更少，有的人回老家、有的人回父母家去，還有的人出去旅遊。相較於平時，不僅沒多熱鬧還更冷清。

所以她對這麼冷清的年並沒有太多感觸。反正現在家裡人口其實還不少，每天的日子也沒多大變化。大郎這幾天卻很不開心，那不開心濃得辛湖這麼大咧咧的人，都明顯感覺到。

其實不僅是大郎不開心，江大山、劉大娘、謝家人，通通不開心。大家心裡都有事，哪有什麼心思過年啊？而有如此光棍感受的，除了辛湖怕就沒別人了。所以她不知道大家為何不開心，反正她覺得這過不過年的，還不都一樣過日子啊？

這種低氣壓一直持續到大年初三，辛湖終於忍不住找個機會和大郎說話。

「有什麼事？說出來我聽聽。」

大郎抬眼看了她幾眼，沒好氣的說：「沒什麼事情。」

「你看看自己的臉，還說沒什麼事情。」辛湖忍不住想笑。這小小年紀就苦著一張臉，好似天下人都欠他似的，實在是不能忍。

大郎幽幽的嘆口氣，好半天才反問：「過個年，家裡什麼都沒有，就這麼過去了，這回妳怎麼沒吵？」

「吵有什麼用？外面依舊是冰天雪地，家裡依舊是存糧無幾。」辛湖翻了個白眼，反問他。被個小屁孩說她喜歡吵，辛湖既汗顏又無奈，其實她那時不過是吐個槽而已。

「也對。再過不久就要開春，這冰雪也快化了。」大郎也不知道是自己說服了自己，還是被辛湖氣得想通了。

他還真的丟開心中的事。反正都這麼糟，連個最簡單的炮竹都沒有，更無法給母親燒香上供。雖然很多東西都沒有，但這一切都只是暫時的，只要天氣一變好，很多事情就可以做了。

「哎，你說天氣變暖後，我們是不是可以去買些東西？」辛湖有些興奮的問。來到這個時代，還沒見識過古代的熱鬧繁華地，一直被困在這裡，實在很無聊呢。

「當然要去買啦，家裡都快斷糧了，好多東西要買呢。」大郎看著辛湖興奮的小模樣，好笑的說。

這小丫頭，看似沒心沒肺，其實也會察言觀色，只不過她是個心思簡單的人，心裡存不了太多事。但和她說話倒也輕鬆，有什麼就說什麼，這一點他還滿喜歡。這輩子他也希望自己能做個簡單快活的人。

看到大郎終於笑了，辛湖鬆了口氣，順著他的話頭說：「我要去。我要去買好多好吃的東西，還有我要買幾雙鞋。」

「行。妳就記著吃和鞋。哎，妳那鞋底，納會了沒？」大郎問。

「你什麼意思？會不會，關你什麼事？」辛湖生怕他要自己幫他做鞋，連忙問。

「沒什麼事，就是怕妳一年搞到頭，還做不出一雙鞋喲。」大郎一看就知道，不過他也不為難她，一個小丫頭而已，做不做得出鞋也沒多大關係。再說她都想買，難道他自己還不會買啊？大不了，一家子都多買幾雙粗布鞋來穿罷了，誰當真指望她能負擔一家子的針線活？

「去、去。懶得理你了。」辛湖拍拍手，有些心虛的溜之大吉。過年前劉大娘說了，正月初幾不拿針線，所以她那雙鞋底，還真沒納完呢。

大郎看她外強中乾的模樣啞然失笑，好似他不知道她那雙鞋底還沒納完一樣。整個村就三戶人家，外加謝姝兒是個活潑人，說話聲也大，因為時常被謝老夫人拿辛湖來比，飽受打擊，時不時總要在這方面找點場子回來，所以人人都知道，辛湖女紅差得令人不忍直視。

不過，謝姝兒也不過是嘴裡笑話她，心裡還是很佩服辛湖，與辛湖的關係也極好。雖然兩人相差不少歲數，但謝姝兒是個大齡兒童，辛湖又不是真正的小姑娘，兩人還真處得很好，好到令謝老夫人都稱奇。

謝姝兒其實是個實打實的嬌嬌女，她父親去世時，她年紀太小，完全沒什麼記憶，家庭的變化對她沒什麼不良影響。她又一直在兄長和母親的庇護下養大，家裡也沒其他長輩拘束她，又在老家民風比較粗放的地方長大，所以她性子很跳脫，有些任性、有些小聰明。總的說來，她是個很不錯的大家小姐。

因此，大郎看著她倆經常湊一塊兒，也覺得不錯。反倒他自己，在這裡還真難找到可以隨意說話的人。除了辛湖之外，就連面對江大山，他有很多心事也只能埋在心裡，無法去說。畢竟江大山也是個精明人，謝公子就更加厲害了。

大郎總怕在大家面前露出什麼馬腳，他很明白，年紀是他的最大劣勢。因為年紀小，好多事情他要裝作不懂，所以，他時不時要裝成這個年紀應該有的模樣，處事也要偶爾出些小狀況，其實是件很累人的事。再加上養著這一家子的孩子，肩膀上的擔子也重，幾重壓力加在一起，總也有受不了的時候。所以這幾天，他心情是真不好，不過現在被辛湖這麼一攪和，他又恢復了正常。

時間就在大家焦急的等待中過了春節。天氣稍微暖和了些，但冰雪卻還沒有融化，一點春天來了的跡象都沒有。

三家都快要斷糧了。白菜、蘿蔔已經全吃光，就連湖裡的蓮藕也被挖掉好大一塊。冰天雪地的，挖蓮藕本就是一件很困難的事情，大家還得把蓮藕當主食來吃，所以天天都得過來挖蓮藕，又累人又冷。

雖然不用直接下水，但稀泥巴也一樣冷得浸入骨子裡去，著實不好受。時間再長些，大家就只得進入深處有水的地方去挖蓮藕了。辛湖都害怕這樣下去大家會凍壞了，以後埋下得關節炎的隱患。

「怎麼辦啦！這天還一點變暖的跡象也沒有。」大郎焦急的說。

天氣不好，沒人敢出門去找食。說實話，這裡所有人都不識路，就是江大山和謝公子也不過是知道有路通向何方，卻並沒有走過，所以大家根本就不清楚附近究竟有哪幾條路？

「再等幾天。實在不行，就算這種天氣也得出一趟門了。」江大山說。他不能看著家裡斷糧，總不能眼睜睜的讓大家餓肚子吧？

又捱過三天，天氣依舊沒有變化，謝公子和江大山都坐不住了。兩人商量一下，決定明天就出門一趟。不管怎樣，出去還有機會，待在這裡雖然暫時不會餓死，但想要吃飽卻不太可能。天天每頓的蓮藕，吃得大家看到蓮藕都怕了。

劉大娘不可能跟著他們出門，只得拿五十兩銀子給江大山，讓他幫著帶點糧食回來。

第二十三章

第二天，江大山、謝公子和謝五三人一大早就騎馬出發了。他們帶了四匹馬，給村裡留一匹馬以備不時之需。三個人這次出門準備多弄些糧食，家裡各種需要的東西也都要買些回來，就多帶了一匹馬。

謝三留在蘆葦村裡，保護這一村子的婦孺。本來大郎也想跟出來的，但大家哪肯讓個孩子出來冒險？無論他怎麼說，都不讓他跟來，他只得待在家裡。

到達那片小山坡時，江大山停下來了。

「怎麼啦？」謝公子問。

「前面不好走，我們只怕得先探好路。」江大山說。一到這裡，他就想起那些死去的兄弟，與陪了他幾年的馬。

因為大雪早就掩蓋了當初的足跡，這裡空空蕩蕩的，根本就沒有任何足跡。三個人花了不少時間，總算探出一條路，馬抖抖索索的踩在還算結實的冰雪中，慢慢往前走去。

「江大哥，你不知道路嗎？」謝五好奇的問。

「我搬過來的時間還短，並不熟悉這裡，這邊甚至都沒來過。」江大山說。雖然這是實話，卻令謝公子大吃一驚。他還以為江大山很熟路呢，哪想到居然和他一樣。

「你不是住在這裡嗎？」謝五衝口問道。

「確切的說，我只知道一條路，但不是從這邊走的。那邊的路早因大雪而斷了，而且沒下雪之前，外頭就已經很不太平，我這傷就是出去時受的，要不是我還有幾下子，只怕就見不到你們了。我就想從這邊找一條新的路，以前聽我姊夫他們說過，這邊也一樣有路。」江大山說。

這是他早就和大郎商量好的話，就說他是從外地搬過來照顧大郎他們這一家孩子的。好在，他也敢確認這邊一定有路可以出去，實在不行，他是打算沿著上次逃亡至此的路線出去，反正幾人都有功夫，下崖並不難。

三人花了大半天，才從那依舊覆蓋著白雪、低矮丘陵地帶中走出來。眼前頓時豁然開朗，就好似氣溫都稍微暖和些，路面的積雪也明顯比他們一路走來要薄一些。只可惜，眼前這麼明顯的三岔道，讓三個人又傻了眼。

「該走哪邊？」謝公子問。

「不知道。」江大山老實的答。

「這下怎麼辦？」謝五問。

三人商量一下，決定走最中間那條道。反正周邊的景色都差不多，入眼所見，整片地方都是起伏的小山丘，看不出這三條路有什麼區別。但是天很晚了，人也疲累，他們便就地休息一個晚上。

第二天，離開三岔口沒多遠，路就越來越好走了。很明顯這條路他們選對了，確實是條大路。只是路邊隨處可見屍體，不是凍死就是餓死，又或者是被殺死的人，連收屍體的人都沒有，就這麼三五成群，隔幾段路就能見到。

這些死者無一例外的，身邊沒有一點財物，樣子也都蓬頭垢面、面黃肌瘦，很顯然他們是真正的災民。只是這種情境實在是令人不敢想像，太可怕了！

「怎麼回事？」謝五喃喃自語道。

謝公子和江大山也是滿臉沈重。這個樣子，怕是外頭情況還在惡化。

「哎，你們有沒有發現，死的人都是老弱婦孺，怎麼不見什麼年輕人，尤其是青壯男人？」謝公子說。

江大山和謝五聽了這話，腦中閃過一個不敢相信的結果。

江大山問：「你說是不是有人專門把年輕人抓走了？」

「不可能吧！是不是年輕人跑得快一些，都走遠了？」謝五不敢相信的反問。

「估計是，就不知道被抓走，是為了做什麼？」謝公子說。男人還能最捉去當苦力，女人呢？唉，女人下場只會更慘，他完全不敢想像。

三個人一路走，一路收拾，隔一段就把一些屍體收埋在一起。一來是不忍心，二來是怕天氣變熱後，這些屍體腐爛引來瘟疫。但這一路走，一路收屍，可把他們累壞了。三人帶了兩簍蓮藕和一些魚乾在身邊，既能充當食物吃，有機會也可以換些糧食回來。

因為家家都沒剩多少糧了，他們的乾糧很少，一人就帶十個混著大半蓮藕絲的飯糰和硬餅。一個約三、四兩重，他們三個人一天能吃一個就算不錯了，一個最多也只能吃個半飽。本來就不夠吃，還一路幹苦力活，三人只帶了三把砍柴刀，拿來當鏟子挖地真心不容易，快把三人累死了。

「不行了，累死了！我們這都成專門收屍的了。」謝五累得一屁股坐在地上，直喘粗氣。

「休息會兒吧。」江大山嘆了口氣，掏出水葫蘆來，慢騰騰的喝了幾口水。

可能是因為這邊雪下得沒那麼大，又可能是走過的人太多，這一路行來，積雪越來越少，道路也留下不少的痕跡。有人走過的、有馬車的，很顯然這條路上，曾經有不少人走過，現在卻只剩下一路的屍體了。

三人心情都很沈重，又累得慌，這一歇下來，天就慢慢變黑了，三人乾脆找個地方休息。

「按理說，這官道上應該有茶亭，怎麼一座也沒發現？」謝五問。

「都死了這麼多人，什麼茶亭還能保存啊？」謝公子罵道。

「不是，連個殘址也沒發現啊？」謝五說。

「難不成，這條路並不是官道？又或者這一段特別偏僻，走的人不多，連個做小生意的人也沒有？」謝公子分析道。

「也有可能是，附近沒有人煙，沒人住在附近，誰這麼大膽敢出來在荒山野嶺擺茶攤啊？」江大山說。

謝公子點頭，比較贊同江大山這個說法。

「不過，也許明天我們就能遇上個驛站呢。」江大山又說。他現在只巴望能遇上人，多少瞭解些外面的消息。

「就怕這種荒野，驛站也小得可憐，再說這一路死這麼多人，你就別指望驛站還能好好保存下來。」謝五說。

「算了，別說了，休息吧。」謝公子心煩意亂的說。

第二天，他們果然看到一個早就搖搖欲墜的小驛站。

「看來，官府根本就不管這邊。」江大山皺眉，心裡原有的一點希望全斷了。

「要是管，我們會一路收著屍體過來嗎？」謝公子冷笑道。

「哎，公子，你別說，我們下午已經很少收屍了。」謝五的話提醒了大家。

江大山和謝公子心頭都一驚，都表示這可不是好事。

「為什麼？都走兩天了。」謝五不解的問。

「就怕另兩條路也一樣啊……」謝公子說。

江大山沈思片刻後決定。「那還是繼續往前吧。」謝公子的話也很有道理，如果另兩條路也一樣的狀況，還不如繼續往前。

約一個時辰後，一條大河出現在眼前，一座木橋顫顫危危的橫跨河面。

三人費好大的勁，才把馬哄上橋，一步一哄的慢慢過橋。幸好河水靜靜的流淌，要是河水翻騰浪花飛濺，只怕這馬死活也不會上橋過河。

過了橋，路上卻依舊一個人也沒遇到，給人一種死寂的感覺。

「好像不對勁。」謝公子擔心的說。

「嗯。」江大山也覺得不太尋常。

此時天氣明顯暖和許多，冰雪都在融化，有的地方甚至露出青綠草芽，馬兒開始興奮起來，慢慢的走，分心啃咬著那一點點的嫩草芽。

路邊開始出現燒得焦黑的斷壁殘垣，就好似有人一把火將這裡全部燒光了。同樣的，一個人、一個活物，大家都沒有發現，但這些痕跡很明顯的告訴大家，不久前這裡還住著不少人。比如那還比較整齊的，現在卻看不見一棵菜、光禿禿的菜園子，又比如大樹後面那半塌的茅廁。一切都表明，這些都是被人為破壞的。

「我們還是往小路走吧。」謝公子提議。

「好。」江大山同意了。這樣直接前行，大家都覺得有點可怕，他們怕遇上那些專門燒殺搶掠的人馬。

大家轉入一條小道，沒一會兒足跡就越來越稀少。三人又沿著荒涼的小路走了約兩個時辰，直到天都快黑了，總算在隱藏的山凹裡發現一縷炊煙。

「小心了。小五帶著馬留在這邊。我和江大哥過去看看。」

謝公子和江大山兩人步行，小心的往前去。

又走了約半個時辰，兩人發現了一座破舊的民房，那炊煙就是從這裡升起來的。走近了些，飯菜的香味聞得更清楚了，兩人不由自主的吞嚥口水，卻更加小心的往房子靠近。

突然，裡頭爆出一聲怒吼。「臭丫頭！慢騰騰的，還沒燒好。」

兩人一驚連忙定住。接著就聽到女人的輕泣聲，與男人放肆的淫笑聲，聽那聲音，屋子裡的人不少呢。

江大山看了眼謝公子，兩人都從對方眼裡看出擔心，連忙利用樹木做掩護。這時他們卻不敢再輕易往前，畢竟裡面的人可不像普通農民。

直到夜幕完全降臨，黑麻麻的什麼也看不見了，屋裡也亮起燈光，兩人才敢動腳。可沒等他們走幾步，突然，大門吱的一聲，驚得兩人又躲回樹後。一個大漢罵罵咧咧，滿身酒氣的走出來，直接就在大門不遠處撒尿。

藉著昏黃的燈光，江大山匆匆掃視屋裡的情景，那不算大的屋子裡擺著一張方桌，桌上盤盤碗碗不少，三個男人正在吃喝，為首的那人懷裡還坐著個女人。這一看就知道，屋裡的人絕對不是普通農民。

兩人又後退幾步，小聲商量起來。

「等他們睡了，我們去看看？」江大山問。

謝公子點頭，卻擔心的說：「就怕裡面不止這幾個人。」

「嗯，有可能他們是在這裡守著什麼。」江大山說。

兩人聞著屋子裡的飯菜香味，聽著吃吃喝喝的聲音，饞得簡直流了一地的口水。可那些人像是根本就沒打算睡覺，一直在鬧，兩人又冷又餓腳都站酸了，再也忍不住，正要往屋子摸過去——

結果右手邊的房間原本一直黑著，這會兒卻突然亮起燈光，接著就聽到床板的吱呀聲，和女人隱忍的哭泣聲、男人的污言穢語聲等等。

幾顆星星冉冉升起，給漆黑的大地帶來一點微光。屋裡的人終於安靜下來，卻一直亮著燈，好似在守夜。大門又一次打開，兩個衣衫不整的女人歪歪扭扭的提著褲子走出來，她們走得稍遠一點，才蹲下來方便。

兩人交頭接耳，不知道低聲說了幾句什麼話，站起來又進屋去了。

也不知過了多久，兩道呼嚕聲響起，外面的江大山和謝公子精神一振，以為終於可以出手了——

卻聽那個大個子搓了搓臉，打了個大大的哈欠，說：「上頭搞什麼鬼啊！讓我們守在這個鳥不拉屎的荒郊野嶺，這都開春了。也不知道還要待多久？」

「你管那麼多幹麼？這裡有得吃、有得喝，還有女人玩，要多快活有多快活。」另一個年紀大些的男人，不以為然的伸出筷子夾了一顆花生，扔進嘴裡。

「快活個屁，這就兩黃毛丫頭，渾身上下沒有一兩肉，就會哭，玩得都不盡興。他娘的，那些好看的大姑娘、小媳婦全送到裡面去了。」大個子罵罵咧咧的說。

「那是。人家在裡面幹大事呢，我們可是在外面吃吃喝喝，又不幹活。」年紀大的笑道。

前頭說話的那人可能也聽慣了同伴的話，煩躁的趴在桌上，準備打個盹。

年紀大的卻伸手搖了搖他，說：「別睡著，小心差事，出了紕漏可是要掉腦袋的。」

「就你小心，我們守這麼久，可沒見過半個人，怕什麼？」話是這麼說，這人還是又坐正了，端了杯冷茶水喝了幾口，又往桌邊的火盆內加了一把柴禾，朝大門口走來。

江大山和謝公子兩人連忙又悄悄的往後退，掩入黑暗中。果然，大個子打開大門，也出來撒尿。

「等裡面那批東西弄好，我們就可以走了。」年紀大的又幽幽的加了一句。

大個子好奇的問：「裡面究竟在搞什麼？這麼久了，我們連根毛也沒見過，就知道守在這裡。」

年紀大的人冷哼幾聲。「這天氣馬上轉好，路上好走，救災的糧食什麼的也該一批批上路了，那批東西正好乘機混著運走。」

聽著兩人的話，江大山和謝公子心裡是越來越懷疑，這裡很顯然在悄悄辦著什麼大事。

這下兩人越發不敢動手了，又悄悄的退開些，卻不想江大山無意間踩到一根枯枝，弄出聲響。撒尿的人猛地打個激靈，下意識又往前走兩步，差點與江大山撞個正著。

江大山情急下，衝他踢出一腳，謝公子也同時出手，兩人夾擊之下，男人來不及反應，就撲通一聲倒地，被打暈過去了。

巧的是，就在這一瞬間，房裡突然響起像是脖子被掐著，而發出的短促呼痛聲。屋裡那個年紀大的人立刻站起來，往房間衝進去，根本沒聽到外頭的動靜。

但房門栓住了，他狠狠踢著門，嘴裡大叫道：「阿狗子，快開門！怎麼回事？」

趁這個機會，江大山和謝公子也衝進屋裡。

兩人直接往右手邊的灶房而去，借著堂屋的燈光，裡面隱約可見到幾袋東西堆在角落。兩人飛快的抓起袋子，都顧不得看裡面是什麼東西，直接打開後門往外跑。江大山跑在後面，還伸腳反關上門。

只是沒等他們跑出幾步，身後的房子就燒起來了。但除了剛開始有幾聲慘叫之外，這會兒卻安靜的好像裡面的人都死了一樣，再也沒有發出呼叫了。也不知道這屋裡裝了些什麼東西，不一會兒工夫就燃起熊熊烈火。

「真的全部死了？」看著眼前的火光，謝公子懷疑的問。

「難道是那兩個女人動的手？」江大山說。

遠處的謝五自然也看到了火光，焦急的打了幾聲呼哨，在寂靜的夜裡顯得格外清楚。

「快走吧。」謝公子說。他們聽得真真切切，裡面還有不少人在做什麼大事呢，要是裡面的人發現外面的動靜，他們就有可能走不成了。

謝公子和江大山放開腳步跑起來，遠遠就見到謝五在揮手，連忙說：「快走！」

「嗯，那邊好像有不少人影。」謝五說，他站在高處，看得遠。

三人急急忙忙騎上馬狂奔，也顧不上會不會被後面的人發現，一直跑到橋邊，他們才放下心來。此時太陽已經升到半空中了，也就是說，他們三人不僅一夜沒休息，還從天黑又跑到大白天。

「現在可以休息一下了。」江大山說。他實在太累了，已經快堅持不住，而且早就餓得前胸貼後背。

謝五打開一個袋子，裡面是還算不錯的粗麵。他們帶了小鍋，直接弄點粗麵開始煮湯。另外幾個袋子也被謝五全部打開來，收穫還不錯。幾個袋子裡分別裝有粗麵、糙米、高粱、精米、鹹肉塊，甚至還有一小包花生夾在裡面。這些東西加起來，也有二百來斤了，每家能分個六、七十斤糧食，並幾塊鹹肉，又可以撐一、兩個月了。

湯快煮熟時，江大山切了幾塊鹹肉扔進鍋裡。三人連吃了兩鍋鹹肉麵糊，才把肚子搞飽了。

「哎喲，總算吃了個飽。」謝五滿足的打了個飽嗝，伸著懶腰說。

「嗯，收拾東西，我們回家去吧。」謝公子笑道。有了糧食，心情總算輕鬆些了。

「走吧、走吧，家裡人只怕等急了呢，再不回去，我都怕大郎出來找了。」江大山說。

三人連忙趕路，至於剛才發生的事情，他們只能暫時埋在心裡。

可別說，大郎這幾天在家真可謂坐立不安，又擔心外出的人，又擔心他們找不到糧食回來。天天長吁短嘆的，搞得辛湖忍不住打趣他。「你就是個操心的命。」

「是啊，要是人人都像妳就好了。」大郎反唇相稽。

辛湖又好笑又好氣，哼了一聲，不理他了。

這頭，江大山三人連忙收拾東西，牽馬過河。馬兒怕過橋，之前是被他們硬生生哄著拉過來，過這條不算多長的橋，卻要花不少時間。

今天依舊這樣，三人拉著馬兒，一步一步的慢慢往前走。才過一半，偏偏就出了狀況。這橋可能是年代太久了，有的木板居然受不住力了，有匹馬居然一腳踩斷一塊木板，「嘩啦啦」的半條腿懸在半空中，一個趔趄，馬兒半栽倒在橋面上，嚇得牠全身發抖，不住的哀鳴。另幾匹馬也跟著受了驚，死都不肯再邁腳。

這下子，任憑三個人如何哄，馬兒都不肯再動，就這麼半跪在橋面上，一動不動。

第二十四章

「這下怎麼辦？」謝五急得團團轉。

「你先把馬帶過去再說，現在全擠在橋上做什麼？」謝公子罵他。

可是謝五牽的馬也一樣不肯動。江大山急得無法，又調轉回去，挖了好久，才挖到兩把細細的青草，回來哄馬。

三人費了好大的勁，先把謝五牽的那匹馬弄上岸，再回頭將那匹卡在橋面的馬弄上來。三人足足花了半天時間，天都快黑了，才把幾匹馬全部弄上岸。

「累死我了！這可比幹一天活都累人。」謝五躺在地上，滿頭汗水。

「就是。」江大山也不比他好多少。

三人脫力般全躺在地上休息，可沒一會兒就聽到「得得」的馬蹄聲。

謝公子翻身起來，遠望了一下，說：「不會是追上來了吧？」

謝五急急忙忙的收拾東西，和江大山拚命的拉扯著馬，但這些馬剛才受了不小的驚嚇，哪這麼快就緩過來？馬蹄聲越來越近，已經接近河邊了，而這幾匹馬的腿卻打擺子似地發抖，一副脫力的樣子，根本還跑不動。

江大山和謝公子都發現了領頭的就是那個大個子男人，實在是他的身形太高大了。

危急關頭，江大山盯著橋，狠了狠心說：「我們把橋弄斷吧。」

謝公子和謝五立刻明白江大山的意圖。謝五留在原地哄馬，謝公子和江大山又上橋，跑到一小半，接連砍下幾塊鋪橋的木板，直接點火架在橋面上燒，然後快速的往岸邊跑。臨下橋前，兩人又往橋上狠狠砍了幾刀，果然他們一到岸邊，那橋就搖搖欲墜了，而且那火沿著整個橋面往對岸迅速燒起來。

追兵本來要上橋，此刻也只能停下來。一個人抽出弓箭，拉弓放箭。

「功夫還不錯，隔了河還想射到我們。」江大山冷笑道，躍上馬飛奔起來。那人徒勞的射出幾箭，見他們跑遠，只能狠狠的罵了幾聲。

這一回，三人並沒有跑多遠。因為天又黑了，而且他們也不怕後面追兵追上來，橋都斷了，那些人想過河可不容易。

回家的路途很安靜，一個人也沒遇上，也沒有任何阻礙。他們快馬加鞭，只花一天半就到達江大山被大郎他們救回來的那個小山坡。

「你們覺不覺得，這邊也變暖和些？」謝五問。他們出來也不過才幾天的工夫，這裡的雪居然有融化的跡象了。

「是的。」江大山自然也發現了。

「太好了！雪快點化吧，化了我們出來就方便許多。」謝公子說。也許是地理位置的原因，也或許確實人煙太稀少，整片蘆葦林範圍就是比外地還要冷一些。一路回來，還是這裡的雪最厚。

「是啊。都快二月，雪也該化了。」江大山笑道。

一進村，孩子們全都歡呼起來了。

「舅舅，你們總算回來了。」大郎笑著迎上去。

「哥哥，怎麼樣？」謝姝兒問。

「我們弄到些糧食。三家各分一點，還能吃一段時間。」謝公子笑笑說。

大家很快就知道了外面的景況。聽到一路都是死人，謝老夫人就連聲唸佛，劉大娘臉都變得蒼白起來。大家都明白就這種景況，苦日子怕還長著呢。沒想讓大家繼續擔憂，謝公子和江大山、謝五三人自然隱瞞了弄到糧食的真實情況。

有了糧食，別說大人心情好，孩子們就更加開心了。辛湖這天特意多煮些稠粥，讓大家放開肚子大吃一頓。

看到孩子們高興的吃粥，江大山心裡沈甸甸的，一點也不開心。這點糧食最多只能撐個把月。幸好天氣漸漸好起來，太陽一日烈過一日，雪飛快的融化。

一晃就到二月，外面的大雪融得差不多，很快露出那些蟄伏一冬的大地。大地迅速回春，割過的蘆葦林開始冒出一些嫩嫩的綠芽了。

「我們終於可以去翻田了。」大郎一大早就把農具全部找出來，並且打磨好了。

吃過早餐，在大郎的帶領下，三戶人家全體出動。男人們出來幹活，女人們出來感受一下，孩子們出來則純屬湊熱鬧。

「喲，這裡田不少啊。」江大山笑道。要是光靠大郎、辛湖和劉大娘，能種一小半就不錯了，現在人多，還四個青壯男人，翻這些田自然不在話下。

「這起碼有十畝地吧。」謝公子估算一下。若這塊地是良田，十畝田產出足夠大郎和劉大娘兩家人吃了。

謝老夫人難得從村子裡走出來，興致勃勃的繞著田走了半圈，謝姝兒和謝大嫂自然是跟在她身邊。張嬸嬸直接用大提籃裝著小兒子，她比大家關在家裡的日子更長，這會兒津津有味的四下亂轉。

平兒在家裡關一個冬天，這會兒也興致十足，其他幾個孩子自然以他為榜樣，很快就聚集在一起。也不知是誰帶頭丟起泥巴，沒一會兒大家就弄得滿手泥巴，一個個小髒猴似的了。

「哎喲，你這孩子，搞得這麼髒，走啦走啦回家去。」張嬸嬸跑過來一看，立刻大叫起來。天氣其實還很冷，人人都還穿著厚冬衣，這大襖弄髒了可沒得換。

小石頭其實還好一些，大寶、阿毛、阿土三個小的就更加髒了。尤其是阿土，估計是因為以前根本沒玩過泥巴，興致正濃，也玩得最帶勁，當然就最髒了。

謝老夫人見狀，拎起一串孩子，和張嬸嬸、謝姝兒、謝大嫂回村去。可不能繼續讓孩子們在這裡搗蛋，回去這些孩子又得洗好幾盆髒水。

辛湖和劉大娘沒去挖地，她倆在收集那些在地裡當保暖材料用的蘆葦與茅草。原先用來蓋白菜、蘿蔔的蘆葦和茅草全堆在一邊，早就曬乾了，還不少呢。這會兒她們只要直接捆成一捆一捆，用馬馱回去就行。

謝五最先下地，掄起最大的一把鐽子去挖地，其他人也紛紛拎起農具下了田。

「哎，小五哥，你挖太深了，你看我。」大郎埋頭挖了兩鐽子，一抬頭，就看到謝五挖得那個叫深，這哪是翻地啊？純屬挖坑呢。

眾人都抬頭，果然都是沒幹過活的，連挖地也得學。

被大郎說教了，謝五不好意思的搓搓手，把自己挖的泥巴又準備填回去。大郎看著他，實在心塞，這完全一點種田的常識也沒有啊，他簡直不知該說什麼好了。

「填回去幹麼？把挖出來的泥巴打散就行了，正好把一些草根撿出來丟掉。」大郎好笑的說。

「哦。」謝五這才開始笨手笨腳的拿著鐽子，把他挖出來的大塊大塊泥巴剷散開。

謝公子和江大山也學他的樣子翻地，兩人也比謝五好不到哪裡去。大半天下來，謝家三人、江大山再加大郎，總共五人，翻的地不到半畝，勞動效率極低。五個人累個半死，才翻了那麼一小塊地。

「好啦，回家休息吧，明天繼續。我們人多，慢慢來。」江大山見大郎滿臉不開心的樣子，連忙勸道。

「是我想得太容易了。」大郎暗嘆一口氣，點點頭。

第二天，辛湖和劉大娘也加入翻地的隊伍。謝姝兒去督促孩子們練功夫，謝老夫人自然是在一旁幫女兒盯著孩子們，怕她鎮不住，又怕她沒有輕重跟著鬧；汪氏和張嬸嬸兩人，則在家裡做點針線活。

不過，辛湖和劉大娘下地沒弄幾下，就被男人們趕走了。

「我幹的可比你們好。」辛湖說。

「那又怎樣？現在我們這麼多男人，哪裡要妳們女人孩子幹這種力氣活。」江大山說。

「就是，妳這個小姑娘家家的，幹得再好、力氣再大，還能比得過我們年輕男人？」謝五說。

「阿湖，妳不如和劉大娘去放馬。」謝公子提議。

天氣一好，大家天天都帶馬出來找嫩芽嫩草吃，但這塊田離那蘆葦區有點遠，還隔一條小河，這邊的嫩草出的少，馬兒們很刻苦的啃著枯草。

辛湖看大家一眼，點點頭，扔下手中鏟子。不用幹就算，她正好省省力氣。

兩人牽了馬，辛湖邊走邊說：「劉大娘，咱倆去四下找找，看能不能找點新鮮的野菜？」

「好。」劉大娘笑著和辛湖走了。

兩人把馬扔在蘆葦林裡吃剛露出頭的嫩芽，四下轉一圈，根本就沒見著什麼野菜，倒是蘆葦嫩芽大把的長，居然綠成一大片。

辛湖看著一望無際的蘆葦林，總覺得太浪費了。這些蘆葦他們除了拿來當柴燒，現在可以放馬之外，好像就沒什麼作用。

「劉大娘，你們家裡柴草還多嗎？」辛湖問。反正兩人也是閒著，順手砍些柴也好。

「再砍些也行，留著慢慢燒吧。」劉大娘說著，率先去割蘆葦了。

不知不覺，兩人就割了不少，想著家裡的柴草其實還剩不少，辛湖看著那片他們平時洗衣服的地方，忽然起了個新念頭。

「劉大娘，妳說我們要是直接在岸邊搭個草棚，以後冬天洗衣服也好、殺魚也好，是不是就有個擋風避雨的地方？」

劉大娘被她這個說法弄得笑起來，說：「可以啊。我們還能在搭些曬衣服的架子，洗好衣服就直接曬在這邊，傍晚來收回去就行，免得每次還得提著重重的濕衣服回去曬。」

「對齁，而且馬上到夏天，我們還可以在河邊洗澡，有個地方遮擋。」辛湖越想越覺得在岸邊搭座棚子，極有必要。

「是的，搭大點，還可以把蓮藕存放在棚子裡，曬不乾的衣服也能先收進來。」劉大娘又說。

兩人討論得熱火朝天，只恨不得立刻就把江大山他們叫過來搭棚子，以至於都忘記還要去找野菜的事情。

太陽都偏西了，兩人早就割好一堆蘆葦。反正沒打算帶回去燒，兩人也不急著捆起來，就先扔在岸邊。一邊馬兒們正仔細的啃食著剛露出頭的嫩蘆葦芽。

「要不，我們摘點這個回去吃？」辛湖突然福至心靈。她知道這東西肯定能吃，蘆葦葉包粽子就是最常見的方式，但好不好吃就不知道了，畢竟沒吃過。見馬兒吃得這麼帶勁，她忍不住蹲下去摘起一片，放進嘴裡嚐了嚐，覺得還挺嫩的。

劉大娘也沒吃過，但知道這東西是可以吃的，兩人就各自挖些嫩芽，帶回家去了。

晚上，兩家都各用鹹肉炒一盆嫩蘆葦芽，一端上桌，江大山和大郎就愣住了。

「妳們還真找到野菜了？」大郎問。桌上真是難得見到的綠色呢。

「你嚐嚐看。」辛湖賣個關子。炒的時候她就嚐過了，覺得這玩意兒味道還不錯。

大郎和江大山都不約而同夾了一筷子蘆葦芽。江大山說：「這是什麼東西，不像是菜啊？」

「就是，不像是野菜，有點像草。」大郎說。

「你們只說，好不好吃？」辛湖笑道。

「還不錯。」兩人異口同聲答。

「那就行了，明天我們可以再弄些來吃。這是蘆葦的嫩芽。」辛湖笑著解了密。

「喲，原來是這個東西啊！我們這可是天天有菜吃了。」江大山怔了片刻，笑道。

「總算桌上多了一道菜啊，不容易。」大郎嘆道。

就連大寶和阿毛也多吃了兩筷子菜。一個冬天的盡吃白菜、蘿蔔，大家對這新鮮的蘆葦芽居然都十分喜歡。

劉大娘家也一樣，張嬸嬸也說：「總算有點新鮮貨吃了。」

「阿湖真聰明，我就沒想到要摘這個回來吃。明天也告訴阿土娘一聲，讓她也去弄點回來吃。」劉大娘說。

「這孩子，腦子裡盡是我們想不到的東西。」張嬸嬸說。

吃完飯，辛湖把在岸邊搭建草棚的事情提出來，江大山和大郎自然滿口答應了。

「我們這幾天先翻地，妳們多割些枯蘆葦稈，過幾天我們就去搭。」江大山說。

差不多花了半個月的時間，大郎他們一鼓作氣把地全翻完了，辛湖她們割的蘆葦也夠多，全堆在湖邊，大家終於有空搭草棚了。除了蘆葦，又選擇些粗壯的幹樹枝，再去砍幾棵小樹回來，開始著手搭棚了。

剛開始，大郎和辛湖還去岸邊湊一下熱鬧，卻被大人們趕回來。大郎也樂得不管，回家來把所有的種子都翻出來先曬曬，準備要播種了。

看著這些雜七雜八的種子，大郎頭疼的說：「要先種哪樣？」這會兒，他才發覺自己的想法太天真，種田可沒那麼容易啊！

可是所有的大人，沒有一個人能回答這個問題。劉大娘支支吾吾的說：「不就是現在播種，秋天收嗎？」她腦海中只有這個大印象。

大郎不得不把目光轉向辛湖。

辛湖仔細的回憶幾遍，也很頭疼，不過她多少有些理論基礎，說：「豌豆、油菜、小麥、高粱好像都是同時播種的。」

「妳確定？」大郎懷疑的問。可惜他自己也是個糊塗的，根本就不敢確認哪個先種。

「嗯，我記得每年四、五月豌豆和油菜都開花，可好看啦。然後，小麥、高粱都是春種秋收的。」辛湖說。這是她家鄉的農事情況。

「那到底要先種哪個？」大郎問。

「豌豆吧。」辛湖說。她記得豌豆種得最早，以前村民正月就開始點豌豆了。

「這個最先種嗎？」大郎不太確定的問。

「應當是吧……我記得我們那邊是這樣的。」辛湖其實也不是很肯定，但總要先選擇一個嘛，反正現在大家都不確定。

她記得每年的清明節前後，正是豌豆開花的季節。豌豆與油菜開花時間是重疊的，每到清明節，就有不少城裡人下鄉去遊玩、拍照。然後，大家就開始瘋狂的曬朋友圈。

這時豌豆花與油菜花相互輝映，大片金黃色油菜田中間夾著幾塊淺綠色、開著紫白相間的豌豆花，然後遠處再一片綠油油的小麥苗，那場面十分壯觀、賞心悅目。所以，她推測油菜與豌豆應當是差不多時間播種。

小麥可能稍推遲一點。豌豆與油菜開花時，它們的嫩苗還沒長多高。高粱這玩意她就不太清楚了，只知道暑假時，高粱的穗子開始變紅，公路兩旁全是高粱地，一眼望去紅通通的，十分引人注目。

「那就先種豌豆吧！」大郎決定就聽辛湖的。反正他腦中也只有個模糊的印象，記得曾聽人說過穀雨前後點豆種瓜。

大人們因不懂，又覺得大郎和辛湖比他們還懂多一些，也不敢插口播種的事，只一心一意的去搭棚子。

大郎不得已，只有和辛湖兩人去田裡種豌豆。但他們不記得豌豆要不要先泡出芽再種，就直接拿到田裡去了。豌豆種子不多，也就一碗，不需要多少時間就能種完。

看著眼前被大人們翻好的田，已經整整齊齊分成十小塊田，每塊之間還留一條半尺的淺溝，辛湖有種回到農村的真實感覺。

「豌豆要怎麼種？」大郎問。

「我們還是一顆一顆的種吧。」辛湖記得豌豆、大豆類的種子在老家都叫點種，也就是一粒一粒的往土裡埋。小時候她跟著奶奶種過，奶奶拿小鏟子挖個小洞，她就往洞裡放一顆種子，然後奶奶又用鏟子把洞填上。

她記得那時好像還在正月裡。不過，老家的氣候比這裡要暖和，那裡冬天也會下雪、結冰，但最低氣溫不會超過零下八度，雪也不會長時間凍著不化，冷的時間也沒這邊長。

兩個地方的溫差起碼有十度，所以現在來播種，應當比較適合。這豌豆一般都種得比較早，陽曆五月初就有嫩豌豆上市，她很喜歡吃嫩豌豆，買兩斤回來剝出綠色的嫩豌豆，隨意炒炒加點水燜一下，非常好吃，既可以當主食，也能當菜吃。當菜的做法就更多了，炒、煮、蒸都行，尤其嫩豌豆與韭菜，簡直絕配。

嫩豌豆可以吃一個多月，等豆莢變老，大家就不吃嫩豌豆了，會讓它們繼續長些日子，直到豆莢開始變黑，就可以收割了。整株一起割下，曬在禾場上，曬乾後就可以打豌豆。

小時候在農村，每到這個時候，她都會幫奶奶撿豌豆，那時還是用很古老的農具，一種用竹子做成，叫連枷的簡單工具去打。因為曬得乾，打的時候有些豌豆會被打得亂跳，她還得跑去撿回來。

這叫連枷的玩意很簡單——一根竹子做的長柄，頂端用幾塊竹片編起來，最重要的連接部位可以轉動，做法簡單，用途卻極廣泛，打豌豆、大豆等各種豆類都用得上。她老家農戶種的各種豆類並不多，一點點田，家家戶戶都有幾根連枷，根本就不需要現代工具。

但小麥、菜籽、水稻類就不行了。很小的時候她見過有人用牛拖著石滾子去碾，再後來，就全是打穀機，但連枷這小玩意兒，卻硬生生的一直保持下來，那石滾、石磨卻早就淘汰了。她二十幾歲時偶爾經過鄉下，還能見到老人們拿連枷在打豌豆。

剛收好的豌豆可以做豌豆粉絲，或是拿來炒成沙豌豆、油炸蘭花豆，可以當零嘴吃，也可以當下酒菜。小時候，她奶奶就喜歡拿沙炒些剛收的新豌豆，給孩子們當零嘴吃，脆脆的、很香。村裡的孩子上學都會裝一把在口袋裡，一路走，一路吃。可惜，後來她再也沒嚐過這個農家風味的炒沙豌豆了。

現在再次體驗種豌豆，辛湖腦海裡那些久遠的記憶紛沓而至，簡直就好像在昨天一樣。

見她只顧著發呆，大郎喊道：「我挖洞，妳種。」這個活他會幹，當初種南瓜也是這樣，他幹得可多了。

「嗯。」辛湖點頭，從回憶中醒過神來。

第二十五章

大郎拿鐘子在翻好的地裡又挖個小坑，辛湖便放一顆豌豆進去，再掩上土。兩洞之間相隔約一尺遠，兩人一個挖洞、一個種，配合起來還滿快的，一天就全部種完。就這麼一碗豌豆，居然能種大半畝田。辛湖暗想，這要是收成好，總可以收一、兩百斤吧？要是吃炒沙豌豆，可以吃好久呢。

種完，大郎又問：「要不要澆點水？」

現在泥土較濕潤，辛湖覺得還不需要。「過兩天再看看吧，要是乾燥就來澆點水。」

豌豆種很快，第二天兩人又來種油菜。油菜在辛湖老家是採用先育種，再栽菜的方式。但她不會育種，只能採取最原始的方式。

兩人得先把一塊田分出幾隴來。分隴其實最累人，拿著鋤頭弄出淺淺的溝，再把種子撒上去，然後蓋上薄土。一隴一隴間還得留約一尺的間隔，兩人邊分隴邊撒種，而撒種由辛湖負責。

「我們會不會種得太稀了？」見她種子撒得比較稀，大郎擔心的問。

「怕什麼？反正田多，稀了不怕，就怕苗厚了，還得間苗呢。」辛湖說。

她記得老家的油菜都長得很大棵，間隔起碼有半公尺遠。不過這個年代的油菜，她可沒抱希望能像現代長得那樣好，能有一半的收成她就滿意了，這可是現在唯一能榨油的莊稼了。

第一天，兩人才種小半畝田；第二天他們帶上平兒來幫忙，小石頭也跟過來了。大寶和阿毛被謝老夫人帶去跟阿土玩，不用他們管。謝姝兒一聽說連平兒都得過來播種，她也跟過來學種油菜。

有人自願來幫忙，辛湖和大郎自然樂意，而且這活其實很簡單。

謝姝兒和大郎被分配去做分隴，小石頭跟著謝姝兒後面撒種，平兒跟在大郎後面撒種，辛湖兩邊看著，專門在後面蓋土。田裡孩子們你追我趕的，哪像是在幹活？反而像在玩鬧。

「還滿好玩的。」謝姝兒邊做邊說。她年紀大，雖然一開始不是開深就是開淺，但學一會兒之後，就能控制力道，開出來的溝就剛剛好了。

「快點、快點，我們趕上來了。」小石頭見她停下來，連忙催促道。

「行，你們快點兒，我們儘量今天全種完。」大郎笑道。

有謝姝兒幫忙，速度果然快很多。但一個多時辰後，所有人都坐在地裡休息起來。

「好累，又渴。」謝姝兒抹了把汗。這活兒雖然簡單，但一直彎著腰也很累人。

「快去洗手，都過來喝水。」辛湖先倒一碗白開水，一口氣咕咚咕咚喝了，才有空叫他們。

大家喝過水，又休息一會兒，才重新開始幹活，這次速度卻明顯慢下來，結果當天還是沒種完。第三天，劉大娘也來幫忙，才把這點油菜播種完。就這麼一斤多種子，他們足足種了兩畝田。

「會不會太稀了？」劉大娘也和大郎有同樣的疑問。

「不怕。」辛湖肯定的說。

「哇，這麼多，是不是可以收很多了？」謝姝兒問。

「我覺得應當可以收兩百斤吧。」辛湖說。這是她根據腦中的印象計算。現代油菜一畝產是兩百到三百斤，按一半的收成算，這裡兩畝田可以收三百斤。油菜的出油率大約三成，那麼這兩畝田最多可以榨油六十斤。

六十斤油對她來說真不多，以前她一個人吃飯，都是買十斤裝的油呢，一年也吃上好幾壺油。現在，這個數字她已經算估得高了，畢竟古代農業產量完全不能和現代比，但六十斤油要分給三家，也就是說他們家只能分到二十斤油，要吃一年，一個月也就一斤多油而已。

她能記得這麼清楚，是因為進口大豆的事情。大豆油是她最不喜歡吃的油，但大豆油卻比菜籽油便宜許多，除了基因改造的原因，更重要的是菜籽的產量趕不上大豆，並且採用現代收割機後，大豆也比較好收割。後來農民都改種大豆，賣給油廠做大豆油。結果因為進口大豆太便宜，讓種大豆的農民全虧了本，那幾年這事天天在新聞中出現。

想到往事，她心中唏噓了會兒。不過，她自從來這個時代後，就沒聽過油燒熱、菜下鍋那一瞬間滋啦啦的響聲，更別提吃炒菜。因此她對以後每月能有一斤多油，是更加高興和期盼了。

謝姝兒並不懂兩百斤有多少，只在一邊感嘆道：「好多。」

大郎心裡默算了下，覺得這個產量不錯。

油菜種完，大家繼續種高粱和小麥。高粱和油菜的種法相同，一樣麻煩，但小麥的種法卻簡單多——直接撒就好，所以大家先撒了小麥。種高粱和小麥時，劉大娘與謝大嫂都過來幫忙，有兩個大人幫手，速度加快很多。最後，高粱種了三畝，小麥種了兩畝半。

種完這些，二月就結束。空的田也差不多種滿，只剩下兩塊空地，正好留下來種大豆。辛湖記得大豆比這些東西種得遲些，因為開始吃毛豆，正是放暑假的時候，差不多豌豆收成就開始吃毛豆了。

「沒想到就這麼點種子，還正好能把畝種滿呢。」大郎喜孜孜的說。他還擔心糧種少了，得出去弄。看著已經下了種的地，他很開心，好像已經看到了秋天時滿地的糧食。

「太好了！要是收成好，我們就可以吃自己種的糧了。就是，我們家又占大家便宜了，又沒來幫忙翻地，以後收割時，我們要多幹點活。」劉大娘笑道。到秋天，小石頭大了些，能幫忙看弟弟，小石頭娘也可以下田幹點活了。

她知道，謝公子等人春耕後就要上京了；江大山也一樣，不會天天待在蘆葦村，秋收只怕就得全靠女人孩子了。所以她們現在占些便宜，秋收時該是要多幹不少活補回來呢。不過想著秋收的景象，她很迫不及待。

大家天天忙著播種，早出晚歸忙碌得很，辛湖這回真正體驗到農民的辛苦了。其實她幹的還是輕鬆的活，但每天晚上仍累得連晚飯都不想煮，天天一上床就睡下，累得連夢都沒作過，到後來她乾脆把做飯的活都扔給平兒了。

而搭建棚子這邊，也不比他們播種的人輕鬆。

按江大山的說法。「既然要搭，乾脆就搭個正經的，像蓋房子，裡裡外外得抹上黃泥，就算不住人，單為存放東西，也能多用幾年。建得太差，說不定到冬天就壞了。」

他這個提議，得到其他人的贊同。原本辛湖和劉大娘只想搭間臨時草棚的，結果大家忙了十來天，居然蓋出兩居室屋子。除了門是用蘆葦和樹枝編成，這房子看上去真心不錯，很結實也寬敞，真的可以住人。

「不如再搭個灶，我們可以直接在這邊燒點熱水用。」辛湖看房子蓋得這麼好，又說。現在洗衣服還是得用熱水，否則水太冷了，從家裡提熱水來總不方便，在這邊燒水就方便許多。

而且天再暖和一些，大家就可以在這邊燒水洗澡，畢竟三家都沒有蓄水的水缸，若一家人都要洗澡，還得不停的過來打水呢。

「可以啊。不如我們直接再搭間小點的當灶房用？」謝公子說。反正大家已經做熟了，也有材料，再蓋間灶房真不算什麼。

最後，在大家的共同努力下，這裡建成一座正經的房子。兩間正屋一間灶房，裡裡外外都抹上厚厚的黃泥巴，擋風又遮雨，要是再弄個土炕，就算正式住人都完全沒問題。

「這屋子不錯嘛。」辛湖參觀過後不禁讚嘆。完全靠手工搭建，材料又極其簡單，也沒什麼稱手工具，能蓋成這樣，真的很不錯了。

「那是，這可是我們花了很多心思才蓋成，能不好嗎？」謝五自豪的說。這幾天，上上下下挖泥抹牆的，可把他累壞了，但成就感也大，看著完成的房子，別說他，就連江大山、謝公子也很滿意。

「我做了幾個小板凳，你們看有沒有用？」謝三不好意思的拿出幾個小板凳給大家看。這是用樹棍子和蘆葦做出來的幾隻小板凳，十分簡單也很粗糙，四條木頭腿、凳面用蘆葦編，說是要給大家坐著洗衣服用。

「太好了！我就想要幾個小板凳呢。」辛湖開心的說。平時她們在水埠頭洗衣服、洗菜時，都是蹲著，時間長了非常累。

「就是做得不好看。」謝三有些不好意思的說。他根本就不會木工活，這幾個小板凳全是他自己胡亂弄出來的，樣子確實不好看，但他自己試坐過，還算結實。

「能用就行，要好看幹麼？」劉大娘笑道。她也非常想要幾張小板凳，辛湖這麼小都覺得蹲得累，她就更不用說了。有了板凳，不說幹活時坐，就是平時，孩子們也可以坐啊。

「既然大家喜歡，我就再多做幾個。」謝三笑道。家裡板凳實在太少了，他這也算是逼自己學會一項技能。

「哎，謝三伯，你能不能做幾張大的？」辛湖問。家裡吃飯時，都不能人人有位子坐，總站著吃飯，實在令她有些不爽。

「等我慢慢摸索會了，就做大板凳。」謝三說。

「我們再把馬棚也重新搭建一回。」大郎看著這麼好的房子說。兩家的馬棚都是當時劉大娘、大郎和辛湖三個人瞎弄出來的，又低又矮，還不太結實，實在比不上現在搭建的這座新房子。

「行啊。」謝公子笑道。他早就覺得兩家的馬棚該重搭了，要不然拖到冬天也一定要重新搭。

男人們忙活著搭馬棚，大郎卻天天泡在田裡，恨不得那些種子一夜之間就長大；辛湖卻不管，反正已經種下，天又下過雨，地裡夠濕潤，連水都不用澆。田裡這時其實沒什麼活幹，而且就算種子不發芽，她也沒啥辦法啊。

況且，她現在可顧不上大郎的煩惱。因為好似一夜之間，大地全變綠了，那些野菜也有如雨後春筍般紛紛冒出頭。有了大量的野菜可以吃，辛湖正忙碌著呢。

蘆葦芽立刻被大家拋棄。辛湖天天和劉大娘、謝大嫂等人出來挖野菜，雖然她認識的野菜有限，卻比謝大嫂她們強了不知多少。最起碼野地菜、野韭菜她都識得。再加上這裡屬於濕地，水邊更長滿野芹菜，又多又嫩，大家只要隨便割幾把，就夠一天的菜了。

辛湖現在的主要工作，就是忙著給餐桌上添新鮮的吃食。

「今天割的野韭菜多，我打算攤點韭菜餅來吃，你們過來幫我理韭菜，一根根的弄乾淨。」辛湖挎著個菜籃回來，直接吩咐大郎和平兒。大寶和阿毛太小，這種活兒還不太會。

「哦，可以吃韭菜餅了！」大家異口同聲的歡呼起來。

大半籃的野韭菜洗淨切碎，拌入調好的稀麵糊裡，麵糊立刻變得濃稠起來。孩子們全圍著辛湖，等她的韭菜餅，就連大郎也不例外。他實在是太久沒吃過什麼好吃食了。

辛湖切了塊肥鹹肉，拿著在燒熱的鍋裡抹一遍，讓鍋裡稍微有點油才開始攤餅。要是沒油，餅很容易糊在鍋上，也沒那麼好吃。

她攤的餅不大，但較厚。為了要省麵粉，韭菜放得比較多，因為家裡糧食已經又告急了。沒一會兒，韭菜熟了的香味立刻充滿整個廚房，引得孩子們直吸口水。

「好香哦！」孩子們歡叫起來。

「再等會啊，我翻個面。平兒，柴放少點。」辛湖麻利的拿起鍋鏟，把餅翻過來。

沒一會兒，一張厚薄均勻的餅就出鍋了。看著幾個小的那迫不及待的模樣，大郎直接拿筷子把放進籃子裡的餅分成幾小塊，一人給他們一塊。

平兒他們連燙都不怕了，邊吃邊吹氣，三兩口就吃完自己分到的那小塊。

「好吃嗎？」辛湖問。

幾個小的連連點頭，說：「好吃！」

「妳嚐嚐。」大郎夾一小塊湊到她嘴邊，說。

辛湖沒空騰出手，只好就著他的手咬進嘴裡，嚐了嚐說：「嗯，還不錯。」

但她心裡卻在想如果油再多點，再加幾個雞蛋，麵粉再放多點會更好。因為韭菜多、麵粉少，失了麵餅本身的味道，像主次不分似的。但不管怎麼說，這個韭菜餅也算是大家難得吃到的好飯菜了。

但韭菜餅也不能放開肚皮吃，辛湖攤完餅後，又燙一大盆新鮮的薺菜，再加點鹽拌了拌。這玩意兒很嫩，包餃子最好了。但家裡的麵粉那麼少，哪能拿來包餃子啊？只能當菜來吃了。

「阿湖真會做飯。」江大山吃著香噴噴的野韭菜餅，讚嘆道。

「要是家裡麵多，我還打算包點薺菜餃子呢。」辛湖說。缺糧的日子就是這麼難過，看到什麼都想著吃。

「沒多少糧食了吧？」江大山問。

「是啊，已經很省著吃，也沒剩下多少了，估計還能吃個十天半月吧。」大郎說。現在野菜豐盛，多少可以添補糧食。比如這一頓，辛湖就弄兩籃野菜上桌。現在家裡每天吃掉的野菜都是一籃一籃算的，但就算這樣，那麼一點糧食也撐不了多久。

江大山一聽，立刻不夾餅了，連嘴裡美味的韭菜餅也險些嚥不下去，後來他只夾菜吃。畢竟他一個人的飯量，就快抵得上這一屋的孩子，所以他只能多吃菜，少吃糧。因為這一回，他也不知道自己能上哪兒去多弄些糧食回來？就算地裡種的莊稼能好好的長出來，也要幾個月後才有得收成。

還有幾個月的時間，大家總不能光靠野菜、魚什麼的度日吧？畢竟上次也算是誤打誤撞獲得的，說難聽點，那點糧食就是他們搶回來的。

「我明天和謝公子商量一下，看能不能再去弄些東西回來？」江大山想了想，下了決定。不管怎樣還是得出去，在這裡是找不到糧食的。

大郎看了他幾眼，很想說自己也想出去看看，但一來大人們肯定不會同意，二來他也牽掛著田裡的莊稼。如果這些種子不能長出莊稼，他肯定會氣死的。要知道，在這麼缺糧的時候，種子雖少，也是可以吃的啊！

要是白白浪費掉，誰會不心疼？而且下一季的糧食還不知道上哪兒去找？他很明白，上次江大山他們出去，如果能弄到多的糧食，他們怎麼也不可能只帶那麼一點糧食回來。

不過，大郎這些話也只是放在心中，根本就不敢在大家面前表露。要是辛湖知道他有這種想法，肯定會罵他盡瞎操心。種子按時種下去了，怎麼可能完全不長莊稼啊？只不過收成好壞而已。反正，她有謎之自信，覺得她種下的種子，絕對會有個好收成的！

辛湖樂觀的想著，未來肯定能過得更好。前頭最難的時間都度過了，現在有大人幫襯，外頭又有許多野菜，沒道理過不好日子！

——未完，待續，請看文創風597《神力小福妻》2

2018年1月出版

神力小福妻

文創風 596～599

獨自身陷亂世，那可真是糟心事！
分明最愛美食，現在卻連吃飽都成問題，
老天爺也對她太殘忍了吧……

攜手度患難，並肩共白首／盼雨

穿越首先得學習野外求生?! 辛湖覺得老天爺肯定在整她。
單單一個八歲小姑娘，就算給了她一把怪力，
但她人生地不熟，要怎麼在兵荒馬亂中生存呀？
儘管心中哀怨，她仍是動身離開山野，往有人煙的地方去。
途中她意外救下一對母子，無奈之後婦人不敵病魔而去，
陪著男孩——陳大郎安葬母親後，兩人結伴同行。
他年紀小小，卻比她這個假孩子行事更加成熟，
甚至為了穩固關係，一本正經地向她提出婚約。
有了這可靠的「小老公」，她倉皇的心穩定許多，
兩人一路相互扶持，甚至還救下幾個相同遭遇的孩子。
或許是善有善報，不久後他們找到了個隱蔽荒村落腳，
瞧著他單薄的背影不斷忙碌著，她微微一笑，對未來的生活有了期盼……

為流浪貓狗加油 和貓寶貝 狗寶貝

廝守終生(一定要終生喔！)的幸福機會

對人來說，貓寶貝狗寶貝只是生活的一部分，但妳（你）對牠們來說，卻是生活的全部，領養前請一定要考慮清楚——

▲ 等著回家的小男孩 Q霸

性　　別：男生
品　　種：米克斯
年　　紀：5個月大
個　　性：親人、活潑、聰明
健康狀況：已結紮，2017年已施打疫苗。
目前住所：台中市霧峰區

『Q霸』的故事：

Q霸是和其他4個兄弟姊妹一起在台中霧峰山區裡被發現的，中途不忍心將這些可愛的毛孩子留在山裡，便將其帶下山，妥善照顧。

事實上，Q霸短暫有過幸福的日子。因為生得特別討喜、可愛，當時很快就有人願意認養Q霸；然而，萬萬沒想到，對方卻很快地反悔了。Q霸對那個曾待過的家其實已經有了感情、信任，也第一次有了專屬於自己的疼愛，可終究還是失去了。Q霸那時好似也知道自己被退養，中途感受得出牠的情緒很低落，因而很心疼牠。

Q霸很親人，是個活潑又聰明的毛孩子，中途希望能為牠找到一個美好的家，讓Q霸再次擁有曾感受過的溫暖，能夠一直一直的幸福下去。若您願意讓Q霸永遠有家的幸福及溫暖，歡迎來信leader1998@gmail.com（陳小姐），或傳Line：leader1998，或是搜尋臉書專頁：狗狗山-Gougoushan。

認養資格：

1. 認養者須年滿20歲，有穩定經濟能力，並獲得全家人的同意。
2. 須同意簽認養寵物切結書，並讓中途瞭解Q霸以後的生活環境。
3. 同意送養人日後之追蹤探訪，對待Q霸不離不棄。
4. 同意讓Q霸絕育，且不可長期關、綁著Q霸，亦不可隨意放養。
5. 為讓中途對您有更深入的瞭解，中途會先有份線上問卷請您填寫。

來信請說明：

a. 個人基本資料：姓名、性別、年齡、家庭狀況、職業與經濟來源等。
b. 想認養Q霸的理由。
c. 過去養寵物的經驗，及簡介一下您的飼養環境。
d. 若未來有結婚、懷孕、出國或搬家等計劃，將如何安置Q霸？

文創風 596

神力小福妻 1

國家圖書館出版品預行編目資料

神力小福妻 / 盼雨著. --
初版. -- 臺北市 ： 狗屋, 2018.01
冊 ； 公分. --（文創風）
ISBN 978-986-328-817-6（第1冊：平裝）. --

857.7　　106021472

著作者　盼雨
編輯　林俐君
校對　周貝桂　簡郁珊
發行所　狗屋出版社有限公司
地址　台北市104中山區龍江路71巷15號1樓
電話　02-2776-5889～0
發行字號　局版台業字845號
法律顧問　蕭雄淋律師
總經銷　知遠文化事業有限公司
電話　02-2664-8800
初版　2018年1月
國際書碼　ISBN-13　978-986-328-817-6

本著作物由北京晉江原創網絡科技有限公司授權出版

定價250元
狗屋劃撥帳號：19001626
網址：love.doghouse.com.tw　E-mail：love@doghouse.com.tw